汪渺 —— 著

白马史诗

一曲白马人的
心灵长歌

一部极具人性光芒的
英雄史诗

长江出版传媒　长江文艺出版社

图书在版编目（ＣＩＰ）数据

白马史诗 / 汪渺著. -- 武汉 ：长江文艺出版社，
2020.11
ISBN 978-7-5702-1309-2

Ⅰ. ①白… Ⅱ. ①汪… Ⅲ. ①诗歌－中国—当代
Ⅳ. ①I227

中国版本图书馆 CIP 数据核字（2019）第 259900 号

责任编辑：谈　骁　　　　　　　责任校对：毛　娟
封面设计：祁泽娟　　　　　　　责任印制：邱　莉　　王光兴

出版：长江出版传媒 ｜ 长江文艺出版社
地址：武汉市雄楚大街 268 号　　　　邮编：430070
发行：长江文艺出版社
http://www.cjlap.com
印刷：湖北新华印务有限公司

开本：880 毫米×1230 毫米　　　1/32　　　印张：14.5　　插页：4 页
版次：2020 年 11 月第 1 版　　　　2020 年 11 月第 1 次印刷
行数：10717 行

定价：50.00 元

汪渺

天水市艺术研究院院长、《天水文学》主编。在《十月》《飞天》《北京文学》《诗选刊》等刊物发表百余首诗歌。长篇小说《雪梦》被《十月》推出，获第三届黄河文学奖；长诗《创世纪》获第二届《飞天》十年文学奖；散文《诗人老乡》获全国孙犁散文奖一等奖。

目　录

序 曲

再精美的诗歌,只要是虚假的,
即便刻在月亮上,也会发霉。

天地,请赐我一支神笔,
我要以笔为马,纵情驰骋。

让我穿越时空,找到真正的英雄。
英雄的血管里,流淌着液体的阳光,
他喷出的热血,能将黑暗中的众生照亮。

我要借太阳与月亮的手指,
弹奏一曲扣人心弦的大爱乐章!

第一章　泪水,差点冲塌了鼻子

一

碧绿的河面上,有一个鸟巢,
向站在岸边的她,缓缓漂来。
漂到脚下,她看到里面卧着两只白鸽。
她将鸟巢捞上岸,两只白鸽飞起,
才发现还有个可爱的男婴,躺在里面。
她将他抱在怀里,如同抱着一团春光。
他睁开眼睛,对她甜甜一笑,
万朵花合起来的笑,也抵不上这般迷人。

"阿妈。"他发出稚嫩的叫声。
那叫声,好像是月牙发出来的,
听得她耳朵里落满了月光。
那双水灵灵的大眼睛,
看得她心里清波荡漾。

忽然一声鸡鸣,惊醒了茨嫚娜姆,
才清楚刚才的一切,不过是一场美梦。

"一片片五彩云霞,飘在蓝蓝的天空里;
一朵朵刺梅花儿,开放在茂密的山林里;
一条条鱼儿,穿梭在奔腾的河水里;
一户户白马人家,生活在深山老林里。

"有娃的人家就有欢乐和笑声,
阿爸和阿妈梦里都会'嘿嘿'笑醒。
没娃的人家,没欢乐也没笑声,
寂寞伴随着度过一春又一春……"

掐苴蓿的茨嫂娜姆,
一边回味黎明时分的美梦,
一边用歌声排遣着心中的忧伤。
她头上缠的头饰,由九个鱼骨牌,
还有十二串彩珠连缀而成,
十二串彩珠,代表一年十二个月;
穿的白底绣花百褶衣,
袖口上饰以几道彩色条纹,
背部有一个带圆圈的"米"字图形,
象征熠熠生辉的太阳。
可那"太阳",无法温暖她的内心,
她一双黑色的大眼睛,泪光闪闪。

东山升起的太阳,
放射着橘红色的光芒;
几朵祥云,如同白莲,

绽放于干净的蓝天。
山坡上绿油油的苜蓿地里，
弥漫着牛羊的气息。
一头黄牛身上，
好像开着几朵黑花，
突然，那花鸣叫着飞起，
才知是几只乌鸦。
羊儿"咩咩"的叫声，清亮似露珠，
和着田野间的鸟鸣。

眼前的美景，茨嫚娜姆无心欣赏。
问她的忧愁有多少？
比山上的草少，比山上的花多。
问她眼睛里的泪珠有多少？
比白马河里的水少一滴，
比海子里的水多一滴。
十株流泪的黄连，
也抵不上她心头的苦涩。

二

东方的天空刚透出亮光，
阿扎伊就开始往山上的地里背粪。
返回的路上，踩着一路阳光，
他心里好舒畅，不由唱起《背粪歌》：
"冬天已经过去了，

春天已经来临了。
要跳么还是要干活？
不要跳了要干活。
农活开始是背粪，
农活结尾是挖粪。

"开始修理镢头了，
准备要挖垧坎了。
捏镢把的时间了，
耳边要沾灰土了，
咽着口水止渴了，
勒紧腰带上坡了。"

阿扎伊穿的青面红里长衫，
衣领和衣襟处都有红黄白线条边饰。
长衫是妻子一针一线缝的，
穿上很贴身，春秋季不热不凉。
脚上蹬的一双麻布牛皮底蛙鞋，
鞋筒上配着黑红绿蓝条纹。
他，三十挂零，中等个头，身体壮实，
红扑扑的脸上，写满憨厚。
他性格开朗，声音洪亮，
喜欢歌唱，一天不唱嗓子就发痒。

路旁有棵大槐树，
树上有个喜鹊窝。

阿扎伊放下背箧,攀上去,
从窝里掏来六只喜鹊蛋。
担心碰碎,他把喜鹊蛋放进沙嘎帽,
双手捧着宝贝似的小心翼翼地走。
嗅到嫩绿的苜蓿散发出的清香时,
他看到妻子提着竹笼,
边掐苜蓿边唱着内心的苦衷。

"茨嫚娜姆,椒树不开花我不愁,
最愁你脸上没有一点笑容;
地里的种子不发芽我不担心,
最担心你天天泪涟涟。

"茨嫚娜姆,蝴蝶绕着你翩翩飞,
把你当成了一朵美丽的花儿;
田野中可爱的鸟儿,
为你歌唱,歌声多么悦耳。"
他一边朝妻子走,一边用歌声将她宽慰。

听到丈夫的安慰,茨嫚娜姆越加难受,
犹如雪人,被阳光一温暖,就软弱得流泪,
她的泪水哗啦啦落,愁肠从嘴里流出来:
"天生的女人不生养,
不如一副烂笼仓。
照着旁人抱着娃,
背过人把眼泪擦。

绊了油瓶倒了油，
门里门外抬不起头。
河里有鱼水清的，
旁人说我断根的。
天生的女人不生娃，
活着不如一片麻。"

阿扎伊唱道：
"春天开的是迎春花，
夏天开的是兰花，
秋天开的是菊花，
冬天开的是梅花，
花儿不一定都挤在春天开。"

三

阿扎伊唱完歌，走到妻子面前，
将沙嘎帽高高捧起，说：
"你猜，我给你带来了什么？"
"是不是蘑菇？"
"不是。"
"是不是地软？"
"不是。"

阿扎伊见妻子猜不出，
便将高举的沙嘎帽放下来，送到她眼前。

茨嫚娜姆问鸟蛋从哪儿来？
他说是从树上的喜鹊窝里掏来的，
拿回家煮了，让她尝尝美味。

"阿扎伊，你的心意我领了。
听我的话，把鸟蛋送回喜鹊窝。"
"我好不容易从树上弄下来，
让你尝尝鲜，补补身子，
没想到你的心比豆腐还软，
连几只鸟蛋也不忍下咽。"

"在我眼里，这不是六只蛋，
而是六只可爱的小喜鹊，
我怎么忍心吃下？
假如吃下了它们，日日夜夜
就会听到它们在我肚子里悲鸣。
快送回窝，它们的阿妈飞回来，
不见了孩子，一定会急疯急坏。"

阿扎伊被妻子的一番话，
说得如同成熟的麦穗，低下了头。

空中飞来一只喜鹊，在他俩的头顶，
惊慌失措地飞来飞去；
那翅膀好像要抖掉烧烤它的火焰，
痛苦地翻飞；同时被箭射中了心肝一般，

发出"喳喳"的哀鸣。
那凄惨的鸣叫,冰疙瘩听了都会掉泪,
铁石心肠的人听了都会生出几分怜悯。

阿扎伊和茨嫚娜姆,急忙走到大槐树那儿,
将六只喜鹊蛋送回了窝。
离开时,那只喜鹊对着他俩叫了几声,
好像在说感恩的话语。

四

金贡岭,像织女的巧手,
从翡翠中抽出丝线,
精心绣出的人间仙境。
一座又一座青山,
都被金贡岭的美迷着了,
亲热地将它围拢。

飞鸟的鸣叫,
温暖的阳光,
遍地的石头,
都有几分绿意。

座座青山滚落的液体翡翠,
汇聚成一条碧绿的河流,
在山脚下日夜奔腾,

白马人亲切地称它为白马河。

居住在金贡岭山腰的白马人，
把自己的寨子也叫金贡岭。
寨里百余户人家，家家都住着沓板房。
沓板房屋顶苫着一片片长方形的薄木板，
如鱼鳞一样铺在上面，
木板的两端压着石头，以防被大风刮走。

沓板房依地形而建，
有的一层，有的二层，
高低不同，错落有致。
有些院落独守一角，
有些院落密切相连，
各种树，绿在其间。
从对面山上看金贡岭寨，
恰似被青山装裱的一幅画。

阿扎伊家在寨子西面，
门前有三棵大槐树，树干粗似壮汉腰，
树冠下的阴影，足够三四十人纳凉。
院子北面有一座两层沓板房，
一层住人，二层放着谷物、农具。
西面两间房，是烧水做饭的厨房。
东面两间茅草房，
分别养着两头牛、一群羊。

家里不穷不富,不愁吃,不愁穿,
算寨子里的中等人家。

阿扎伊种地,砍柴,打猎,
茨嫚娜姆做饭,喂鸡,洗衣,
夫妻俩恩恩爱爱,过着和睦的生活。
可他们还有一个很大的缺憾,
没有一男半女,生活得冷冷清清。

人急求神,虎急奔林。
这一天,阿扎伊、茨嫚娜姆拿着供品,
朝白马庙走去。
白马庙在寨子东头,
三间土木屋,里面供着白马爷。
庙门前有两棵四季常青的大柏树,
树干粗得一个人抱不拢。

一进庙门,茨嫚娜姆见了救星似的,
用歌声诉说起自己的心病:
"河里石头溜溜光,
大姐三十没生养。
带着美酒提着鸡,
白马庙里求儿女。
美酒公鸡都献上,
保佑我把娃怀上。
竹棍要编鸡罩哩,

女子儿子都要哩。
女子洗镬抹灶哩，
儿子务农打猎哩。

"不结瓜的是谎花，
白马庙里求娃娃。
白马爷前拜三拜，
跪下哭着不起来。
白马爷,您把善心发,
给我赐个迟娃娃。
赶脚要靠骡子哩，
向您求个儿子哩。
让我后代传下来，
莫要死后没人埋。
今年向您求着哩，
明年怀里抱着哩。"

画像上的白马爷头戴沙嘎帽，
腰佩宝剑,骑着一匹骏马,
气冲霄汉,神采夺人。
阿扎伊杀了公鸡，
跪在白马爷的画像前，
献上鸡血,虔诚地说:
"白马老爷,我心里常记着您,
今天给您杀了只公鸡，
还带来了美酒,请您享用。

看在孝敬您的分上，
求您赐给我们夫妻儿女。
生下儿子，给您杀一头猪；
生下女儿，给您宰一只公羊。"

夫妻俩从庙里回来，刚返回家门，
看见一只大喜鹊领着六只小喜鹊，
从天空飞来，停在门前的槐树上，
尾巴打着节拍，欢快地鸣叫着。
他俩认出了大喜鹊，那六枚鸟蛋的妈妈，
现在它带着孵出后会飞了的孩子，
报恩来了，用它们的歌声。
他俩向七只喜鹊招了招手，
它们叫得更欢了。
它们的叫声，如阵阵清风，
将他俩的忧愁吹得无影无踪。

"阿扎伊，你听喜鹊叫得多喜庆，
'喳喳喳喳，喜事到家'。"
茨嫚娜姆眉开眼笑，从沓板房的二楼，
掬来麦，撒在院里。
喜鹊"哗"地从树上飞下来，
啄完麦，又飞上槐树，"喳喳喳"。
它们的叫声，吵醒了槐树上的花苞，
一朵一朵睁开了眼睛，
整座院落飘满了甜丝丝的香气。

有只调皮的小喜鹊,从树上飞下,
飞到茨嫚娜姆的肩头,
对着她的耳朵"喳喳"叫,
好像孩子对阿妈亲热地说话。
她扭头看着小喜鹊,
感到一束阳光落在了自己身上。

五

门前的三棵树挂满槐花的时候,
茨嫚娜姆有了身孕。
种子发芽的土地才是真正的土地,
能怀上孩子的女人才是真正的女人。
她觉得自己有了尊严,
再也不比其他女人低一头。

那三棵槐树上盛开的槐花,
像聚在一起的星星,看得人心里都发亮。
槐花,让附近的石头都染上了花香,
再经过风热心地运送,
也香了整个山寨,
熏得人人骨头里都是香的。

茨嫚娜姆的脸上,天天挂着笑,
笑成了迎着春风开放的桃花。

人能抑制痛苦，但无法抑制欢乐，
这如同溪水，寒冷时可以沉默成冰，
但遇春风，就要吐出浪花。
从此，欢乐的歌声和茨嫚娜姆紧紧相伴。

地里锄草时，茨嫚娜姆一边挥舞着锄头，
一边放开嗓子唱《锄草歌》：
"雄鸡一叫天亮了，
我们上山锄草了。
不停挥舞铁锄头，
株株杂草全锄掉。

"清早锄到日头落，
姑娘小伙有干劲。
锄掉杂草庄稼长，
满山遍野好收成。"

阿扎伊也跟着妻子放声歌唱，
撩得其他地里的男男女女嗓子也发痒，
大家一起纵情高歌，歌声高过了白云。
他们把山野当展示歌喉的舞台，
在歌唱中劳作，流出的汗都是甜的。
大山也跟着他们唱，不过舌头欠灵巧，
喊出的字没有他们的真。

"日头出来像火烤，

相互帮忙锄杂草。
日头落山夏风爽，
小伙加油姑娘忙。"

他们唱了一曲又一曲，
就像白马河中的水波，一波连一波。
山上的花朵有多少种，
他们嘴里就有多少曲调；
林中的树叶有多少片，
他们肚子里就有多少歌词。

农活之余，茨嫚娜姆忙里偷闲，
从屋里搬来小木凳，
坐在槐树下纳凉。
那七只喜鹊，也飞来，
落在槐树上，"喳喳喳"地歌唱。
她看一会儿树上的喜鹊，
便在一片白布上精心刺绣，
绣着绣着，就唱起《纳凉歌》：
"山寨街道平又坦，
男女朋友来纳凉。
大树下面好凉快，
唱唱歌儿精神爽。"

她的歌声引来男女老少，
一起纳凉，一起唱歌：

"山寨幽静又宽敞，
朋友相聚诉衷肠。
快快来吧，快快来，
我们一起玩一起逛。

"微风习习真惬意，
小妹歌声好动听。
快快来吧，快快来，
真情的话儿记心里……"

灼热的暑气被凉风吹走，
一天的疲劳被歌声唱飞。
老年人忘记了年龄，
穷人忘记了贫穷，
光棍汉忘记了孤单，
年轻人忘记了生活的创伤。

在快乐的生活中，
茨嫚娜姆的肚皮渐渐腆起。
肚子里的生命每跳动一次，
就给她带来一份甜蜜的喜悦。

她的刺绣也完成了，
绣的就是那七只喜鹊的模样。
人人都夸她心灵手巧，
把喜鹊绣活了，随时会飞。

她把刺绣挂在墙上，
那七只喜鹊飞进门，
看了一会儿，齐声"喳喳喳"，
好像在说"像像像"。

六

"活在世上一辈子，
不唱不跳划不着。
欢欢喜喜多热闹，
唱唱跳跳多快活。
劳动时就劳动，
唱歌时就唱歌。

"骨头肉我们大家吃，
香甜的美酒众人喝。
兄弟姐妹欢聚一堂，
嘴巴闲着就要唱歌。
边唱歌来边喝酒，
还比神仙都快乐。

"我们说说笑笑，
一切烦恼别往心里搁。
我们尽情地唱歌，
歌声飞出心窝窝……"

进入腊月,山寨便有了节日的喜庆,
人人都热闹成"喳喳喳"的喜鹊。
腊月初八起,家家开始凑柴,
将凑的柴放到街火场,点燃,
男女老少烤街火,唱歌跳舞。
晚上,他们围着熊熊烈火,
手拉手,跳着火圈舞,
人人眼睛里映着红红的篝火,
脸上洋溢着开心的笑容,
雄壮的歌声飞向夜空。

一眨眼,除夕到了。
家家有除夕坐夜、坐寿的习俗,
白马语叫"耶萨闹斗",
意思是坐到天亮,岁寿圆满。
这晚,家家户户展挂祖神图案,
献菜、洒酒祭祖。
祭祖结束,全家围火塘而坐,
边啃骨头肉边喝酒,沉浸在欢快的气氛中。
偶尔,朵朵雪花也随风飘进门,
分享年夜的祥和喜庆。

听到黎明时分的第一声鸡鸣,
全寨人争先恐后地高喊"噢唠阿韦勒",
反复三次,呼声震天。

传说，大年初一黎明，
第一个听到鸡鸣的人，一年财运亨通。
因此听到鸡鸣，都要喊"噢唠阿韦勒"，
意思是"啊，我第一"。

阳光莅临大地，
棵棵树成了玉树，
条条路成了玉路，
座座山成了玉山。

妇女扫完院里的雪，撒下几把麦，
喜鹊、乌鸦、麻雀等鸟们，
纷纷落下来，抢着吃，十分热闹。
它们吃完，飞到房顶，
用鸟语向人们祝贺"新年好"。

将节日气氛推向高潮的是表演"池哥昼"。
"池哥昼"是一种傩面舞，
由男面相舞、女面相舞和知玛舞组成，
装扮者均为男性。
男面相，一般四名，面戴木雕彩绘面具，
反穿皮袄，身佩铜铃，
左手执木兵器，
右手执牛尾刷，表演池哥舞步；
男相面具隆鼻巨口，面目狰狞，
表演者动作粗犷有力。

女面相,一般也是四名,
面戴木雕彩绘面具,身着百褶衣,
胸前佩鱼骨牌,表演池母舞步;
女相面具慈眉善目,仪态端庄,
表演者动作柔和细腻。
知玛,有两名,脸涂镶墨,
一手拿破烂的女性衣服,一手拿犏牛尾,
说笑话,唱怪歌,随意乱跳。

表演"池哥昼",
可以驱恶避邪,祈福纳祥,
从正月十三到十五,轮流到每家每户表演。
那几天,人人都穿着节日盛装,
跟在舞蹈队伍后面,伴随着锣鼓声,
唱着歌,将真诚的祝福送给主人。
家家拿出最好的酒、最好的肉菜,
热情地招待大家。

有喜事的阿扎伊,用镶墨抹黑脸,
扮成知玛,做着滑稽的动作,向主人道:
"掌柜的长着一对好眼睛,
顿顿不离饼子和点心;
掌柜的长着一个好鼻子,
顿顿不离猪蹄子;
掌柜的长着一个好脖子,
出门骑马压骡子。

"我们一行走后，
老的增福增寿，
小的长大成人。
脚踏十方，方方大利，
所有的三灾八难，
被赶出门外三千里。"

他有趣的表演，逗得大家十分开心。

七

十月怀胎，一朝分娩。
茨嫚娜姆肚里的孩子，
整整怀了三年，
还没有一点分娩的兆头。

这天饭后，茨嫚娜姆刚洗完碗，
看到那七只喜鹊飞来，
停在大槐树上"喳喳喳喳"，
好像在说"喜事到家"。
突然，她肚子一阵疼痛，终于分娩。
生得顺利，没有怎么折腾，
可生下的既不是胖乎乎的男孩，
也不是可爱的女孩，
而是一个无头无尾的肉坨。

看着怪物，她的心如绣花针扎，
嘴巴里流出内心的悲伤：
"喜鹊的儿子是小喜鹊，
乌鸦的儿子是小乌鸦，
鱼儿的儿子是小鱼儿，
蜜蜂的儿子是小蜜蜂，
树木的儿子是小树苗，
石头的儿子是小石头。

"世上最可爱的是小人儿，
小人儿就是活泼的男孩，
小人儿就是漂亮的女孩。
白马爷，我好可怜啊，
生下的为啥不是小人儿？
而是一个没眼看的怪胎！"

一个从没做过亏心事的弱女子，
被打进十八层地狱，
被魔鬼砍去双脚挖去双目，
才会发出那样凄惨的声音。
石头听了都会落泪，
毒蛇听了都会伤悲。

阿扎伊盼星星盼月亮一样，
盼望妻子生个可爱的小孩。

打死他也想不到命运带来的，
竟是一个无法让他接受的怪胎。
丢一群羊，死十头牛，
十亩青稞被天打了，
一院沓板房遭火了，
也不能让他如此沮丧。

可看着妻子产后苍白的脸色，
还有那可怜的神情，他安慰道：
"茨嫚娜姆，想开点，
虽然生了一个怪物，但说明你还能怀。
白马爷会可怜咱俩的，迟早会生个小孩。
茨嫚娜姆，别哭了，
泪流得多了，会伤眼睛。"

丈夫无论怎么安慰，
也无法止住她悲伤的泪水。
泪水，差点冲塌了鼻子！

阿扎伊找了一片布，将肉坨包起，
来到山寨外，将它丢进路边的草丛中。
一群狗看见，"汪汪"叫着跑过来，
看了一眼，忙掉头跑开。
他心想：真是怪物，狗都嫌弃！

他又提起肉坨，把它扔到路中间。

一群羊走过来,却都一一绕开,
上面没有落下一个蹄印。
他心想:真是怪物,羊都不踩!

他又提起肉坨,走了十几里路,
走到豺狼出没的森林,随手扔了。
豺狼见了肉坨,只是绕着它转了几圈,
然后,悄无声息地走了。
他心想:真是怪物,豺狼都不下口!

他又提起肉坨,走出森林,
来到山脚下的白马河畔,
坐在一块牛一样大的石头上,
哭丧着脸,唉声叹气。

两岸山峦,覆盖着碧绿的树林。
那绿像天上的云一样,有浓有淡:
浓处,成了团得很紧的绿疙瘩;
淡处,池塘里的水一样绿得均匀,
并且搭配成浓淡相宜的长长画卷。

白马河,碧玉化成似的,绿得勾魂,
山峦的倒影,沉醉其中。
白马河,白马人一样,性格开朗,
处处开着有笑声的白莲。
看来,水有多绿,

笑就有多白!

难怪那片水域浪花大,
原来下面有一头石水牛;
难怪那片水域水流湍急,
原来下面有一匹石马;
难怪那片水域水珠飞溅,
原来下面有一只调皮的石猴;
难怪那片水域传来"啸啸"声,
原来下面有一只威猛的石虎;
难怪那片水域十分安静,
原来下面的石熊猫还没有睡醒……

绿水没有让阿扎伊的灰色心情绿起来,
倒觉得一河水在"哗啦啦"地嘲笑自己。
生不下男孩生个女孩也行,
哪怕生个缺胳膊少腿的也行,
可为啥偏偏生下了一个肉坨?
自己从不撒谎,又不偷又不抢,
也没做下什么亏心事,为何要遭如此厄运?
他越想越气闷,越想越心烦,
扔垃圾一样,将肉坨扔进白马河。

第二章　心里甜甜,眼里却酸酸

一

那肉坨掉进白马河,击起的水柱,
白龙一样,直冲云霄;
河里的鹅卵石,生出翅膀似的,纷纷飞起;
两岸的青山,像被有力的皮鞭抽疼了那样,
浑身抖了抖,惊飞无数山鸟;
太阳躲进云层,吓白了脸。

白马河,眨眼间失去浪花,
成了风平浪静的海子,不再流淌。
岸边几个放牛的人,
连牛也丢下,向远方逃去。

阿扎伊被吓软了,站也站不稳,
要不是一把抓住身边的一棵柳树,
就会一头栽进海子。

他迈着沉重的步履,回到山寨。
虽然妻子生下的不是一个孩子,

但看到她产后憔悴的面容，

他杀了一只鸡，炖了。

鸡炖好，他盛到碗里，

端到妻子面前，让她补补身子。

她摇摇头，表示自己没脸吃。

他开导了好一会儿，她才喝了几口汤，

扭过头，对碗里的鸡肉不再看一眼。

夜深人静，夫妻俩辗转反侧，

长吁短叹，没有一点睡意。

黎明时分，熬红了眼的茨嫚娜姆，

刚合上双眼，便看到一个鸟巢，

两只白鸽，还有一个可爱的男婴。

男婴的一声"阿妈"，把她从梦中惊醒。

阿扎伊家来了一拨又一拨人，

他们大都是下游白马寨的人。

他们来不是为了安慰这个不幸的家庭，

而是兴师问罪。

本寨的头人班大发，大声质问：

"阿扎伊，你妻子生了一个啥怪物，

这样可怕？扔进河里，使河变成了海子。

昨天下游还有哗啦啦的流水，

今天只见鹅卵石，不见一滴水，

总不能让大家喝鹅卵石吧！"

班大发，三十出头，身体高大，

与人说话,总是居高临下地看着对方,
犹如凌空的雄鹰看着地上的小鸡,
给人一种无形的震慑力。
"阿扎伊,人虽然不是鱼,
可和鱼一样需要水。
你不想办法让河流变成原来的样子,
大家就要牵来牛羊,
睡在你家大吃大喝。"

阿扎伊低头哈腰,
向班大发他们说了几背篼好话,
才熄灭了他们的怒火。
他提起自家的伤心事时,
好些人也低下了头,流露出几分同情。

二

阿扎伊拿着一把刀子,来到白马河畔,
想剖开肉坨,看看里面到底有什么。
海子变得比夜还黑,
好像罩着不祥的黑纱。
昨天扔掉的肉坨不见了,
是被鱼吃掉了,还是沉入了水底?

他胡思乱想时,突然听到"喳喳"声,
常来家的那七只喜鹊飞来了,

在他头顶飞了几圈后,向远方飞去。
返回时,它们各自叼着包裹肉坨布的一角,
努力地扇动着翅膀,朝他飞来。

喜鹊把肉坨拖到岸边,
向他亲热地叫了几声,才飞离。
他将肉坨捞上来,刚割了一个口子,
两只白鸽"扑棱"飞了出来。
鸽子的一对翅膀,如同一对洁白的月牙,
贴着水面徐徐飞行。
犹如太阳清除夜色那样,
鸽子飞过,海子里的黑色便失去了踪影。

两只鸽子飞出水面,
围绕着他盘旋,十分依恋。
两只雪白的鸽子,就是他的女儿。
他给姐妹俩起了名字,
大的叫劳美阿美,小的叫塞昼特林。
姐妹俩围绕着他飞了一会儿,
才依依不舍地飞向了蓝天。

那两只鸽子,像两道闪电,
让他灰色的心情亮了片刻。
闪电消失,他内心又是阴云密布,
悲痛的歌声从口里飞出来:
"天神啊,请您发发慈悲,快来帮帮我!

地神啊,请您发发慈悲,快来帮帮我!
山神啊,请您发发慈悲,快来帮帮我!
河神啊,请您发发慈悲,快来帮帮我!
树神啊,请您发发慈悲,快来帮帮我!
各路神灵,请发发慈悲,快来帮帮我!"

悲痛的歌声唱破了嗓子,
他的祈祷并没有显灵。
要不是惦记还被痛苦煎熬的妻子,
他真想跳进海子,一了百了。

刚才飞走的那对鸽子,
也就是劳美阿美和塞昼特林,
又飞回来,啄着拦水的石岸。
姐妹俩不停地啄啊啄,
啄得嘴流血了,终于啄开了豁口。
水顺着豁口流出来,
下游干涸的河道又涌起滚滚雪浪。

阿扎伊把劳美阿美、塞昼特林抱在怀里,
抚抚这只,抚抚那只,
吻吻这只,吻吻那只,
滚烫的热泪湿了姐妹俩的羽毛。
姐妹俩用头蹭着他的手,
嘴里发出"咕咕"的叫声,好像在说:
阿爸,由于我们,你受的委屈,

女儿永远记在心间。
阿爸,想开点,心胸开了,
心头的乌云自然会消散。

姐妹俩"咕咕"了一会儿,
离开他的怀抱,飞向了天空。
看着两个女儿消失于天际,
他心里空荡荡的,一阵惆怅。

"呱呱",身后传来清亮的叫声,
回头一看,他发现那叫声来自肉坨。
他蹲下来,取出刀子,
将肉坨原来的口子割大了一些,
才看清里面还有一只拳头大的青蛙:
翠绿的脊背,圆鼓鼓的眼睛,
模样显得十分机灵。

前面的两只鸽子,已弄得他一头雾水,
这只青蛙,又让他心乱如麻。
把青蛙丢在这里,还是弄回家?
他迟疑着,不知如何是好。
"噌",青蛙纵身一跳,跳进他怀里。

"热头落山又落坡,听我唱个光棍歌。
光棍汉子没下落,冷了灶台冷了镬。
炕上老鼠打了窝,蜘蛛网得满墙角。

火塘扒出蛤蟆跑,水缸搅出青苔飘。

"磨里磨的黄豆面,独自个的光棍汉。
左手拨磨右手箩,光棍汉的人难活。
磨里磨的小麦面,混过一天是一天。
帽子一端连家搬,不知死到哪一天。"

班二牛唱着山歌朝这边走来。
班二牛,年龄三十有六,
孤单一人,穷得叮当响。
他身体单薄,面容黑瘦,
一双眼睛像牛的一样,
额头有一坨铜钱那么大的红记。
他一生靠借账度日,借了东家借西家,
借账还账,还账借账,
虽没完没了,可诚实守信,从不赖账。

班二牛指着阿扎伊怀里的青蛙,
问是咋回事,让他眉头紧皱?
阿扎伊知道骗不过,
便把发生的一切如实相告。

班二牛说:
"兄弟,这只青蛙蛮机灵,
你若嫌弃,我就喂养,
在我身边,也有个响声。"

三

阿扎伊回到家里,
把一切如实告诉了茨嫚娜姆。
她听后,眼圈一红,说:
"阿扎伊,不管他是青蛙,
还是癞蛤蟆,都是我身上掉下的肉,
你怎么把他送了人?"

"班二牛心地善良,
咱俩的孩子在他那儿也不会受罪。
再说,我点了头,
就成了人家的,怎么能反悔?"

"理是这个理,
咱俩还可以想想办法。"

"你这样一提,我也后悔。
茨嫚娜姆,你这么虚弱,
先养身子,这事,以后再说。"

过了一月,阿扎伊夫妇抱着一只大公鸡,
朝班二牛家走去。
班二牛家在寨子西北一角,
班二牛在自家院里打一个喷嚏,

阿扎伊在家里都能听见。

阿扎伊夫妇走进班二牛的院子，
沓板房里传来班二牛的歌声：
"高高山上打大锣，光棍汉的人难活。
早晨起来一个人，睡到半夜睡不着。"
班二牛唱完，说道：
"小青蛙，小青蛙，
你不知道，一个人过日子多孤单。
不唱几声我心急，唱了三声下泪了。
小青蛙，自从你进了家，
这里有声有响了，愁肠的日子好打发了。"

班二牛的沓板房低矮、破旧，
像一位风烛残年的老人，
被大风一吹，就"吱吱"地呻吟。
阿扎伊夫妇咳嗽一声，一脚踏进沓板房，
如踏进了黑夜，眼前黑乎乎一片，
眼睛适应了好一阵，才勉强看清里面。
四面的墙、椽、顶檩子的柱子，
被烟熏得黑如炭；
火塘里支镬的几块石头，
地上乱摆的木墩，都能和乌鸦比黑。
班二牛坐在木墩上，
蛙鞋前面的几个窟窿，露出脚指头。
小青蛙静静守在他身旁。

小青蛙吃过星星似的,眼睛异常明亮。

茨嫚娜姆蹲下来,手向小青蛙伸去,
小青蛙一跳,躲开,再一跳,
跳到了班二牛怀里,
这让她心里一揪。

茨嫚娜姆瞅了一眼阿扎伊,暗示他开口,
而他舔了舔嘴唇,没有吭声。
盼子心切的茨嫚娜姆说:
"二牛哥,给你说件事,
说得不对你也别生气。
将这只大公鸡留给你,
我想把儿子带回。"

班二牛瞅了瞅小青蛙,说:
"你家的大公鸡我不要。
这只青蛙有灵性,会听话,
要留要走,由他自己选择。
小青蛙,你想留下来给我做伴就点点头,
你想跟着阿妈回家就摇摇头。"

小青蛙点了点头,又摇了摇头,
表示既想留下来,又想被阿妈带回家。
阿扎伊夫妇什么也没说,
抱走大公鸡,牵来一只羊。

"阿扎伊,你把我班二牛当啥看?
我不是挟持人的贼,想把他卖个好价钱。
要自己的孩子为啥不早点来,
偏偏等我喂得舍不下了才开口?
这正如你给我送了一只鸡,
等我吃下去长成身上的肉了才来要。"

阿扎伊夫妇听了班二牛的话,
不知道怎么回答。
茨嫚娜姆瞅着亲骨肉,
默默流泪,泪水落在了地上,
也落在了班二牛心头。

"妹子,别哭了,我最害怕女人流泪。
小青蛙你俩带回,去了好好喂养。
你俩要强行留羊,这是把我当贼看。
把羊牵走,一根羊毛我也不留。"
班二牛说完话,扬了扬手。

回到家里,茨嫚娜姆说:
"孩子回家了,该给他取个名字。"
阿扎伊想了一会儿,说:
"就叫阿尼嘎萨。"

四

乌鸦不嫌儿子黑,麻雀不嫌儿子灰。
在茨嫚娜姆眼里,
小青蛙碧绿的脊背,如同翡翠;
一双黑亮的眼睛,美似珍珠;
干净的肚皮,犹如白云。
夜里,她把他搂在怀里,
轻轻拍着,唱着催眠曲:
"月儿高,月儿高,
月儿弯弯挂树梢。
架上的鸡儿莫'咯咯'叫,
窝里的狗儿莫胡乱咬。
我的宝贝蛋,
快快睡觉哟。

"星儿闪,星儿亮,
星儿夜空捉迷藏。
清凉的夜风莫胡乱跑,
墙角的蛐蛐莫"吱吱"叫。
我的宝贝蛋,
快快睡觉哟……"

明月用清辉,织了一件轻纱,
披在山寨的头顶,山寨十分静谧。

寨子西头的一只狗,打个响鼻,
便惊跑寨子东头的一只野兔;
有人做梦,梦里被狼咬了一口,
邻居都能听到他的心跳;
一片睡在树叶上的月光,被微风一打扰,
翻身的声音,也能清晰地听见。

在阿妈的催眠曲中,阿尼嘎萨甜甜入睡。
他睁开眼睛时,阳光已透进窗棂。
阿妈将做好的早饭,盛到小碗里,
用箸往他嘴里喂。

羊羔依恋奶羊,
阿尼嘎萨依恋阿妈。
阿妈走到哪儿,他就跟到哪儿,
她身后好像跟着蹦蹦跳跳的翡翠。

一只大公鸡跑过来,啄阿尼嘎萨,
吓得他一跳一跳地躲。
阿妈鼓励儿子说:
"阿尼嘎萨,不要怕,
你越怕它,它越不饶你。
儿子,你是男子汉,要勇敢,
太胆怯了,连蚂蚁都会欺负你。"

阿妈的话给了阿尼嘎萨力量,

大公鸡再次扑上去啄他时,
他纵身一跳,越过鸡冠,
吓得它"喔喔"叫。

一只油光锃亮的黑猫,
向阿尼嘎萨扑过来,
他一跳,猫扑了空。
猫想再扑,他则迎上去,
猫一惊,蹿上了一棵柳树。
猫为了挽回面子,吹着胡须,
朝他"喵喵"叫,好像在说:
你小子有本事跳到树上来,
和我比比高低!

"儿子,好样的,你真勇敢!"
茨嫚娜姆笑声朗朗,
"你这样勇敢下去,
将来一定会有出息。"

一只黄狗看到阿尼嘎萨神气的样子,
便吠一声,朝他扑去,
以为一下可以制服他,没想到他一躲,
它的嘴碰在地上,来了个狗吃屎。
黄狗恼羞成怒,再次狂吠着进攻,
他左躲右闪,不让它沾边。
黄狗没占上便宜,便装作不再纠缠的样子,

趁他放松警惕的片刻,它屁股一扭,
尾巴一扫,将他一下子扫翻。
黄狗高傲地看了一眼肚皮朝天的他,
便趾高气扬地离开。

"阿尼嘎萨,不要沮丧,
即使斗不过黄狗,也不要输了精神。
要赢得起,也要输得起。"
茨嫚娜姆安慰着他。
他翻过身子,有意蹦跶了几下,
意思是输一次也没啥。

过了几天,茨嫚娜姆去白马河畔采蘑菇,
阿尼嘎萨也跟着,给她做伴。
阿妈在树林中采蘑菇,他在白马河边玩,
不料又碰见了那只黄狗。
黄狗一见他,便瞪大眼睛,
"汪汪"叫着,既挑衅,又恫吓,
但他眼睛里没露出一丝胆怯。
黄狗被激怒了,浑身的毛竖起,
腰一弓,蓄足力,箭一般朝他扑去,
他灵巧地一跳,让它扑了空。
黄狗继续攻击,他躲来躲去,
趁它气喘吁吁时,他轻盈地一跳,
跳到它头上,紧紧抓住它的耳朵,
它使劲甩头,甩晕了头,

也没有将他甩下来。
黄狗朝河边一块大石头撞去，
想将头上的他撞伤撞亡，
危险降临前的一瞬，他跳到了河边。
气急败坏的黄狗心一横，向前一扑，
他一跳，跳进了白马河，
而扑空了的黄狗，掉进了河水中。
他如鱼得水，在水里快乐地游来游去，
而黄狗狼狈不堪，好不容易才爬上了岸。

茨嫚娜姆听见狗吠，从树林中跑出来，
恰好看见儿子最后战胜黄狗的一幕，
兴奋得两颊出现了红霞。
从此，黄狗见了阿尼嘎萨，
耷拉着耳朵，不敢再耍半点威风。

五

班二牛，这位无依无靠的光棍，
三天两头跑来看阿尼嘎萨。
今天，他带来一颗煮熟的鸡蛋，
明天，他带来一个白面馒头。

班二牛还跑到山上的深林，
守了三天三夜，网住了一对花头鹦鹉。
那对花头鹦鹉，生有百只舌头似的，

不但会学各种鸟叫,还会学说人话。
班二牛给花头鹦鹉教了几天话,
便提着鸟笼进了阿尼嘎萨的家。
花头鹦鹉一见阿尼嘎萨,
就用唱歌的腔调说:
"阿尼嘎萨,你好!
阿尼嘎萨,你真漂亮!
阿尼嘎萨,我们给你唱歌。"
阿尼嘎萨听了,高兴地"呱呱呱"。

有时,班二牛征得阿扎伊的同意,
还会将阿尼嘎萨领回家,给他做几天伴。
阿尼嘎萨一进他家的门,
他感到沓板房里多了一盏灯那样亮堂。

晚上睡觉,他还要为阿尼嘎萨唱歌:
"这边的树在摇,
那边的树在摇,
我抱着阿尼嘎萨摇。
宝贝呀,瞌睡了,
瞌睡了呀瞌睡了……"

六

阿尼嘎萨尽管是一只小青蛙,
但茨嫫娜姆却把他当一个小人儿看待。

吃饭时,从不把饭丢到地上,
而是盛在一个小碗里,让他有尊严地吃。
她教导儿子,别人扔在地上的食物,
宁可饿死,也要拒绝。

她还教儿子说白马语,不厌其烦。
她指着天说:
"阿尼嘎萨,那叫'挠',
跟上我说,'挠''挠''挠'。"
她无论怎么教,他嘴里只会"呱呱"。
她指着太阳说:
"那叫'虐',
跟上我说'虐''虐''虐'。"
她的嘴磨成了茧,儿子嘴里依旧"呱呱"。

阿扎伊也不时给儿子教白马语,
可他没妻子有耐心,
教上一阵见儿子依旧"呱呱",
便心烦意乱地走开。

晚霞消失,夜色来临,
茨嫚娜姆指着月亮对儿子说:
"那圆镜子似的,叫'杂',
跟上我说,'杂''杂''杂'。"
他怎样努力,口里发出的还是"呱呱"。
她指着星星说:

"儿子,那叫'改卖',
跟上我说,'改卖''改卖''改卖'。"
不管她念多少遍,他叫出的还是"呱呱"。

不甘心的她对儿子又教起了歌:
"阳光消失的夜晚,
动物睡觉时朝怎样的方向?
动物睡觉时依当地的山势。
金丝猴睡觉时去哪儿?
金丝猴睡觉时找松树。
獐子睡觉时去哪儿?
獐子睡觉时去草坡。
鸡睡觉时去哪儿?
鸡睡觉时找鸡架。"

一首歌不管教多少遍,
阿尼嘎萨只会发出"呱呱"。
尽管茨嫚娜姆为此十分苦恼,
但她坚信儿子聪明伶俐,
迟早会说白马话,会唱白马歌。

七

劳美阿美和塞昼特林,不时飞回山寨,
来看阿爸和阿妈,还有弟弟阿尼嘎萨。
姐妹俩落在家门口的大槐树上,

"咕咕"地唱一会儿歌,才飞下来。

劳美阿美落在阿妈的肩头,
用喙亲着阿妈的脸庞。
阿妈伸出一只手,抚摸着女儿,
泪水白马河一样流淌。
见了可亲的女儿,
心里甜甜,眼里却酸酸,
说不上是幸福还是悲伤!

塞昼特林落在阿爸的手心,
用喙亲着阿爸手上的老茧。
阿爸手上的茧虽然越来越老,
心却越来越脆弱,面对女儿无声的安慰,
眼眶里蓄满了热泪。

姐妹俩飞到弟弟身旁,
一会儿用喙亲他的脸,
一会儿用翅膀轻轻拍打他的身体。
阿尼嘎萨"呱呱"叫着,似乎在说:
大姐、二姐,我们好想你俩!

劳美阿美、塞昼特林陪他们一会儿,
又扇动着翅膀起飞。
阿扎伊说:
"劳美阿美,塞昼特林,

我给你俩筑了一个巢，
为什么不能住下来?"
姐妹俩在天空一边盘旋，
一边"咕咕"叫，似乎在说：
既然天生一双翅膀，
那就离不开放飞心灵的天空。
我俩以清风为友，以白云为伴，
天空是我俩快乐的家园。
阿爸、阿妈、弟弟，多保重，
我俩会常常回家看看!

两只银白色的鸽子，
在院子上空盘旋了几圈，
随后，向远方飞去，
身影越来越小，成了两个小点，
瞬间，像两滴水融入河流，
融入辽阔的天空，什么也看不见。

第三章　夜里开的小红花，也叫油灯

一

阿扎伊门前三棵槐树的年轮增了十圈，
可阿尼嘎萨，还是拳头那么大。
和他同岁的孩子会唱不少歌，
而他只会单调地"呱呱"。

一头摇着铃铛的牛从门前走过，
茨嫚娜姆指着牛，对儿子说：
"记住，这叫'橯'。"
一匹驮着粮食的马从门前经过，
她指着马说：
"阿尼嘎萨，这叫'带'。"

正在磨镰的阿扎伊叹息一声，说：
"茨嫚娜姆，别费唾沫了，
这十年，他连'阿妈'都没学会叫，
别指望他学会说话。"

"阿扎伊，你不知道他多聪明，

我相信他迟早会说话。
现在,我们需要的是耐心,
千万不要泄气。"

"茨嫚娜姆,说句你不爱听的话,
他再聪明,也是青蛙啊!
你这是赶着鸭子上架,
不要为难儿子啦!"

"可是儿子的眼睛告诉我,
他把我说的全默默记在了心里。
你看他的眼睛,多么有灵气,
是我见过的最有灵气的眼睛。
我坚信,儿子有人的心智,
有朝一日,他会开口说话!"

"这点我也承认,
但愿能从你的话上来。
——嘿,二牛哥,你来啦,
来就来,手里还拿啥呢?"

班二牛走进院子,
手里捏着两把瓢子,
一把白,一把红。
他笑着说:
"山坡上的瓢子熟了,

摘了两把,让阿尼嘎萨尝尝。"

他摘了一粒,弯下身子,
往阿尼嘎萨的嘴里喂,
阿尼嘎萨看了看阿爸、阿妈,
摇了摇头,没有张嘴。

"哟,阿尼嘎萨懂事啦,
看来阿爸、阿妈不先尝,他就不张嘴。"
班二牛将一把瓢子递给阿扎伊,接着说,
"这一把瓢子你和茨嫚娜姆吃,
这一把阿尼嘎萨享用。
阿尼嘎萨,怎么还不张口?
噢,你是让我先尝。
真懂事,我没有白疼你。"

班二牛先吃了一粒瓢子,
阿尼嘎萨才张开了嘴。

阿扎伊、茨嫚娜姆因儿子是只小青蛙,
短了精神,活人抬不起头,
但看到他机灵、懂事,
也十分可爱,像个小精灵,
心里得到了一些慰藉。

二

山寨向东二里,有面百丈高的悬崖,
悬崖中间有一个大石洞,
一股清水从洞中奔涌而出,
犹如一条从天而降的玉龙。
石洞形状酷似大门,
瀑布的名字便叫石门瀑布。
瀑布冲开的沟壑上面,架着一座廊桥,
站在那儿,可以把瀑布当流动的画欣赏。
欣赏着流动的画,听着龙吟虎啸,
会将人世间的一切烦恼忘掉。

山寨的头人班大发利用水势,
在距瀑布一里多路的下游,
修建了一座水磨,
方圆十多里的人大都来这里磨面。

这一天,阳光明媚,
依曼领着阿尼嘎萨来到石门瀑布游玩。
依曼是勒贝杨明远的女儿,
被父亲视为掌上明珠。
白马人有自己的语言但没有自己的文字,
他们的历史文化民俗靠勒贝传唱。
杨明远,方圆百里有名的勒贝,

白马人的历史、民俗、医术样样精通，
此外，不光会说汉话，还能读懂汉人的书，
人们将他当神一样尊重。
十岁的依曼，一张鹅蛋脸，玉一样洁白；
一笑，眼睛成了月牙，十分可爱；
唱的歌，比山坡上的莓子还甜美。

依曼家在寨子东面，
离阿尼嘎萨家百步之遥。
依曼和阿尼嘎萨同龄，
依曼生于秋天，阿尼嘎萨生于春天。
山寨里的孩子，对阿尼嘎萨十分歧视，
把他看成低人一等的小青蛙，
而依曼把他当哥哥，
他也把她当妹妹，不时走在一起玩。
他喜欢她唱的歌，听一首，
即便三天三夜不吃饭也不知道饿，
萦绕在耳边的歌声就是最有味的五谷。

依曼和阿尼嘎萨在廊桥上，
看了一会儿瀑布，依曼便开始打陀螺。
她一边用鞭子抽陀螺，一边唱：
"吃人婆，真丑恶，
坏事做得实在多。
做了坏事没好报，
变成一个圆陀螺。

"张家妹，李家哥，
小小鞭子手中握。
挥起鞭子使劲抽，
大家一起打陀螺。

"打陀螺，打陀螺，
打得陀螺没处躲。
消灭世上的坏妖魔，
我们的生活多快乐。"

她身着绿底花坎肩，
头戴锦羽绣花沙嘎帽，
打扮得像个小仙女。
她唱完童谣，阿尼嘎萨则在草丛中，
用嘴衔回一朵金黄的蒲公英，
一跃，放上她的掌心，算是对她的献礼。
她将蒲公英放在鼻子下面嗅着，
缕缕清香沁人心脾。

突然，伸来一只手，夺走花朵，
她一下子懵在那儿。
等她回过神来，才看到，
那花朵已被几哥比过踩在脚下。

几哥比过是头人班大发的儿子，

在九个亲堂兄弟中排行老九。
几哥比过比依曼大一岁,自小娇生惯养,
无法无天,算山寨里的小霸王。

依曼瞪着眼睛说:
"我和阿尼嘎萨玩,
怎么得罪了你? 你怎么这样不讲理?"
几哥比过用小指头指着阿尼嘎萨说:
"他是什么东西,你不嫌脏?
依曼,你还有脸和他一起玩,
我几哥比过,替你害臊!"

他嘴里说出的话,句句如毒箭,
射在了阿尼嘎萨的心上。
不要说头人的儿子,就是天王老子,
我也要给你一点颜色看。
阿尼嘎萨纵身一跳,
跳上几哥比过的额头,
在他脸上狠狠打了一爪。
几哥比过一巴掌朝阿尼嘎萨打去,
而阿尼嘎萨灵巧地一跳,躲在了他肩头,
他的脸反而挨了自己有力的一巴掌,
打破了鼻子,流出了鲜血。
几哥比过又伸手朝阿尼嘎萨击去,
没想到挨打的又是自己,
而阿尼嘎萨早已跳到了地上,

对他露出一脸鄙夷。

几哥比过自来世上一路春风，
从没有受过如此风寒。
他像挨了刀子的猪，
在地上撒泼打滚：
"阿尼嘎萨杀人啦！"

牵着牛的阿扎伊正好经过，
忙将几哥比过从地上抱起，
一边替他擦鼻血，一边哄他不要生气。
几哥比过说阿尼嘎萨打破了他的鼻子，
并把血，有意往阿扎伊的身上擦。

站在一旁的依曼看不下去，
向阿扎伊说出了实情，
但他知道头人的孩子是全寨的星星，
惹不起，便一个劲儿向几哥比过赔礼道歉。
而几哥比过还是不依不饶，
阿扎伊跑过去，将阿尼嘎萨一脚踢飞，
重重摔在草丛中，
几哥比过这才停止了闹腾。

阿尼嘎萨，肠子断了似的疼痛，
却没有"呱呱"叫，
因为他的心比肚子还疼几分。

他第一次深深感受到，
有钱有势的没理也有理，
没钱没势的有理也没理。

依曼跑到阿尼嘎萨面前，
抚摸着他，哭着说：
"阿尼嘎萨，你疼吧？
都是我不好，给你惹了祸。"
阿尼嘎萨忍住肚子疼，
"呱呱"了几声，好像在说：
依曼，没啥，
只是伤了皮毛，缓一会儿就好了。

三

阿扎伊把发生的事告诉了茨嫚娜姆，
她连连叹息几声，说：
"儿子，你已十岁了，该懂点事了。
石头大了就要绕着走。
往后，见了几哥比过要躲着，
咱们惹不起了能躲得起。"

阿扎伊说：
"阿尼嘎萨，给我听着，
以后，就乖乖待在家里。
我不指望你，只希望你千万别闯祸。"

明明是几哥比过挑起的事端，
到头来连父母都怪怨自己。
难道因为自己是只小青蛙，
就要忍受任何人的欺凌！
阿尼嘎萨肚里生的一股气，差点将肚皮撑破；
内心燃烧着的一团怒火，能把海子煮沸。

夕阳落下山坡，阿尼嘎萨趁父母不注意，
偷偷溜出门，一跳一跳地出了山寨。
他想走到一个很远很远的地方，
希望那儿有侬曼那样的小朋友，
每天和他们一起快乐地游玩。
到了那儿，要将几哥比过从脑海里赶走，
甚至将阿爸、阿妈，也要彻底忘掉。

他跳啊跳，跳过一台又一台庄稼地，
跳过一台又一台荒地，跳到高高的山坡上。
山坡上的野草比他高，淹没在草丛里的他，
发现天色越来越黑，比镬底还黑。
"嗥……"十里外的深林传来狼嚎，
那声音带着寒风似的，听得他浑身发冷。
突然，草丛中窜来一个黑影，
待明白时，他已被一只兔子踩翻。
一种强烈的恐惧紧紧攥住了他，
真后悔一气之下从家里走出，

可自己没有脸再走回头路。
如果回去，那比白天遭受的屈辱还要多：
白天的屈辱是别人给的，
而返回家的屈辱是自己找的。

他跳上一块光秃秃的大石头，
整座山寨虽然尽收眼底，
但由于光线太暗，只能看到朦胧的轮廓。
对面的大山，白天看起来那么遥远，
而夜色将它拉近，犹如一头巨大的黑熊，
蠢蠢欲动，好像随时要扑过来。

犹如小红花一朵一朵开放，
山寨里的灯，一盏接着一盏亮了。
自家的灯火也钻进了眼睛，
那一定是阿妈亲手点亮的清油灯。
"小红花"开放的家，
比太阳窝里还暖和。

"阿尼嘎萨，阿尼嘎萨……"
传来了阿妈呼唤自己的声音。
她的声音明月一样亲切，
感觉能驱走身边无尽的黑暗。

"阿尼嘎萨，你在哪儿？
快回来吧，阿爸不再怨你。

阿尼嘎萨,山林里不要去,
那里有老虎,有豹子,会伤害你。"
阿爸打着松枝火把,走出山寨,
一边焦急地叫着,一边朝山坡匆忙赶来。

"阿尼嘎萨,山崖上别去,
那儿风大,会吹疼你的头,
也很危险,不小心会掉下去。
阿尼嘎萨,快回来吧!"
阿妈跟在阿爸的身后着急地喊叫着。

"阿尼嘎萨,山坡你别去,
山坡上的草丛里有毒蛇,
会把你吞进肚子里。
阿尼嘎萨,快回来吧!"
依曼也走出了山寨,哭喊着。

"阿尼嘎萨,白马河里你也别去,
那儿风浪大,会吹走你;
水里的水怪,会抓走你。
阿尼嘎萨,快回来吧!"
班二牛打着火把,
一边喊一边向山下的白马河畔匆匆走去。

几乎家家有人出动,
到处喊着寻找阿尼嘎萨。

阿尼嘎萨感到自己闯了捅天大祸，
从大石头上跳下来，藏在草丛中。
阿爸他们离他越来越近了，
可他没有勇气跳出来。

"忍住泪水，别急坏了你。
找见了好，找不见也要想通，
无非丢了一只小青蛙。"
有人这样安慰着茨嫚娜姆。

"在你眼里阿尼嘎萨不过是只小青蛙，
可在我眼里，他是我的天，
金子打的江山我也不换。
——阿尼嘎萨，你的心好狠，
你这是拿刀子往我心上扎，
你这是活活把我的心往外拔！"

茨嫚娜姆的哭诉传到阿尼嘎萨的耳里，
他的心被蜜做的箭射中了，
既甜蜜又疼痛：
甜蜜的是自己在阿妈的心中比山有分量，
疼痛的是自己的出走竟活剐了她。

四

人们四处寻找，寻了半晚，

没有发现阿尼嘎萨的踪影，
就簇拥着勒贝杨明远来到了白马庙，
纷纷跪下来，祈求神灵保佑。
杨明远虔诚地说：
"白马老爷，求您发发善心，
保佑出走了的阿尼嘎萨。
他遇见了豺狼虎豹，您要遮住它们的眼睛；
他碰见了毒蛇，您要将它引开；
他撞见了妖怪，您要将它赶跑，
让他平平安安回家！

"白马老爷，现已鸡叫二遍，
还没找到阿尼嘎萨。
我们都是一群凡人，
所有人的眼睛加起来也没您的亮。
白马老爷，您在森林里寻找一根针，
比我们在森林里找一棵树还容易，
求您找找阿尼嘎萨。"

杨明远洪亮的声音在夜空飘荡，
声音中含有一种神秘的力量：
一个内心掀起痛苦波涛的人，听了，
痛苦的波涛会渐渐平息；
一个心如死灰的人，听了，
会重新燃起火星。

杨明远祈求完,大家便满怀希望地回家了。
阿扎伊、茨嫚娜姆回到家里,
感到自己在外漂泊了几十年,
才踏进家门,到处一片凄凉。
他俩守着一盏清油灯,
一会儿叹息,一会儿抹泪。

五

寻找自己的人们陆陆续续回家了,
阿尼嘎萨异常失落,
后悔大家寻他时没有跳出来,
现在山坡上只剩下孤零零的自己。

山寨中的灯一盏接着一盏熄灭了,
只有自家的灯还亮着。
他清楚阿爸、阿妈守着孤灯,
在等自己。

星星织成的一张大网,
想网住夜色,还是想网住他?
抑或想打捞早已落山了的太阳?
露水湿了野草,也湿了他全身,
好像住进了湿漉漉的水雾中。

一弯残月,挂在天边,显得那么孤单。

一颗流星，划过一道弧线，落了下来。
流星，你为什么要离开星空，
成为大地上的孤儿？
又一颗流星，脱离星空，
你可是去寻找前面的那颗流星？

"咕咕"，树林里传来猫头鹰的叫声，
叫声带着逼人的煞气，听得他头皮发麻。
大公鸡，你快快叫吧，
叫出红红的太阳。

瞌睡虫朝他袭来，他半睡半醒：
一会儿在梦中，一会儿在梦外；
一会儿睡在阿妈温暖的怀里，
一会儿睡在荒郊野外；
一会儿听见依曼美妙的歌声，
一会儿听见蛐蛐的悲鸣……

一个怪兽追着他，
他在前面拼命地跳啊跳。
将九十九座大山甩在身后，
将九十九条河流甩在身后，
而那怪兽像他的尾巴，始终无法甩掉。
他继续疯狂地跳啊跳，
风在他耳旁"呜呜"叫。
遇见海子，他就从海子里奋力游过；

碰见大火,他就从火堆里拼命穿过。
游过九十九个海子,穿过九十九堆大火,
出现了奇迹:他身上的蛙皮全部脱落,
变成了一个帅气十足的白马小伙子,
将几哥比过几拳打倒在地,
跪在他面前可怜巴巴地求饶……
这时,一阵清风,将他从梦中吹醒,
太阳已从东方冉冉升起。

他看见阿妈沿着小路,
叫着自己的名字,朝这边走来,
忙从草丛中跳出来,跳到路旁,
装作熟睡的样子,被她找到。

从此,他离开阿妈的怀抱,
独自住在耳房。
子夜时分,不管风吹雨打,
他准时来到门口的槐树下,
亮晶晶的眼睛,望着天空,
吸纳着天地日月的精华……

六

阿尼嘎萨家门前的三棵大槐树,
被风搔到了它们的痒处,
抖动着树叶,"哗啦啦"地笑。

那七只喜鹊，"喳喳喳"叫着，
在三棵槐树上飞来飞去。

"天空的骨头是什么？
天空的骨头是星星。
土地的骨头是什么？
土地的骨头是石头。
小溪的骨头是什么？
小溪的骨头是冰凌……"
依曼的歌声应和着喜鹊的叫声。

阿尼嘎萨正陶醉于依曼的歌声时，
一泡臭烘烘的牛粪飞来，
不偏不倚，砸中了自己。
依曼的身上，也溅上了一些牛粪，
气得她脸色绯红，
指着手握铁锹幸灾乐祸的几哥比过大骂：
"你是吃屎吃大的，
还是吃五谷长大的？
你是人，还是畜生？
说是畜生，你披着一张人皮；
说是人，你干的事，简直禽兽不如！"

几哥比过嬉皮笑脸地说：
"依曼，你怎么不和我玩，
偏要和非禽非兽的阿尼嘎萨玩？

你是不是看中了他，
想给他当媳妇，生一大堆小青蛙？"
他一张臭嘴说出的话，
噎得依曼吐不出一个字。

阿尼嘎萨恨不得变成一支利箭，
射向几哥比过的眉心。
一腔冲天怒气，将他的肚皮鼓胀，
拳头大的身体，鼓胀成公鸡那样雄壮；
气红了的眼睛，瞪得鸟蛋那样大，
并射出两道带血的目光；
肚皮伏地，爪子有力地抓着地面，
就要孤注一掷地出击。

他那气冲牛斗的气势，
震慑得几哥比过低下了高扬的头颅；
尤其他眼睛射出的仇恨光芒，
让几哥比过的背部阵阵发凉。

依曼看到这一切，也惊呆了。
没想到小小的阿尼嘎萨，
愤怒起来，威力抵得上一只猛虎。
尤其那双眼睛喷出的怒火，
含着骇人的雷鸣电闪。

路过的杨明远看到这一切，也暗暗吃惊：

阿尼嘎萨绝对不是一只小青蛙，
他骨子里透着非凡的气魄！
杨明远走过去，说：
"阿尼嘎萨，消消气，
不要和小无赖一般见识。"

阿尼嘎萨听了杨明远的话，
渐渐地，鼓胀的身子缩了下去，
眼睛里的血红也慢慢褪色，
但吐出了一口鲜血。

杨明远盯着几哥比过的眼睛说：
"你的所作所为，我亲眼看见，
都不符合白马人的做派。
你比阿尼嘎萨大一岁，
凡事你要让着他，怎能以大欺小。"

人人见了杨明远都要敬几分，
连头人班大发也不例外。
几哥比过被杨明远数落了一番，
只得憋着一肚子气离开。

几哥比过快走到家门口时，
那七只喜鹊"喳喳"叫着，
在他头顶盘旋。
仰头看时，空中落下几泡鸟粪，

落在了头上、脸上,他差点被气炸。

他家坐落在山寨的中心位置,
三座院落相连,沓板房又高大又宽敞,
算白马河一带有名的富户。
别说他家几百亩良田的收成,
单说那一座磨房,
整日整夜流走的是清水,
留下的则是白花花的银子。

他一进屋就装作有病的样子,
蒙头睡在炕上,不吃不喝。
家里请来杨明远,给他配了一副草药,
草药煎好,他却偷偷倒掉,
还说喝了一点也不见效。

全家人见他两天不吃饭,就慌了神。
其实他老鼠一样偷着吃,没欠一顿。
班大发问宝贝儿子想吃什么,
就是想吃天鹅肉,也要想法射下一只来。
几哥比过说,他啥也不想吃,
只想吃给他头上拉过屎的那七只喜鹊。

别看班大发管理山寨能力强,
和人打交道也是一个精明鬼,
可教育儿子却是一个十足的糊涂虫。

儿子要天上的星星,他不会拿珍珠哄;
儿子要吃鹿肉,他不会拿兔肉顶。
对儿子,他几乎百依百顺,
可谓孝敬儿子的典型。

他让几哥比过的几个亲堂兄弟,
把那七只喜鹊一一射下来,
拔了毛,开了腔,倒了肠,
炖成了儿子的一道下酒菜。

那七只喜鹊死了,
阿扎伊一家一月没有笑声,
好像死了七个骨肉相连的亲人。

七

山坡上的瓢子落了,地里的青稞熟了;
青稞收进家门,地里的麦子黄了。

山坡上的麦子,被风一吹,
兴起一波又一波金黄的麦浪。
麦穗与麦穗,碰撞出"唰唰"声,
那是丰收之神走来的脚步声,
盲人听了,眼睛都会发亮。

对小麦来说,蚂蚱就是一匹马,

这群长着翅膀的小马，
爱跳就跳，爱飞就飞，爱唱就唱。
它们虽然有嘴，但歌喉生在翅膀上。
它们的翅膀多么神奇，
既能奋飞又能抒情。

六月的天气是老虎，
一场冰雹随时会将黄到嘴边的麦子吃掉。
人人不顾烈日炎炎，
跑到山坡上的麦地虎口夺粮。

一片黄中带绿的麦子，
不到磨好一把镰的工夫，
就被太阳烤得一片金黄。
阳光箭一样射下来，
射得人们的皮肤火辣辣的，
疼出苦涩的汗水——
这时，才真正理解，
汗珠就是皮肤疼出的泪水。

今年风调雨顺，麦子长势喜人，
粒粒饱满，收成要比往年多一成。
不过再丰收也满足不了人们的胃口，
麦子不光养活人，还要养活战争，
因为白马国战事连连。

粮食是帝王的胆，

有了粮食才有胆量将战火点燃；

将军饮了粮食酿的美酒，

才有豪情驰骋疆场；

士兵填饱了肚皮，

才有力量挥动武器。

麦子，麦子，你千万不能瘦，

你一瘦，利器将会生锈，

将军去哪儿赢得功名？

还有老农头顶的各级官吏，

他们也要靠小麦延续呼吸。

最重要的是，你瘦了，

先饿死的不是分不清韭菜与麦苗的权贵，

而是用汗水浇灌你离你最近的农人。

这些道理老百姓虽然也明白，

但明白也是白明白，

因为无法改变自己不幸的命运。

他们清楚，留过种子，

近一半收成不属于自己，只是过过眼瘾，

不过面对丰收，他们还是十分欢喜。

阿尼嘎萨虽然不会握镰割麦，

却还是跟着阿爸、阿妈在地里忙乎。

阿爸、阿妈弯下身子收割，

他就认真地用嘴捡遗落的麦穗，

做一顿饭的时间,他就能捡一大堆。
阿爸、阿妈看着拳头大的他,
嘴里衔着麦穗,吃力地跳来跳去,
十分心疼,就劝他到地边的树下纳凉,
他死活不听,只是不知辛苦地劳作。

中午,吃饭时,
人们没有忘记土地的恩情。
他们先掐一块馍馍,
虔诚地献在地里,敬奉了土地神,
然后才开始大嚼大咽。

他们吃完饭,磨一会儿镰,
又开始抢收,挥汗如雨。
尽管汗水湿透了头发、衣服,
他们还是放开嗓门,唱歌:
"这座山,那座山,
这山那山是麦田。
六月里麦子一片黄,
这山那山变金山。

"蝉儿叫,麦子黄,
男女老少都来忙。
小麦长得多喜人,
我们越割越欢畅……"

麦地里的蚂蚱，也不甘示弱，
热情洋溢地唱起大合唱。
它们的歌声，透着铜的黄亮，
将沉默的大山也唱响。
树林中的蝉儿也不甘落后，
集体长鸣，它们的鸣叫，
树叶一样稠密，大山一样雄壮。

金贡岭山头上，升起一朵又一朵黑云，
朵朵集结在一起，黑沉沉的，
好像要把大山压垮。
"轰隆隆"，乌云中出现了推磨声。
起初是一台磨，接着是十台磨，
再接着是一千台磨、一万台磨。
那一万台磨，磨出了一道道闪电，
磨出了震耳欲聋的"轰隆隆"。

割麦的杨明远，放下手中的镰刀，
跪在麦地里高声祈祷：
"二郎神，请您举起神鞭，
把黑沉沉的云赶走。
黑云裹着的冰雹把麦子打了，
您让我们吃什么？

"白马爷，请您举起宝剑，
把黑云拨走，把它拨得远远的。

麦子被打了,只收一把草,
您的子孙怎么活啊?"

其他人也跟着跪在麦地里,一起祈祷,
可他们的祈祷声显得苍白无力。
黑云继续扩散,占领了整个天空,
眼看一场灾难就要降临。

阿尼嘎萨一跃,跃上一捆麦,
伸着头,向天空"呱呱",
叫声清脆有力,好像在和雷声较量。
远方飞来两只鸽子,
他叫来了劳美阿美和塞昼特林。
在乌云的衬托下,
姐妹俩白得耀眼。

劳美阿美、塞昼特林展翅飞翔,
一对翅膀似剪刀,飞来飞去,
将乌云剪成碎片,
乌云散开,出现了蓝天。

第四章　因爱一个人，而爱上整个天地

一

炎帝统治天下时，
刑天是炎帝手下的大将。
后来，炎帝被黄帝击败，俯首称臣。
可是刑天咽不下被打败的一口气，
想和黄帝争个高低。

刑天左手提着沉重的盾牌，
右手操一柄闪光的大斧，
一路过关斩将，直杀到黄帝的宫廷。
黄帝正带领群臣观赏宫女轻歌曼舞，
猛见刑天挥舞盾斧杀过来，顿时愤怒，
抽出宝剑和刑天搏斗。

两人剑刺斧劈，从宫内厮杀到宫外，
从宫外厮杀到常羊山，
扬起的灰尘，遮蔽了半个天空。
各人都使出浑身解数，
恨不得一招让对方毙命。

黄帝比刑天多一些心计，
瞅了一个破绽，一剑向刑天砍去，
只听"咔嚓"一声，一颗头颅，
滚落下来，而颈部喷出的热血，
将天上的云朵烧红，
将周围碧绿的野草烫死。

失去头颅的刑天，
忙将斧头夹在左腋下，
右手在地上胡抓乱摸。
他想找到那颗高贵的头颅，
安上去再和黄帝决一雌雄。

黄帝怕刑天摸到头颅，
恢复原身又来和他搏杀，
忙举起宝剑向常羊山用力一劈，
随着"轰隆隆"的巨响，山被劈开，
刑天的头颅滚入其间，
那两半山又合为一体。

听到巨响，刑天知道头颅已被深埋，
自己将永远身首异处。
想象黄帝洋洋得意的样子，
想着自己未了的心愿，
他不甘心就此失败。

他脱掉上衣，赤裸着上身，
一手操盾牌，一手握大斧，
不顾鲜血流淌，把撕心的疼痛化为力量，
狂劈乱舞。

他把两乳当作眼，把肚脐当作口，
把上半身当不屈的头颅，
继续和看不见的敌人搏斗。
他的"两乳眼"，似乎喷射出愤怒的火焰；
他圆圆的肚脐，似乎发出仇恨的诅咒；
他手里的斧和盾，挥舞得格外有力。

黄帝为他的英雄气概所震慑，
担心有个闪失，不敢与他交锋，
就蹑手蹑脚，悄悄溜走。

成了血人的刑天，继续挥舞盾斧。
一群饿狼围过来，准备分享他的肉体，
被他气吞山河的气势吓得夹着尾巴，
兔子一样逃回山林。

流尽最后一滴鲜血，他才轰然倒地，
鲜血染红了常羊山旁流过的漾水。
刑天是氐人的祖先，
白马人为氐人的后裔，

顶天立地的刑天也就是白马人的祖先。

——杨明远，坐在厨房的火塘边，
一边喝着温热的五色粮食酒，
一边对阿尼嘎萨和依曼讲刑天的故事。
他饱含深情，如同在讲亲身经历，
讲到动情处，眼睛里起了水雾。

四十出头的杨明远，
是站在大地上喜欢仰望星空的人，
眼睛像幽蓝的天空那样深邃。
他眼神里，含有一种神秘的力量，
那力量好像来自历史深处。

杨明远对阿尼嘎萨很有好感，
阿尼嘎萨成了他家的常客，
他愿意将肚子里装的一切讲出来。
虽然阿尼嘎萨已十五岁了，
还不会说话，但他坚信，
阿尼嘎萨会把他讲的全默默牢记。

依曼被故事中的悲剧色彩所感染，
眼睛里流出两道细长的小溪，
好像故事中流血牺牲的不是刑天，
而是自己的亲爷爷。

阿尼嘎萨感到，
刑天的鲜血不光流进了漾水，
还流进了自己的血管。
一粒种子,种进心田,他有了梦想:
将来修炼成人,到常羊山下,
找到祖先遗留下的大斧。

二

阿尼嘎萨把杨明远当师傅,
从那儿听了不少故事,
听了不少汉人说的话,
也听了不少优美的歌曲,
虽然他不会讲也不会唱,
但都深深刻在了心里。

最让他记忆犹新的是刑天的故事,
每回味一次,热血便沸腾一次。
他感到刑天离自己既遥远又很近,
犹如太阳,虽然高高挂在天空,
可它的光芒却亲切地洒在自己身上。

一次,他清晰地看见了无头的刑天,
赤裸着上身,以两乳为双目,
射出炯炯光芒,看着自己。
刑天的肚脐对他说:

"阿尼嘎萨,我是你们的祖先刑天。
对手可以砍下我的头,将它压在大山底下,
可我不屈的灵魂,谁也无法收走。
头颅被砍下没什么,无非是碗大的疤。
虽失去头颅,可天空做了我的头颅,
我双肩扛着天空,依旧在大地上行走。"
他开口道:
"您是我心中的英雄,
我的生命甘愿化为您的头颅。
将来,我要到常羊山下,
找到您留下的大斧,替您扛起。"
刑天听完他说的话,竖起大拇指,
表示对他的话十分赞许。

"小伙子头上戴什么?
姑娘头上戴什么?
小伙子头戴沙嘎帽,
姑娘头戴鱼骨牌。
沙嘎帽上面配什么?
鱼骨牌上面配什么?
沙嘎帽上面配白鸡翎,
鱼骨牌上面配珍珠。
白鸡翎上面配什么?
珍珠上面配什么?
白鸡翎上面配微风,
珍珠上面配线穗。"

欢快的歌声将他从梦中惊醒，
才明白刚才的情景，
不过是自己在山坡上，
丢了一个盹，做的一场梦。
他看到依曼唱着歌，朝自己走来。

春风走过的路上，会留下美丽的花朵；
白马人走过的路上，会留下醉人的歌声。
再有生命力的花朵，也有凋零的时候，
而白马人的歌声，春夏秋冬不断头。

一群数不清的绿狗，
隐藏在地下，地面只露出绿尾巴，
在轻风的抚摸中，快乐地摇来摇去。
一群麻雀"哗"地落下来，
有几只啄着绿尾巴，
好像要把潜藏的绿狗啄出来。

依曼走过那片旺盛的狗尾草时，
脚步很轻，好像害怕把脚底下的绿狗踩疼。
她身材苗条，步履轻盈；
一张秀气的鹅蛋脸，堆满微笑；
一双眼睛，比映在水中的月牙还灵秀；
浑身上下，洋溢着春天般的活力。
描述她的衣着纯属多余，

她已唱出了自己的穿戴。

她走到阿尼嘎萨面前，
蹲下来，将摘来的莓子，
给他喂一颗，给自己喂一颗，
如同吃仙果，吃得津津有味。

欣赏着田野的美景，
沐浴着温暖的阳光，
嗅着麦香，吃着甜甜的莓子，
阿尼嘎萨和依曼的心情十分畅快。

身佩利剑，背着弓箭，
准备上山打猎的几哥比过，
看到阿尼嘎萨和依曼分享着莓子，
好不嫉妒，他眼珠一转，
想出了一个坏点子。

三

十六岁的几哥比过，已出脱成小伙子，
高高的个头，宽厚的肩膀，
柱子般的双腿，显得十分壮实；
鹰鼻子鹞眼，配着一张方嘴，
模样虽然欠一点英俊，
但生得气派，超出了一般男子汉。

他一个人吃两个人的饭，
一个人抵得上两个人的力气，
一个人抵得上两个人的胆量。
耍拳弄棍，拉弓射箭，
他样样精通，算山寨中的好手。

三天两头有人上门给他说亲，
媒人差点踏断了门槛，
可谁家的姑娘他也看不上，
看来看去，只看上了依曼。
漂亮似翅膀，让依曼名声远扬。
他一有机会，就纠缠她，
可她对他就是不正看一眼，
他认为她在借此抬高自己。
哪一位姑娘不对他家的光阴眼红？
一看他家转得欢的水磨，
再看他家的宽房大院，
还有那几百亩良田，
就是天上的仙女，也要动心。
可是半月前，他就在依曼那儿，
热脸贴了一个冷屁股。

那天黄昏，他打猎回来，
木棍上挑着三只兔子、两只锦鸡，
心里乐滋滋的，得到了金子一样。
在半山腰，他看到依曼边采花，边唱歌：

"采花坪上百花艳,一层一层开满山。
上面开的红杜鹃,红花一开消灾难。
中间开的白杜鹃,白花一开粮增产。
下面开的蓝花花,蓝花一开羊满圈。"

依曼甜美的歌声似美酒,
让他深深迷醉,他不由唱道:
"毛毛细雨顺山飘,
想起贤妹好心焦。
没明没夜想念你,
看你耳朵烧不烧?

"核桃树的核桃花,
想吃核桃往上爬。
摘不到核桃不下树,
缠不到贤妹不回家。"

天下的花朵都会吐露芳香,
白马人男男女女都会歌唱。
几哥比过的歌声虽算不上十分出色,
但比一般歌手的要好听得多。
听到他唱歌,依曼哑了。

他唱道:
"唱了一曲不唱了,
河淹了,水淌了。"

她唱道：

"河没淹，水没淌，

不投心病不爱唱。"

他唱道：

"唱了一曲不唱了，

你把山歌全忘了。"

她唱道：

"记着哩，也没忘，

划不来着不爱唱。"

他唱道：

"唱了一曲不唱了，

何人把你阻挡了？"

她唱道：

"没人阻，没人挡，

不般配着不爱唱。"

他唱道：

"唱了一曲不唱了，

鼓儿一打退让了。"

她唱道：

"没打鼓，没退让，

你的模样看不上。"

她的唱词犹如马黄蜂的毒箭，

射在了他心上，现在想起，还隐隐作痛。

他把这一切，全记在了阿尼嘎萨身上。

这个长不大的青蛙，有啥魅力，

竟吸引着天仙似的依曼。
丑青蛙,我要让你晓得几哥比过的厉害!

四

依曼坐在草丛中的一块石头上,
阿尼嘎萨向她表演舞蹈。
他一会儿向前翻几个跟头,
一会儿向后翻几个跟头,
动作比蜻蜓敏捷,比燕子灵巧,
逗得她"嘻嘻"笑。

突然,她的笑凝固了,
一条倒悬的麻蛇,吐着蛇芯,
伺机攻击正在翻跟头的阿尼嘎萨。
几哥比过倒提着一条毒蛇,
不知什么时候站在了自己身旁,
吓得她张大嘴巴,倒吸了一口凉气。

蛇盯着阿尼嘎萨,准备出击,
而此时,几哥比过也做了巧妙的配合,
将提着蛇尾巴的手松开。
"嗖",蛇凌空向阿尼嘎萨袭去,
眼看就要被击中,他一跳躲开,
扑空了的蛇,重重地落在草丛中。
蛇落在草丛,如鱼落在水中,

获得了活力,竖起头,准备再次进攻。

依曼对面的阿尼嘎萨,
有意"呱呱"叫,想将蛇引开,
他宁愿牺牲自己,
也不愿让依曼受到伤害。
他双爪抓地,双眼紧盯着毒蛇,
虽然对方身长三尺多,
比自己强大,但他一点也不胆怯。

蛇晃动着头,积聚着力量,
想一击让对方命归黄泉。
它的头向下一低,突然又伸起,
向阿尼嘎萨袭去,
而他灵活地一躲,
让它鼓足的力气又白费。
蛇不甘心自己的失败,又发起进攻。
蛇一次比一次进攻得凶猛,
阿尼嘎萨一次比一次躲得巧妙。
坐山观虎斗的几哥比过,
也看呆了,心里暗暗佩服阿尼嘎萨。

蛇和阿尼嘎萨斗了几个回合,
没有占到上风,忽然改变方向,
竟向想躲远一点却被石头绊倒的依曼袭来,
她的脸正好对着毒蛇,十分危险。

几哥比过以闪电般的速度抽出利剑，
将蛇拦腰斩成两段。
蛇的后半部分在草丛中痛苦地扭动，
而前半部分，竟挣扎到依曼跟前，
在她右腮上狠狠咬了一口。
依曼一声惨叫，脸上瞬间流出鲜血。
几哥比过挥着剑，号叫着，
将蛇从头到尾砍了个稀巴烂。

五

依曼睡在炕上，三天三夜昏迷不醒。
杨明远向白马爷、山神等各路神，
祈祷了三天三夜，依曼还是奄奄一息。
用了解毒的草药，也没一点效果。

"一步一金刚，
二步二金刚，
三步踏在病人床。
龙退骨，蛇退皮，
山中百鸟退毛衣。
阴退阳退，即刻即退，
瘟神不退等何时。
太上老君急急如律令！"

杨明远念完《退病咒》，

拿起小彩旗,又念起《叫魂咒》:

"若在山中失了魂,山王土地送魂来。

若在水中失了魂,水府三官送魂来。

若在桥上失了魂,桥梁土地送魂来。

若在路上失了魂,当方土地送魂来。

"管你三魂齐不齐,弟子手拿招魂旗。

依曼的三魂到了没?"

众人齐声答道:

"到了!"

杨明远问:

"依曼的三魂七魄附上身了没?"

众人齐声答道:

"附上身了!"

《叫魂咒》念完,

依曼的病情一点也没减轻。

她脸上的伤口由红变成紫青;

整个身子也肿了,肌肤里好像注进了水;

高烧不退,浑身成了燃烧的炭。

依曼是山寨的月亮,

月亮被天狗一吞,大家都感到沉痛。

整座山寨没有一家生火,

人人都为依曼的蛇伤而急得团团转。

这次,班大发也没有庇护儿子,
而是大发雷霆,拿起皮鞭,边抽边骂:
"你这个畜生,
做下这样伤天害理的事情,
不怕遭老天爷报应?
我班大发前辈子造了啥孽,
生下你这个猪狗不如的逆子!
依曼要有一个三长两短,
看我剥不剥你的皮!"

班大发下手一点也不留情,
一鞭子比一鞭子抽得狠,
抽得几哥比过伤痕累累,
要不是旁人拉住,差点被抽成残废。

几哥比过也非常自责,
自己只想给阿尼嘎萨一点颜色看,
没料到事与愿违,
竟将自己喜欢的依曼害成了这样。
如果她的生命就此结束,
自己还有啥脸活在世上!

忐忑不安的他,厚着脸皮,
走进依曼家,"扑通"一声,
跪在杨明远面前,磕头如捣蒜,哭道:
"叔,我罪该万死,

做下了没脸见您的事情。
我捉了一条蛇,只想吓吓阿尼嘎萨,
没想到反而伤害了依曼。"
说到这里,他朝自己脸上扇了几巴掌,
扇得嘴角鲜血直流。
"叔,就是千刀万刀剐了我,
也无法抵消我犯下的罪孽。
跪在您面前,不是求您原谅,
而是求您将我痛打一顿,
这样我心里会好受一些。"

杨明远沉默了一会儿,
食指颤抖地指着几哥比过的脸说:
"我杨明远宁可去打狗,
也不愿打你!"

"叔,我知道自己是大粪,
您不打我,是怕脏了自己。
现在,我要当着您的面,
砍去自己罪恶的手!"
几哥比过说到这里,
右手从怀里掏出菜刀,
准备朝左手砍去。

这时,杨明远朝他头上一巴掌,说:
"混账东西,身体是父母所给,

你有啥资格伤害自己的身体？
表面上伤害的是你自己，
而真正伤害的是你的双亲。
如果身体真是你几哥比过自己的，
你把自己砍成肉泥我也不阻拦。
父母能生你的身，不能生你的心，
只有心才是你自己的。
罪恶之手由心所生，你要惩戒自己，
就要砍掉那些邪恶的念头！"

这一切，被站在院门口的班大发看见。
他这个高傲自大的头人，
被杨明远的慈悲所折服，
三步并作两步赶进门，不由跪下来。
杨明远忙上前将他扶起，说：
"头人，您这是折我的寿。
任何人都能下跪，唯独您不能跪，
因为您是山寨的头人，
您的一举一动代表着山寨，
任何时候都不能失去威仪。"
班大发发自肺腑地说：
"您做的事，说的话，
远远高过了常人，
不能不将您高看一眼。
勒贝，我不是给您下跪，
而是给山寨里的神下跪！"

六

阿尼嘎萨守在侬曼的家里，
三天三夜没叫一声"呱呱"。
他亮晶晶的眼里，闪烁着黑色的忧郁，
内心的煎熬不亚于杨明远。

自己来世十五年，
侬曼不知带给自己多少快乐。
一天不见侬曼，
便觉得太阳没有从东方升起；
一天不听她的歌，
便觉得周围的世界一片荒凉。
如果血能化成解毒药，
为了挽回她的生命，
自己甘愿流尽最后一滴鲜血。
如果能让她活下来，即使自己不在了，
自己的生命还可以在她的回忆中延续，
而她的生命终止了，
自己活着还有什么意义？

他第一次强烈地感受到：
因爱一个人，才爱整个人类；
因留恋一个人，才留恋山山水水；
因珍惜一个人，生命才值得珍惜。

这个人走了,虽然不能带走春天,
但能将春天的芳香带走;
这个人走了,虽然不能带走太阳,
但能将阳光中的温暖带走;
这个人走了,虽然不能带走他的生命,
但能将他的魂带走。

第四天中午,低沉沉的乌云笼罩了山寨,
几声雷鸣后,天空便下起瓢泼大雨。
雨打得树、房"噼里啪啦"地响,
眨眼间,沓板房上流下来的雨水,
挂成一道长长的水帘。
门外觅食的鸡,跑进院子,
还没跑进鸡窝,已被大雨灌透,
翅膀低垂,好像刚从池塘里捞出来。

侬曼脸上的伤口,已由紫青变成紫黑;
气息也日益衰微,眼窝里,
渗出两窝清泪,似乎在说:
我才十五岁,就此离开亲人,心里不甘。
同时也向守在身边的亲人预示,
她残存的生机就像那两眼窝清泪,
让它去滋润生命之树几乎没有可能。

守在女儿身边的杨明远,
面无表情,两眼呆滞,沉默成一块冰,

在用极度的冰冷，
抗拒着压在身上的严寒。

突然，杨明远捂住双眼，
手指在痛苦地颤动。
阿尼嘎萨知道依曼命悬一线，
便"呱"地一叫，从地上跳上炕，
用嘴叮着依曼的伤口，开始吸吮。
不少人惊呆了，想将他驱赶，
杨明远则摆摆手，示意大家安静。
他知道阿尼嘎萨灵异，
说不定挽回女儿的性命就在此举。

依曼的鼻息时续时断，
随时有续不上的危险。
阿尼嘎萨叮着她的伤口，
吸一会儿，向地上吐一口，
吐出的都是紫黑色的血。

过了半个时辰，
拳头大的阿尼嘎萨肿成了碗大。
人人都为依曼和阿尼嘎萨捏着一把汗，
神色凝重，连大气也不敢喘。

又过了半个时辰，
"啊！"依曼痛苦地呻吟了一声，

差点吓了人们一跳，
因为不可能发生的事情发生了。
接着，她缓缓睁开了眼睛，
只是一瞬，又合上了，
看来没有多少力气撑开眼皮。
但呼吸已由时续时断变为平稳，
说明她的病情已出现了转机。

阿尼嘎萨不顾身体的肿胀，
继续吮着她的伤口。
她突然喊了一声"水"，
一束阳光以为喊自己，
从窗口跳进来，落在了她脸上。

第五章　歌声,亮过了十五的月亮

一

经过休养,一月后,依曼恢复了健康。
令人遗憾的是,她的右脸庞,
留下了半个巴掌大的黑疤痕。
从左边看,她美若天仙;
从右边看,确实难看。

面对铜镜,看着自己的面容,
一半秀美,一半丑陋,
她感到自己的心被刀从中间切开,
一半流血,一半喊疼。

拿起镜子,她一转脖子,
镜中出现了清秀的左脸庞。
看着清秀的左脸庞,她也笑不起来,
因为她会想到另外半张脸。
脖子再一转,镜中出现了难看的右脸庞,
她笑了,笑远比伤心的哭还要凄苦。

她对阿尼嘎萨，一半感恩，一半埋怨：
他冒着生命危险，
将自己从死亡的边缘拽回来，
这种恩情，永远报不了；
虽然自己活过来了，
但留下的疤痕，足以将另一半美遮蔽。
如果他不要救自己，自己早解脱了，
再也不受这等煎熬。

一次，她被梦的翅膀带到了山野，
那里百花开放，鸟语花香。
她尽情地跳尽情地唱，
一边是阿尼嘎萨，另一边是几哥比过，
在欣赏着她的歌舞。
突然，那高悬的太阳，
变成一柄锋利的大斧，
朝她劈来，将她劈成血淋淋的两半……
她惊叫一声，醒来，
右手抚摸着右脸，
左手抚摸着左脸，在想：
到底哪半张脸属于自己？

阿尼嘎萨来看她时，
她冷冷地说：
"你为什么要救我？
我这样活着，还不如死去！"

阿尼嘎萨望着她，
眼睛里流出晶莹的泪水，
她读懂了他眼泪说出的话：
当时，感到病危的不是你，
而是我，我在救自己。

班大发，领着儿子几哥比过，
木盘里端着二十两银子，来赔礼道歉。
依曼正眼没看他们一眼，
只是默默地流泪。

杨明远对他俩说：
"我杨明远不是圣人，也喜欢钱财，
但这银子我不能要，用起来心疼！"
班大发见杨明远执意不收银子，便说：
"那就送您十亩良田，
也算我的一点心意。"
杨明远摇了摇头，说：
"十亩良田好是好，
可种出的粮食我无法下咽。"

二

当时，依曼苏醒后，
阿尼嘎萨则肿成兔子那么大，
并且吐了几口白沫，昏迷过去。

为了不打扰刚苏醒的依曼，
阿扎伊就把阿尼嘎萨弄回家，
放到热炕上施救。

杨明远唱起了《招魂歌》：
"魂啊，
山上有老虎，
还有豹子，
要咬你的，
快回来吧！

"魂啊，
山上的狼嚎太吓人，
家里的锣鼓才好听，
快回来吧！

"魂啊，
悬崖上的野花你别摘，
阿妈绣的花更好看，
快回来吧！"

杨明远每唱完一段，
大家都齐声配合着喊"回来了"。

杨明远为阿尼嘎萨招了魂，
又配好一副解毒草药，煎了，

用布浸上药汁,往他身上敷。
到了第三天,阿尼嘎萨才睁开了眼睛。
茨嫚娜姆看到儿子苏醒了,"哇"地哭了,
用哭声表达着自己的惊喜。

阿尼嘎萨肿胀的身体开始渐渐消肿。
一月间,蜕了三层皮,
才恢复成原来的模样。

三

依曼自失去娇容后,
整天窝在家里不爱出门。
歌也不唱了,
好像唱歌会给自己带来羞辱。

安慰女儿的话杨明远说了一大堆,
却无法化开她结在心里的冰块。
后来,他发现,劝慰得多了,
倒对女儿的痛苦是一种提醒。
但愿时间伸出温柔之手,
将女儿内心的伤口抚愈。

阿尼嘎萨上门来看依曼,她也心烦,
他就知趣地守在她身边,不声不响。
她坐在那儿,一动不动,

像一尊石雕,偶尔一声叹息,
证明她还有几分活气。

一天,阿尼嘎萨来的时候,
口里衔着一朵花,
纵身一跳,灵巧地放在她手里。
他看着她,眼睛似乎在说:
依曼,你看花儿对你笑得多美,
面对花儿,你也应该笑盈盈。

看着手中的花朵,
她不由微微一笑。
尽管笑得那么苦涩,笑得那么短暂,
但她冰冷的脸上出现了春天的气息。

第二天,阿尼嘎萨来时,
口里衔着一个小铜镜。
他把小铜镜靠在墙上,
对着镜子,认真地照了一会儿自己。
之后,将小铜镜又衔在嘴里,
一跳,放了她手中。
看着小铜镜,她想了好一阵,
就是想不出其中的深意。

次日黎明时分,她做了一个梦,
阿尼嘎萨会说话了,对她说:

“依曼，你说，我是小青蛙还是人？”
她说：
“在我眼里，你是人。”
他说：
“明明我是青蛙身，
你为什么将我看成人？”
她说：
“因为你有人的心灵。”
他说：
“对，虽然我是青蛙，
可我拥有人的心灵。
我无时无刻不在渴望成为人，
而老天却偏偏赐了我青蛙皮囊，
但我能正确面对不幸的命运。
你看，我生活得多快乐，
该跳时就跳，该叫时就‘呱呱’叫，
不能因为有缺陷，就活得那么悲观。
依曼，你要正确面对生活，
不要就此失去快乐。”

梦醒之后，她才省悟了他送镜的深意，
内心照进了一缕阳光，淡了灰色的惆怅。
太阳爬上院边的椿树时，
她抱起琵琶，边弹边轻轻唱：
“正月里采花无花采，二月里采花花正开，
三月里桃花红似梅，四月里葡萄架上开。

五月里石榴尖对尖，六月里芍药赛牡丹，
七月里风吹灵芝草，八月里闻见桂花香。
九月里菊花家家有，十月里竹花土里埋，
十一月水仙咧嘴笑，十二月腊梅雪里开。"

四

阿尼嘎萨已经十五岁了，
阿扎伊夫妇给白马爷许的愿还没还。
按常理，孩子十二岁时就该还愿，
可是，白马爷赐给他俩的，
是一只青蛙、两只白鸽，
这愿就推了一天又一天。
夫妻俩一想这事，心里就发虚。

阿扎伊和茨嫚娜姆商量了几天，
结果是不能欺神，愿心要还，
生下的虽然是鸽子和青蛙，
也算神的恩赐，就是不知道怎么还。
他们说不出口的一点是，
如果按一猪一羊还了，生下的又不是人，
如同花了一头牛的价钱，牵回了一只羊。
既要还得让神高兴，自己又不吃亏，
这真是难上加难。
两人商量了几天，拿不定主意，
就到杨明远家里，向他讨教。

杨明远问阿扎伊夫妇：
"说实话，你俩把阿尼嘎萨当儿子看，
还是当青蛙看？"
阿扎伊说：
"当自己的儿子看，从没有当青蛙看。"
杨明远问：
"你俩把劳美阿美、塞昼特林当女儿看，
还是当鸽子看？"
茨嫚娜姆说：
"当亲女儿看，从没当鸽子看。"
杨明远一笑，说：
"既然当自己的亲儿女，
愿就当神恩赐了儿女还。
如果不当儿女看，这愿不必还，
因为神没有满足你俩的心愿。
不过，不还，神也不会计较，
神毕竟是神，远比人宽容。"
阿扎伊说：
"勒贝，您一说，我俩的心亮了。
阿尼嘎萨、劳美阿美、塞昼特林，
就是我俩的亲儿女，这愿要好好还！"
杨明远感慨道：
"白马人留话把，汉家留文书。
白马人说的话，比文书还要靠谱。"

五

八月十五这一天,山寨的人们,
穿着节日盛装,有的提着鸡,
有的提着酒,来到阿扎伊家。

清晨,阿扎伊请来屠夫,
宰了一头猪一只羊。
动刀前,屠夫对猪对羊说:
"怨刀子不怨人,
让你早脱畜生早还身,
下辈子投胎到富贵人家,
变成人,好好享清福!"
将猪和羊的头割下,
洗得干干净净,献到正庭的供案上。
供案后面的墙上,挂着白马爷的画像。
杨明远对着白马爷的像,
虔诚地念了还愿辞,便算还了愿。

中午,炖肉的镬里,飘出了肉香;
煮酒的壶里,飘出了酒香。
肉香和酒香融合在一起的香味,
熏得天空的云都醉了,白中透着微红。

班二牛一改平时的邋遢,

穿着干干净净的蓝底花边长衫，
比谁都高兴，好像给自己娶媳妇。
他热情地招呼着来客，
给客人一会儿倒水，一会儿添酒。

茨嫚娜姆在阿尼嘎萨的身上，
缠上了五彩线，添加了不少喜气。
在五彩线的衬托下，他显得越加翠绿，
像一块十分喜庆的翡翠。

酒菜上案，宴会开始了，
阿扎伊夫妇举起酒杯，唱道：
"香甜的美酒敬朋友，
朋友不喝谁来喝。
香甜的美酒举起来，
美好的祝福献给你！"

大家举起酒杯，齐声高歌：
"今天是个欢乐的日子，
树上的鸟儿也在唱，
圈里的猪儿也哼哼。
我们尽情地喝酒，
千杯万盏饮不够，
祝愿阿扎伊全家健康长寿！"

阿尼嘎萨纵身一跳，

跳上阿妈的肩头,突然放声歌唱:
"香甜的美酒敬给你,
心中的酒歌唱给你。
唱起酒歌想起你,
喝起美酒想起你。
今天相会在一起,
不醉不休不分离。"

简直是明月唱出来的,竟是那么透亮;
简直是太阳唱出来的,竟是那么热情;
简直是蜂蜜唱出来的,竟是那么甘甜;
简直是美酒唱出来的,竟是那么醉人!
听得人人心醉神迷,忘记了身处何方。
那歌声,将几朵飘动的云也钉在半空,
静静停在那儿,倾听。

屋里挂的那幅刺绣上的七只喜鹊,
也被阿尼嘎萨的歌声唤醒,
扇动着翅膀,"喳喳喳"地唱歌。
不少人揪了揪自己的耳朵,
以为听到的是幻觉。

茨嫚娜姆听见儿子会唱歌了,
一颗心兔子似的狂跳不已,
右手忙捂着自己的左胸,
好像那儿被狂跳的心撞疼。

阿扎伊乐得嘴张了半天，
就是挤不出一句话，而几滴热泪，
犹如羔羊奔出栅栏那样奔出眼眶。
班二牛激动得浑身抖动，搓着双手，
傻子一样咧嘴"嘿嘿"笑。

阿尼嘎萨继续唱歌：
"最红不过石榴花，
最甜不过老北瓜。
最忙不过我阿爸，
梦里都在握锄把。

"腊月里来梅开花，
劳苦要算我阿妈。
清早起来苦到晚，
梦里都在缝衣裳。

"大河涨水河岸宽，
牛叔四季哪有闲？
过年只能歇三天，
三天年罢掏牛圈。

"天上的星宿数不清，
最明亮的数客人。
八月十五喜来临，
欢聚一堂喜盈盈。

难得大家来相聚，
敬酒三杯表心情。"

阿尼嘎萨的歌声，引来了两只白鸽：
劳美阿美和塞昼特林。
劳美阿美飞上阿爸的肩头，
塞昼特林飞上阿妈的肩头，
"咕咕"叫着，向大家问好，
大家朝姐妹俩投去礼赞的目光。

人们看到阿扎伊一家团聚在一起，
站起来举起酒杯，齐声唱：
"阿扎伊、茨嫚娜姆，
你们一家聚在一起，
像星星围着月亮，幸福无比。
我们举起一杯酒，
祝你们一家吉祥如意！"

依曼端着一杯酒，
走到阿尼嘎萨面前，唱道：
"如果我是一个哑巴，突然会唱歌，
也抵不上听见你的歌声让我惊喜；
如果我是一个盲人，眼前出现了光明，
也抵不上听见你的歌声让人欣慰！

"不幸的人听了你的歌，会将痛苦忘记；

中箭的人听了你的歌,会将疼痛忘记。
阿尼嘎萨,你的歌声让人陶醉,
祝愿你的生活如你的歌声一样甜美!"

阿尼嘎萨唱道:
"依曼,你的一曲动听的歌,
让我犹如蜜蜂醉在花香里。
一百个春天加起来,
也抵不上你给我的暖意。
下一辈子我还要找到你,
让你继续做我的好妹妹。"

大家一边吃肉,
一边唱着酒歌开怀畅饮,
歌声笑声传遍了整个山寨。
山寨所有的狗都跑到阿尼嘎萨家,
你追我我追你,打闹成一团。
有几只狗啃地上的骨头啃醉了,
走路都摇摇晃晃,滑稽可笑。

六

给神还完愿的第二天,
阿尼嘎萨来到依曼家,
听杨明远讲《白羽毛的传说》:
"很久以前,为了争夺地盘,

祖先和外族发生了战争。
外族将领带着兵强马壮的大军，
气势汹汹，直逼白马山寨，
想将祖先们一举歼灭。
被逼上绝境的他们，携带砍刀弓箭，
聚在一起，面向苍天，发出血的誓言：
'头可断，血可流，
誓死保卫白马山寨！'

"男女老少众志成城，同仇敌忾，
不怕流血牺牲，抵御外敌。
男人举起弓箭，射杀敌军；
老人、妇女、孩子抱来礌石，
推下山坡，阻击敌人。
仗打得十分激烈，双方杀红了眼。
顽强的祖先们坚守了三天三夜，
外族人死了不少，祖先们也牺牲了好多，
倒下的一具具尸体，如同地里割倒的麦捆。
几场恶战后，祖先们因寡不敌众，
扶老携幼，长途跋涉，
钻进深山老林的一个山寨。

"夜里，祖先们因疲惫不堪，进入了梦乡。
谁料狡猾的外族军队，偷偷尾随，
半夜时分，组织人马，突袭山寨。
在这关键时刻，一只白公鸡跃上沓板房，

拍打着翅膀,引吭高歌,
惊醒了酣睡的祖先们。
他们从梦中一跃而起,
奋勇反击,打得外族军队落荒而逃。

"为了纪念白公鸡的救命之恩,
世世代代白马人的毡帽上都插着白羽毛。
那白羽毛,也是一种象征,
象征白马人酷爱光明与和平!"

听完《白羽毛的传说》,
阿尼嘎萨十分伤感。
他想起了牛叔不幸的遭遇:
前年,白马国和北周打仗,
牛叔为了挣几斗麦,
给催得紧的人还账,去充军。
他年龄偏大,不能提刀上阵,
职责就是给前方的士兵喂马。
他喂了两个月马就回来了,
将一只眼睛留在了战场上。
在一次惨烈的战斗中,
看到白马人一个个倒下,
牛叔怒发冲冠,不由冲上前,
从一位倒下的白马人手里捡起刀,
准备拼命杀敌,没料到刀还未举起,
一支箭朝他射来,不偏不倚,

射中了他的左眼。
领兵的将军见他年龄不轻，
又失了一只眼睛，就将他打发了。
看来，白马人，从古到今，
都生活在战争的痛苦之中，
和平的日子，没有几天。

七

深秋的嘴里，含着金粉，
一吹，阿尼嘎萨门前的槐树叶，
纷纷镀上了一层金黄。

一个毽子，像只灵巧而快乐的小鸟
一会儿落在侬曼脚上，一会起飞。
阿尼嘎萨在一旁唱歌，
那声音好像是黄灿灿的梨发出来的，
听得人能解渴能解馋。
不少大人小孩围在那儿，
一面观赏侬曼踢毽子的优美姿态，
一面品味阿尼嘎萨的美妙歌声。

少女迷醉于爱情那样，
人们迷上了阿尼嘎萨的歌声。
谁家有婚丧嫁娶、修房造屋，
需要唱歌助兴时，都请他，

他成了白马山寨的义务歌手。

几哥比过对阿尼嘎萨一点也不服气，
认为他除过嗓子亮、会唱歌，
一不会种庄稼，二不会打猎，
凭什么赢得了那么多人的赞许？
妒火中烧的几哥比过嘲讽道：
"小青蛙，你只有声音大，
一根鸡毛都会压死你，
有本事了显显力气。"
阿尼嘎萨说：
"几哥比过，你说一根鸡毛能压死我，
那今天就用鸡毛和你比，
比谁力气大，你可敢比？"
几哥比过一扬头，说：
"比就比，你说咋比就咋比。"
阿尼嘎萨看着地上的一根鸡毛说：
"几哥比过，就比扔鸡毛，
谁扔得远了谁就是英雄，
谁扔得近了谁就是狗熊，
你可同意？同意了你先扔。"

几哥比过不假思索，说了声"同意"，
然后，右手捡起地上的那根鸡毛，
左腿在前，右腿在后，
蓄足力量，向前投了出去。

鸡毛在空中飘了不到一丈,就轻轻落下。
这让几哥比过多少有点失望,
但他认为小小的阿尼嘎萨再有能耐,
也扔不到一尺远,胜利还是属于自己。

阿尼嘎萨捡起那根鸡毛,
跳到几哥比过刚才扔鸡毛的地方,
趁一阵风吹过时,纵身一跳,
跳了五尺多高,一丢,
鸡毛被风吹了很远,才落下来。
人们看到阿尼嘎萨借着风力,
战胜了几哥比过,兴奋地"噢噢"叫。

几哥比过没想到阿尼嘎萨还有这一招,
让他颜面扫地,就红着脸争辩:
"这是借着风比过了我,
阿尼嘎萨,哪儿是你自己的力量。
咱俩比扔石头,看谁扔得远。"

站在一旁的杨明远说:
"几哥比过,这正是阿尼嘎萨的过人之处,
他清楚自己的力量不如你,
却知道借着风战胜你。
人追不上奔跑的鹿,
却能借着箭射死鹿,这就是智慧。
比一股蛮力没意思,要比就要比智慧。"

几哥比过说：
"勒贝，你说的有道理，
现在你就出一个点子，
让我和阿尼嘎萨比一下智慧。"

杨明远回到家里，
牵来两只绵羊，说：
"几哥比过，给你和阿尼嘎萨各一只羊，
弄到集市，将羊卖了，买些菜，
让羊把菜驮回来，可有办法？
不过，阿尼嘎萨不能牵羊，
依曼你就给他帮帮忙。"

几哥比过先去先回，
买回了菜，牵回来一只小羊。
原来他把大羊卖了，再买了一只小羊，
大羊和小羊的差价，买回了菜。

阿尼嘎萨后去后回，
他也买回了菜，让依曼帮着牵回了羊。
在集市，他让依曼剪了羊毛，
将羊毛卖成钱，再买回了菜。

杨明远对看热闹的人们说：
"几哥比过和阿尼嘎萨都聪明，

各自想出了一招,完成了任务。

不过,请大家评说,谁的一招更高明?"

人们异口同声地说:

"阿尼嘎萨。"

第六章　心生悲悯,胸襟自然开阔

一

时光,扇着隐形的翅膀在飞,
眨几次眼,几个春秋便逝去。

阿扎伊原本挺直的身子有些弓了,
好像背着沉重的悠悠岁月。
茨嫚娜姆头上出现了缕缕白发,
脸上出现了道道皱纹。

这一天,茨嫚娜姆做好晌午饭,
准备给山坡上耕地的丈夫送去,
不经意瞅了一眼火塘旁边的儿子,
禁不住叹了一口气,说:
"我可怜的阿尼嘎萨,
你要是个人身,也能给你阿爸送干粮,
可你除了唱歌,什么也不会。"

儿子已十八岁了,十八年来,
没有长大一点,还是拳头那么大。

将来自己和丈夫老得没牙齿了，
不知依靠谁。她越想越难受，
不由伤心地哭泣，泪水湿了衣襟。

看到阿妈那么伤心，
阿尼嘎萨用歌声安慰：
"亲爱的好阿妈，
您不要再伤感。
蓝天再大也有边边，
山路再长也有终点，
再苦的日子也有尽头，
走过寒冬就是明媚的春天。

"亲爱的好阿妈，
千万将心放宽。
我能为您分忧愁，
能为阿爸送午饭。
我要当你们的好帮手，
让你们幸福地生活在人间。"

"我的阿尼嘎萨哟阿尼嘎萨，
你不要睁着眼睛说瞎话。
你阿爸的午饭是块干馍，
比你的身子还重，不害怕把你压扁？"

"一只蚂蚁搬的东西，

都比自己的身体大。
阿妈,你放心,
我比一只蚂蚁强。
你把干粮装进布袋,
再用绳子拴在我身上,让我给阿爸送去。"

茨嫚娜姆虽然半信半疑,
还是按阿尼嘎萨说的做了。
她是想试他到底有没有这个能耐,
没想到他,背着比自己大得多的干粮,
竟走得轻松自如,这打消了她的疑虑。

他走出寨口,碰见了依曼,
正提着一竹笼野菜往回走。
她看见他,一脸惊喜,说:
"阿尼嘎萨,你背的是什么?
莫非是给叔送干粮?"
"依曼,你说得对,
我去给阿爸送干粮。"
"阿尼嘎萨,千万别逞能,
背不动了我替你送,不要挣着自己。"
"依曼,你放心。
我已十八岁了,送一回干粮算什么!"

告别依曼,阿尼嘎萨往山坡上走。
阿爸耕地的山坡,离寨子三四里。

阿尼嘎萨一边张望，一边欣赏着田野风光。
路边的草丛不时飞出锦鸡，
多彩的羽毛，照花了他的眼睛。

"黄牛犏牛大花牛，清晨起来上山坡。
杠头架在牛脖上，鞭子一挥唱牛歌。

"牛儿牛儿使劲拉哟，耕田犁地是力气活。
浑身力气要用上，耕完这块地还有那面坡。

"白马河水波推波，春夏秋冬在唱歌。
春天唱的什么歌？春天唱的是耕地歌。"

耳边传来阿爸洪亮的歌声，
阿尼嘎萨越走越有精神。
到了自家地头，那新翻的泥土气息，
散发着淡淡的腥味儿，
好像土地下面谁在炒鲜鱼。
他朝阿爸叫喊：
"阿爸，歇一会儿，快来取干粮。"

阿扎伊听到有人喊"阿爸"，
忙按住杠头，四下张望，
却不见一个人影。
他左看右看，前瞅后瞅，
终于发现了阿尼嘎萨，在地头。

"儿子,没想到你这么有能耐,
能背动比自己重得多的干粮!"
阿扎伊从阿尼嘎萨背上取下布袋,
惊喜得心怦怦直跳,咧嘴而笑。

"阿爸,对面山坡上有眼泉水,
去那儿边吃边喝,不要让干馍噎着你。
中午太阳毒,你吃了在树阴下多歇一会儿,
我来帮你耕一会儿地。"

阿扎伊拿着干粮,朝对面山坡走去。
他到泉水边,吃完干馍,
喝了凉水,并没有坐下来歇息,
而是走到离自家地不远的地方,
躲在一棵大树后面,向那里张望,
看到的情景,差点惊裂了他的眼珠。
一位英俊潇洒的小伙子,头戴沙嘎帽,
身着白布汗褂,外套黑坎肩,腰系黑腰带,
下身穿着黑裤子,脚蹬一双毡筒蛙鞋,
一边扶犁,一边唱歌:
"牛儿牛儿好好扯,吆喝你朝前不后缩。
犏牛耕得真快当,黄牛挣得汗水多。

"这块地里点高粱,对面坡上种青稞。
豌豆、苦荞都种上,糜子、谷子种几坨。

"春天里撒下一把籽，秋天里就会有收获。
等到秋天树叶黄，马儿载来驴儿驮。

"只要出力肯出汗，土地就是刮金板。
栽下扁担能开花，种下石头结金瓜。

"星星靠的是月亮姐，月亮靠的是太阳哥。
花儿靠的是雨露水，白马人靠五谷来养活。

"黄土地，深又深，一层一层有黄金。
黄金要咱双手取，万担汗水一粒金。"

嘹亮悠扬的歌声，
听得阿扎伊的心儿醉。
他看得入了迷，听得着了魔。
帅气的小伙子，自然不会从天而降，
肯定是显了人身的阿尼嘎萨。
看到一地沙子发出了绿芽，
一地冰疙瘩开出了朵朵鲜花，
也远远抵不上他看到俊儿子的惊喜。

他想起来，阿尼嘎萨从十岁以后，
就独自住在耳房里。
有几次，他起夜，
发现阿尼嘎萨守在门前的槐树下，

亮晶晶的眼睛望着月亮，
嘴一张一合，好像在吸纳月亮的光华。
说不定儿子通过多年修炼，已修炼成了人。
果真是这样，家里不仅多了一个劳力，
还有了传宗接代的后人，
自己和妻子将来也有了靠头。

想到这里，他比得了一窖银子还高兴，
两颊出现了幸福的红晕。
他轻手轻脚，悄悄地朝地里走去，
想一把抓住小伙子的手，唯恐他溜走。
可他刚走到地头，眼前出现了一团浓雾，
遮住了目光，什么也看不清。
浓雾散尽，哪儿还有小伙子，
只见原来的小青蛙，睁着一双大眼睛。

还让他惊奇的是，自己从清早到中午，
忙了半天，仅耕了半亩地，
而那小伙子，只用吃顿饭的工夫，
却将一亩多地耕完，耕得又深又匀。

"阿尼嘎萨，我刚才看到的小伙子，
到底是怎么回事？
我把你养到十八，没功劳了还有苦劳，
你可不能哄我，要说实话。"

"阿爸，我给你实话实说吧，
那小伙子，确实是我变的。
我现在才修了六成，还没完全修炼成功，
偶尔才变一次人身，但不能超过一定时辰。
这天大的秘密，除过阿妈，谁也别告诉，
如果你告诉了其他人，我再也修不成人。
阿爸，这个秘密，只能和阿妈分享，
即使咬断舌头也不能外传。"

"你放心，我和你阿妈再糊涂，
也不会断了自己的根。"

二

傍晚，阿扎伊从地里劳作回来，
咬着妻子的耳朵，将儿子的秘密告诉了她。
她听后，眼睛里溢出激动的泪花，
忙招呼父子俩吃煮好的肉，
喝煮好的五色粮食酒。

阿尼嘎萨的眼睛里摇曳着火苗，
高声唱歌为父母助酒：
"尊敬的阿爸，
家庭重担压在您身上，
将您挺直的腰压弯。
儿子欠您的滴滴恩情，

这一辈子永远还不完。
儿子敬您一杯酒，
祝您健康长寿。

"亲爱的阿妈，
您为我操碎了心，
头上出现了缕缕白发。
儿子欠您的滴滴心血，
这辈子永远无法偿还。
儿子敬您一杯酒，
祝您健康长寿！"

火塘里的火光映在阿扎伊脸上，
脸成了红铜；
映在茨嫚娜姆脸上，
出现了绯红的彩霞。

三

每次打猎，阿扎伊只要带着阿尼嘎萨，
不是打到青鹿、崖羊、兔子，
就是打到獐子、野猪、野鸡，
每一次都会满载而归。

这天，阿尼嘎萨和阿扎伊走了几十里路，
走到青竹岭，人困马乏，

可连一只野鸡也没打下。
四周都是一眼望不到头的竹林，
轻风吹来，竹林发出"沙沙"的低语。

阿尼嘎萨忽然发现，
眼前的一块土疙瘩在微微晃动，
怀疑下面有什么动物在拱土。
没想到土疙瘩一翻身，
一朵小蘑菇从土里钻了出来。

阿尼嘎萨对着小蘑菇说：
"小蘑菇，真聪明，
知道天空随时会下雨，怕淋湿自己，
一出土，就打着一把伞。"

他刚说完话，竹叶上的一滴水珠落下来，
正好落在了小蘑菇头上，
那圆圆的头，显得更加光亮。
一根攀在竹子上的青藤，
用绿色的手掌，轻轻抚摸着蘑菇的头，
把它当成了自己的小弟弟。

阿扎伊看到茂密的竹林里有一绺竹子，
自远向近依次摆动。
凭多年打猎的经验，他判断出，
有大野物，正穿过竹林朝这边走来。

他站起来，躲在一丛竹子后面，
举起弓，准备随时射箭。
一会儿，一只大熊猫出现在眼前，
它脖子上插着一支箭，
血染红了一大片白毛。
它摇晃着脑袋正思索从哪一面走，
这时，看到阿扎伊拉满弓，
弦上的一支利箭随时会射向自己，
眼睛里便流露出黑色的恐惧，
伸出一只前爪，指了指隆起的腹部，
嘴唇哆嗦着发出"吱吱"声。

阿扎伊见大熊猫举动异常，
迟疑着，不知射还是不射。
这时，从身后窜出一个白马小伙子，
从他手中夺下弓箭，说：
"阿爸，别射这只大熊猫，
它肚子里怀着宝宝。"

阿扎伊看着眼前的小伙子，
知道是小青蛙显了人身，
便高兴地说：
"儿子，阿爸听你的。"

阿尼嘎萨放下弓箭，对大熊猫说：
"大熊猫，别怕，

我给你拔下箭,涂上药,
让你养好病,顺利地生下宝宝。"
大熊猫听懂了似的,朝他点了点头。
他走上前,拔下大熊猫脖子上的箭,
又从腰间拴的一个小袋子里,
倒出药粉,涂在它的伤口上,
然后,抚摸着它的头说:
"我给你涂的是灵丹妙药,
不到一个时辰,你的箭伤就会痊愈。
大熊猫,祝你一路平安!"

大熊猫跪下,向两位恩人叩了一个头,
才钻进一片竹林,走了没几步,
又回头深情地看了他俩一眼,才离开。
大熊猫刚一消失,小伙子又变成了青蛙。

大熊猫离开没一会儿,
竹林里钻出一个人,是几哥比过。
他看了一眼阿扎伊,说:
"叔,你看见一只中箭的大熊猫没有?
我将它一箭射中,没射到要命的地方,
它背着箭逃了,我正寻找。
你看见了,就告诉我,它从哪儿逃走?"

阿扎伊说:
"今天我运气不好,跑了大半天,

跑断了腿,连根鸟毛也没打下。
我刚才正坐在这儿打盹,
忽然被'唰唰'的声音惊醒,
睁开眼睛,差点没被吓死,
一只壮实的大熊猫出现在了眼前——"

几哥比过不耐烦地跺跺脚,
打断了阿扎伊的话,说:
"你不要说得这么细,
我只问你:它从哪个方向逃走?"

阿扎伊指了指,说:
"从那儿逃走的,
看你有没有运气追上。"
阿扎伊睁着眼睛说了句瞎话,
指的方向跟大熊猫逃走的方向正好相反。

阿尼嘎萨看着几哥比过的背影说:
"几哥比过,打住了大熊猫,
阿爸和我也有一半功劳,
给我俩也要分一半。"

几哥比过返回来,屁股对着阿尼嘎萨,
放了一个响屁,笑嘻嘻地说:
"让你先吃颗臭鸡蛋,
等打到了那熊猫,再给你赏几颗。"

他干完缺德事,占了便宜似的,
脖子一扬,得意洋洋地走了。

阿尼嘎萨虽然受了侮辱,
但因为救了怀有宝宝的大熊猫一命,
内心涌起崇高感,对此并不在意。
看来,心生悲悯,胸襟自然开阔,
就有容纳小人的肚量。

四

班二牛不害怕劳苦,
也不害怕鬼寻上门来拉他,
最害怕的就是天黑。
天黑了,别人家都是妻子娃娃热炕头,
而他家,炕烧得再暖和,
一个人睡觉,简直就是可怜的孤鬼。

坡地上割草的班二牛,
看着夕阳,心中一阵惆怅。
夕阳落山,黑夜便踏进了门槛,
回到家里,如同孤鬼回到了坟墓,
要多凄凉就有多凄凉。
为了排遣愁苦,他放开嗓门唱道:
"太阳落山睡不着,听我唱个扯谎歌。
听见腊月响大雷,看见六月雪满坡。

看见瞎子点油灯，看见聋子听墙根。
昨天看见牛下蛋，今天看见马长角。
逮个星星当灯笼，摘个月亮吃馍馍。
大象骑在青蛙背，老虎耕地唱牛歌。
公鸡下河去洗澡，鸭子上树摘葡萄。
扯谎扯到天大亮，白头老翁成小伙。"

时光是一位了不起的雕塑家，
我们看不见他真实的面容，
也看不见他手里的刻刀，
但能看见他辛苦工作后留下的艺术杰作。
这位雕塑家精力充沛远远超过了大海，
夜以继日，从未休息过片刻，
班二牛的一张脸就是他的杰作。
班二牛脸上的皱纹，
粗的，犹如晒枯的蚯蚓，
细的，若蜘蛛丝，纵横交错，
粗细搭配，重点突出，过渡自然，
一看，就是一幅有生命感的画面。
时光不仅雕琢着他的面孔，
连他的眼睛也不放过。
那只被箭射瞎了的左眼，已塌陷成小窝，
眼皮一开，只露出一条黑缝。
而那只能看见光明的右眼，
因眼皮松弛，比年轻时小了许多；
眼底的白少了，多了几分浑黄；

眼珠中的黑流失了五分，
多了三分焦黄二分灰色；
目光也浸染上了暮气，不再清澈明亮。
虽然时光将他的面容雕得如此苍老，
但比往昔变得更加慈祥。
那只好眼睛，流露出的光芒，温柔异常。
咧嘴一笑虽然露出豁牙，
却像婴儿的笑那样可爱。

班二牛唱完一曲歌，
准备回家时，听到有人大骂：
"这是谁的羊，竟敢吃老子的麦。
今天老子将它牵回去，抵它吃了的麦。"
他回头一看，才发现是自己的一只羊，
不知何时跑进了几哥比过家的麦地，
而几哥比过牵着羊的缰绳，正往回走。

原来几哥比过听了阿扎伊的话，
去追那只中了箭的大熊猫，
跑转了筋，连它的臭屁也没嗅到。
返回家的路上，他看到自家的麦地里，
有只羊在吃麦，便想顺手牵羊，
弥补一下白跑了一天的损失。

"几哥比过，这是我的羊，
没看好，吃了你家的麦，

给你赔，可你别牵走它。”
班二牛朝几哥比过大喊。

"你的一床烂被子，盖了你的屎肚子，
苦不了你的屁股，你拿啥赔呢？"
几哥比过丢下话，
牵着羊，头也不回地往寨子里走。

班二牛背上背篼，一路快走，
到阿尼嘎萨门前的三棵槐树下，
追上几哥比过，纠缠在了一起。
两人各说各的理，惹来不少人围观。

几哥比过揶揄道：
"老光棍，你也不想想，
羊吃的那些麦有不少籽，
将籽撒到地里又会长多少麦。
用一只羊赔损失，算便宜了你。"

几哥比过的蛮不讲理，惹怒了阿尼嘎萨，
他跳上班二牛的肩头，柔中带刚地说：
"林里的树再高，高不过天；
世上的魔再高，高不过道。
说事情，要从理上来，不要胡搅蛮缠，
按你的歪理缠下去，一万年也缠不清。
羊吃了你家的麦，赔是要赔，

但赔的东西要和麦的价值上下不差。"

人群中的依曼,也站出来相劝:
"几哥比过,都是一个寨子的人,
低头不见抬头见,该讲的情面还要讲。
二牛叔独身一人,绵羊是他唯一的伴侣,
失去它,他的日子会更加冷清,
你怎么忍心将它夺走?"

"我又没请他的羊,
谁让它走进我家的麦地。
既然进了我家的地,
我就有权处理它。"
几哥比过知道牵走羊没有多少理,
但还是硬着头皮为自己辩护。

"昨天晚上,在院里发现,
月亮钻进了我家水盆,
可总不能说月亮是我家的。"
阿尼嘎萨的话逗笑了围观的人们,
都称赞他说得妙。
大家笑过后,阿尼嘎萨接着说:
"不要得理不饶人,得饶人时且饶人。
依我看,羊就那么大的肚子,
即使吃一肚子麦,也没有一身羊毛值钱,
最多抵一根羊尾巴。

——牛叔,咱们抱着吃亏的态度,
将羊毛剪下,赔人家,你可愿意?"

班二牛迟疑了一下,说愿意。
几哥比过沉默一阵,说:
"活人的礼数,我也懂,
多余的便宜我也不占,
免得大家骂我贪得无厌。
大家说句公道话,羊吃的麦,
到底值一身毛,还是一根羊尾巴?"
大家齐声说:
"值一根羊尾巴。"

"好,我听大家的。
既然都认为这样,我就取走该得的。"
几哥比过说完话,眼睛里闪出两道凶光,
拔出腰刀,飞速割下了那只羊的尾巴,
动作干净利落,一气呵成,称得上完美。
疼得"咩咩"惨叫的羊,
冲出人群,疯狂地乱跑,
好像要将钻心的疼痛甩掉。
几哥比过提着滴血的羊尾巴,
朝还愣在那儿的大家轻蔑地一笑,
手一扬,将它丢给一群狗,
然后,挺起胸膛,大步流星地离开。

第七章　一笑,会将地狱笑成天堂

一

依曼老爱回忆被蛇咬伤之前的时光,
那时她是大家公认的仙女,活得无忧无虑。
自脸庞有了黑色疤痕后,
她开朗的性格发生了变化,变得十分抑郁,
老爱待在没人注意的角落发一阵呆。

感谢阿尼嘎萨,不时给自己安慰,
才有勇气面对不幸,活了下来。
虽然他只是一只拳头大的青蛙,
但他身上有一种激发人向上的力量。
这犹如太阳,虽然只有铜镜那么大,
但能横扫夜色,为天地带来光明。

对那个给自己带来伤害的几哥比过,
她恨得要死,每天咒他百次,
咒他要么被山林中的恶狼活活吃掉,
要么被空中飞下来的雄鹰挖出眼珠,
要么掉进万丈深渊,摔成一团肉泥……

对此,阿尼嘎萨说:

"依曼,对几哥比过,

不要再诅咒了;

再诅咒下去,不但把他咒不死,

你的舌头也会染上蛇毒。

一个内心充满诅咒的人,

往往搅得自己不得安宁,

最终伤害的还是自己。

诅咒他,能减轻你的痛苦吗?

诅咒他,能给你带来快乐吗?

依曼,你也知道,这些年,

我不知受到了几哥比过多少次凌辱,

也不知道多少次将他诅咒,

他不但没受到一点伤害,而且日益强壮。

有一天,我突然明白,

咒人一句话,心里要滴一滴血,

痛苦的还不是自己。

不要再过分地诅咒他了,

依曼,这有损于你的美!

一笑,会将地狱笑成天堂;

一恨,会将天堂恨成地狱。

我们要微笑着,面对生活。"

阿尼嘎萨的一番话,似涓涓清流,

冲洗着她内心的淤泥,使其澄清了许多。

她微微一笑,说:
"阿尼嘎萨,为什么你看得那么远,
别人看不开的事情你总能看开?"

"依曼,我生下来是一只青蛙,
受到了不少歧视,就乐于思考。
老天,我前世做了啥孽,
为何将我生成青蛙而又有人的心智?
我到底是人,还是青蛙?
追问了不知多少次,自己也说不清。
不过,现在我想通了,
也看开了,能勇敢地面对现实。
既然砸掉天下所有的镜子,
都无法改变自己的容貌,
还不如面对镜子,强大自己的内心!"

"阿尼嘎萨,听了你的心声,
才知道你远比我活得痛苦,
我的痛苦和你的相比,确实算不了什么。
感谢老天,让我今生遇到了你,
如果身边没有你,迷失在黑夜时,
不知谁能给我送来一盏明灯。"

"我也感谢老天,让我今生遇到了你,
没有你,我将永远生活在绝望之中。
一生下来,不少人把我当怪物看,

而在你的眼睛里,我是一个人。
头顶的太阳,能温暖广大无边的天地,
却无法温暖心灵;给我心灵温暖的,
是你眼睛里投来的关爱我的目光。
依曼,眼前一片漆黑时,
你的一个眼神,就让我看到了亮光;
陷入痛苦深渊时,你的关切,
给了我跳出去的巨大力量。
还有,你为我唱的一首首歌,
不知给我带来了多少快乐。
那一首首歌,我用一根心线,
将它们串起,永远珍藏在记忆里。
依曼,虽然你脸上有黑色疤痕,
但在我眼里,没有一个姑娘美过你……"

经过开导,她内心发生了变化,
很少诅咒几哥比过,
对他的恨也渐渐减轻,
心情,也不再那么灰暗。

二

一粒种子到了春天,就有发芽的欲望;
一个姑娘到了花季,就有对爱情的渴望。
依曼已经到了含苞欲放的年华,
自然对美好的爱情有了憧憬。

她右脸庞没有疤痕时，
几哥比过，对她死缠硬磨，
如同一只不易赶走的苍蝇。
自她的容颜被毁后，碰见了，
他则行色匆匆，如同路人。

虽然她的美貌被夺走，
但苗条的身段、甜美的歌声，
还有善良的心地，弥补了她的不足，
不时也有家道一般的人家托媒人来提亲，
但没有一家让她满意。
不是说她眼有多高，
而是洞察到了对方的心思：
依曼失去了姣颜，择偶的标准也低，
一说就准，娶她的彩礼肯定也不会高；
再说她家也较殷实，
说不定还能赚到不薄的陪嫁品。
对怀着这样心思说亲的人家，
她多余的话不说一句，只是摇摇头。

和她同龄的姑娘大多已经出嫁，
就是没有出嫁的差不多也找到了婆家，
而她的姻缘，不见一点影子。
尽管清楚许多姑娘都是包办婚姻，
根本谈不上什么爱情，

但她认为婚姻应和爱情融为一体，
缺少爱情，婚姻就成了一项世俗任务。
找不到爱情，作为姑娘，
算白来世上一趟。

她不渴望婚姻，只渴望爱情。

三

"什么花开红艳艳？什么花开白一片？
什么花开节节高？什么花开天气寒？"
"杜鹃花开红艳艳，梨花开放白一片。
芝麻开花节节高，雪花飘飘天气寒。"

"什么花开朝上哩？什么花开朝下哩？
什么开花不结果？什么结果不开花？"
"枇杷开花朝上哩，知母花开朝下哩。
迎春开花不结果，桑树结果不开花。"

"什么东西叫天明？什么东西怕天明？
啥时驾牛犁地哩？啥时安根下种哩？"
"公鸡勤起叫天明，母猪懒睡怕天明。
清明驾牛犁地哩，谷雨安根下种哩。"

"世上什么亮晶晶？世上什么放光明？
世上哪个姑娘好？世上采花哪里寻？"

"世上星星亮晶晶,世上太阳放光明。
世上依曼姑娘好,采花要上采花坪。"

天蓝得海子一样,朵朵云犹如白鹭。
鲜花开遍山野,飞舞的蝴蝶也染上了花香。
采花的依曼和另一位采花的小伙子对歌,
依曼用歌声发问,小伙子用歌声相答。

依曼听到小伙子表扬自己的歌词,
害羞得不好开口了,
而那小伙子,主动用歌声将她挑逗:
"山歌唱来唱山歌,你歌没有我歌多。
家中码了几十捆,开口就会淌成河。"
依曼听到小伙子轻看自己,便唱道:
"我的山歌不算多,论斤大秤难压砣。
那年只因发大水,我拿山歌塞江河。"

那小伙子放开歌喉,继续挑逗:
"唱山歌,唱山歌,你歌没有我歌多。
屋里装了几房子,外面还有几面坡。"
依曼嗅了嗅手中的野花,唱道:
"你的山歌没我多,我的山歌牛毛多。
唱了三年三个月,没唱完一只牛耳朵。"

"我唱山歌不用愁,我的山歌有两楼。
一楼给妹置田地,一楼给妹置耕牛。"

"一把菜籽撒过山，我的山歌万万千。
唱了三年三个月，才唱一个崖边边。"

"清早起来爬山坡，贤妹山歌比郎多。
心想给你唱两句，就怕贤妹爱生气。"
"山上野花满山坡，郎的山歌比妹多。
心想听哥唱两句，贤妹哪里会生气。"

"叫我唱，我就唱，唱个星星配月亮。
唱个绵羊对石羊，唱个贤妹配小郎。"
"你也唱来我也唱，你唱我唱都一样。
你唱星星配北斗，我唱月亮对太阳。"

"花儿一开开满山，一朵更比一朵鲜。
不知你爱哪一朵？任你挑来任你选。"
"花儿一开开满山，一朵更比一朵艳。
哪朵花儿你看上，它就开在我心上。"

两人的对歌，煮开的酒一样浓烈，
众鸟都陶醉在歌声中，忘记了鸣叫。

小伙子编了一顶柳帽，插上各种野花，
笑盈盈地走到她面前，往她头上戴。
她想拒绝，但看着他深情的眼神，
不争气的头，主动地向柳帽伸去。

"你是谁，歌声这么熟悉？
歌声这样动听的，天地间没有第二个。"
"依曼，你连我都认不出了？
你不想想，谁还能唱出这样的歌？
谁还能对你一往情深？
谁还能将你看得比自己的生命珍贵？"

"难道你就是阿尼嘎萨？
可他不是这个模样。"
"你认识青蛙身的阿尼嘎萨，
不认识人身的阿尼嘎萨。
依曼妹，经过长期修炼，
我已脱掉蛙皮，修成了人。
站在你面前的，不是别人，
正是阿尼嘎萨。"

"天啦，太好了，你终于修成了人！
你再继续修下去，会修成神仙。"
"依曼妹，我不想修成神仙，
只想修成人，和你永生永世在一起！
你不知道，从青蛙修成人，
不光要采天地之灵气、聚日月之精华，
还要受尽人间的屈辱，
才能脱掉蛙皮，成为真正的人。
我能修炼成人，你的功劳可不小。"

"这都是你苦修的结果，

我依曼有何功劳？"

"决定河流方向的不是河流自己，

也不是河道，而是它神往的大海。

如果我是河流，你就是我神往的大海。

因为你的存在，我才有了苦修的动力。

如果你是一只小鸟，我就修成一只小鸟；

如果你是一只鹿，我就修成一只鹿；

如果你是一棵树，我就修成一棵树；

如果你是一株花，我就修成一株花；

因为你是一个人，我才修炼成了一个人。

没有太阳，可以摸黑走路；

没有你，我的生命就失去了方向，

生活得再辉煌，也没有任何意义。

——依曼，给你编的这顶花冠，

美不美？你喜欢不喜欢？"

"这花冠，比彩虹还美丽，怎么不喜欢？

戴着它走路，路都是香的。"

阿尼嘎萨听了她的话，

不由伸开双臂把她搂进怀里；

犹如一条小鱼投进春水中，

她浑身感受着温情柔意。

这不是梦吧，生活中哪有这样浪漫的爱情？

如果是梦，就不要醒来，一直延续下去。

她这样想时，一阵风，将她吹醒，

原来自己上山挖野菜，困了，
坐在一块石头上，靠着一棵树，
做了一场永生难忘的美梦。

她睁开眼，眼前的草地上，
出现了一幅用各种野花摆成的桃心图案，
一只青蛙，静静守在图案后面，
亮晶晶的眼睛看着她。
那只青蛙，正是阿尼嘎萨。

那花朵摆成的图案，
代表阿尼嘎萨的心，她一眼就读懂。

四

自做了那梦之后，
依曼的心海久久不能平静。
为什么在梦中，
阿尼嘎萨从青蛙变成了人？
是不是预示他真能修成人，
还是她有让他变成人的痴心妄想？

她已明白了阿尼嘎萨的心思，
他用花朵摆成的桃心图案，
向她巧妙地表达了爱情。
她问自己，喜欢阿尼嘎萨吗？

她喜欢他的心灵，
也喜欢他翡翠般的形体，
可要成自己的丈夫，
对青蛙身则难以接受。

一天，她提上篮子，走出寨子，
来到半山腰的一片树林，采蘑菇时，
从深林处传来嘈杂的人声。
她轻手轻脚，走进深林，
看见几哥比过领着他的八个亲堂兄弟，
围成一个圆圈，坐在那儿说说笑笑。
他们中间扣着一个铜盆，
铜盆上面压着一块大石头。
那九个人，个个膀壮腰圆，
肥头大耳，一看都是酒色之徒。
在他们中，几哥比过虽然年龄最小，
但仗着山寨头人父亲的宠爱，
还有一身非凡的武功，
反而成了他们的老大。
他向他们要手，他们不敢给脚；
他瞪他们一眼，他们不敢抬头。
他们聚在一起，抵得上一群恶狼，
谁也惹不起他们，人人都躲着他们走。

几哥比过站起来，踢了踢铜盆，说：
"阿尼嘎萨，你这只丑青蛙，

今天落到如此下场都是自找的,
谁让你平时把我不放在眼里。
我要点燃柴,慢慢地烤你,
将你的油一点一点烤出来,烤成干尸。
要想保住小命,就乖乖地叫声'爷'。"

"等太阳从炕眼里出来,
我就喊你一声'爷'。
按你的德行,应该叫你'畜生'。"
铜盆下面传来阿尼嘎萨的声音。

这话激怒了几哥比过,他使了个眼色,
其他人在铜盆上面及周围堆了一些干柴,
用火镰点燃,火苗蹿起。
躲在一丛灌木后面的依曼正着急时,
班二牛从一棵大树后冲出来,求道:
"几哥比过,高抬贵手,放了阿尼嘎萨,
他不叫你'爷',我这个老头子替他叫。"

铜盆下面传来阿尼嘎萨的声音:
"牛叔,你千万不要作践自己!
——阿爸、阿妈再亲,不如火亲。
盆下面有点冷,我正需要火。"

依曼冲上去,大声说:
"光天化日之下,你们这是干啥?

烧死人可要偿命,你们难道不怕王法?"

"谁说阿尼嘎萨是人?
我还没见烤死一只青蛙,就要偿命!"
几哥比过露出嘲讽的口气。

依曼和班二牛知道对这群混蛋讲理没用,
就拼命上前想扑灭燃起来的火,
可俩人哪儿是他们的对手,
始终被他们挡在外。
依曼急哭了,也没有哭软他们的心肠。

熊熊火焰中传来了阿尼嘎萨的歌声:
"儿孙给我送温暖,我来唱首颠倒歌。
郎在房中脚洗手,看见门外人咬狗。
大年三十立了秋,小暑大暑冷飕飕。
黄牛踏在蚂蚁背,蚂蚁驮着黄牛走……"

那歌声高亢有力,唱词诙谐,腔调滑稽。
九个兄弟听了,感到伤了自己的尊严,
火冒三丈,狠命往火堆上面架柴。
火势越来越旺,"叭叭"作响,
蹿起的火焰,烤卷了附近的树叶。

突然没有了歌声,铜盆下面一片死寂。
几哥比过说:

"阿尼嘎萨,原本只想吓吓你,
没想到你嘴这么硬。
如果你丢了小命,只怨火不怨我。"

看着几哥比过可恶的嘴脸,
依曼义愤填膺,不由扑上去,
狠狠抽了他一记响亮的耳光。
豺狼见了都要绕行的几哥比过,
哪能忍受一个弱女子带来的侮辱。
他握紧拳头,刚要教训依曼,
突然铜盆下面发出一声炸雷般的巨响,
铜盆被炸裂,火焰四处飞溅,
烧焦了九个兄弟的头发,他们抱头鼠窜,
而依曼和班二牛却毫发未损。
更让他们吃惊的是,从放铜盆的地方,
出现了一位英姿勃发的小伙子。
小伙子,个头高大,头戴沙嘎帽,
身着白布衫,腰里佩着一把剑。
他宽展的天庭,骏马足以在上面驰骋;
浓眉下一双黑白分明的眼睛,
黑处似夜色,白处似晨曦;
挺直的鼻子,犹如一口悬钟,
仿佛在上面能敲出黄钟的声音;
两只优美的大耳朵,
足够一对雄鹰在里面筑巢。
几哥比过他们,看见英俊威武的小伙子,

以为天神,吓得屁滚尿流,逃之夭夭。

班二牛胆怯地问:
"您是何方天神?"
小伙子说:
"牛叔,不要怕,
我不是什么天神,是阿尼嘎萨。"

眼前的小伙子,正是依曼梦中见到的,
但怀疑自己又在做梦,便问:
"我没做梦吧,你真是阿尼嘎萨?"
小伙子深情地看着她说:
"难道我只有变成小青蛙,你才认识?
依曼,几哥比过的这把火烧得好,
让我饱尝了烈火的煎熬,
完成了修炼,修成了人。
现在,我大声告诉你,
也告诉苍天和大地,
我谁也不是,就是阿尼嘎萨——"

他说完话,飞来两只白鸽,落在他肩头,
一只是劳美阿美,另一只是塞昼特林。
姐妹俩对着他的耳朵,
用鸟语祝贺弟弟修成了人。

踩着铺满阳光的路,阿尼嘎萨回到家中,

阿扎伊、茨嫚娜姆看着英俊的儿子，
笑得下巴脱臼了。
儿子给他俩复了位，他俩又捂着嘴巴接着笑，
笑着笑着，就哭了，
一只眼睛流着甜，一只眼睛流着酸。

五

中了一箭，可以忍住不叫；
一脚踢出一块黄金，可以忍住不笑。
而真正的爱情降临，
怎能忍住不醉？
爱情的阳光落在身上，
怎能忍住情感的燃烧？

田间地头，林中溪边，沟沟洼洼，
都留下了依曼和阿尼嘎萨的歌声。

"叫声小哥问声好，问你知道有多少？
你说山里几条道？你说山头几个包？
你说霖雨多少点？你说筛子多少眼？
你说河里多少浪？你说黄牛多少毛？"
"叫声小妹人才好，你把小哥难不倒。
我只数山不数道，只数山头不数包。
只数霖雨不数点，只数筛子不数眼。
只数河流不数浪，只数黄牛不数毛。"

"你唱山歌这么弯,什么弯弯对弯弯?
什么弯弯跟牛走?什么弯弯到田边?"
"我唱山歌也不弯,月牙弯弯对弯弯。
牛角弯弯跟牛走,杠头弯弯到田边。"

"什么有嘴不说话?什么无腿走天下?
什么吃草不吃根?什么睡觉不翻身?
什么肚里长牙齿?什么肚里长眼睛?"
"茶壶有嘴不说话,铜钱无腿走天下。
镰刀吃草不吃根,石头睡觉不翻身。
磨子肚里长牙齿,灯笼肚里长眼睛。"

两人热情似炭火,扯开喉咙唱山歌。
唱得石头遍地滚,唱得日头不落坡。
唱得天上起红云,唱得树叶落三层。
依曼提出一个又一个问题,
都没有难倒阿尼嘎萨。

树越长越高,山歌越唱越深,
由展示才智,到表达内心。

"高山种荞秆秆红,梨树开花香喷喷。
心里想的把妹缠,你家富来我家穷。"
"栀子开花里面白,豌豆开花色紫红。
只要你的心肠好,贤妹从来不怕穷。"

"秋天月亮遇乌云,哥哥是个穷苦人。
只要妹妹不嫌穷,天天叫你有精神。"
"妹妹生来重真情,有心相爱不怕穷。
只要二人一条心,黄土也会变金银。"

"热头出来照白崖,金花银花滚下来。
金花银花我不爱,专爱贤妹好人才。"
"热头出来照半坡,金花银花滚下坡。
金花银花我不爱,只爱小哥好山歌。"

"啥子花开一树红?啥子花开耐寒冬?
啥子婚姻根不稳?啥子爱情永不分?"
"三月桃花一树红,腊梅开花耐寒冬。
金钱婚姻根不稳,真心爱情永不分。"

"先是晴来后是阴,一风吹进桦树林。
山歌唱给贤妹子,我让山歌做媒人。"
"山麻雀来天上飞,小哥贪花不用媒。
不要猪羊不要酒,唱支山歌迎妹回。"

"月亮出来两头尖,两个星宿挂两边。
金钩挂在银钩上,郎心挂在妹心间。"
"月亮出来两头钩,两个星宿挂两头。
金钩挂在银钩上,妹心挂在郎心头。"

"世上姑娘数不清,贤妹最称我的心。
只要把你迎进门,甜蜜日子享不尽。"
"只要和哥长相逢,石板做床也安稳。
冷水洗脸也温暖,粗茶淡饭心也甜。"

"贤妹妹,我的人,昨晚想你快发疯。
整整一夜没睡着,唱起山歌没精神。"
"你唱山歌唱得好,花花手巾全包到。
睡到半夜看一看,飞的飞来跑的跑。"
……
郎一声来妹一声,山歌句句唱得真。
两个唱得情不断,两人唱成一颗心!

第八章　幸福的泪水溅到天空,成了星星

一

神,创造了天地万物;
人,创造了升华心灵的爱情,
爱情的光华超过了日月星辰。

春天绽放的花朵,不足以比喻爱情的美丽;
夏天正午的太阳,不足以比喻爱情的热烈;
秋天的果实,不足以比喻爱情的甜美;
冬天的雪花,不足以比喻爱情的洁白。

趁着年轻去爱吧,年轻不爱何时爱?
年老时不乏爱情,但再美不过是晚霞。
而青春时的爱情是大海托起的朝阳,
光芒万丈、热力无穷,
会让一具结冰的僵尸热血沸腾。
爱吧,趁着年轻,
因为爱,你的生命才真正鲜活;
只有燃烧的爱,才证明你真正拥有青春。
为了爱情,将自己的生命烧成灰烬都值!

爱情的另一个名字,叫迷魂汤,
饮了它的人,神魂颠倒,还自以为清醒。
阿尼嘎萨和依曼的头脑里,
灌满了迷魂汤,彼此都陶醉在爱情中。

依曼从草坡上走过,那草丛中的野花,
是她留下的脚印,在阿尼嘎萨的眼里;
依曼从小溪走过,那雪白的浪花,
是她落在水面上的笑声,在他看来。
依曼给他送了一块绣着一对鸳鸯的手巾,
他贴在脸上,听到了鸳鸯戏水的声音。
看着依曼的巧手,他想:
那手,能在清清的水面上绣出花朵。
依曼告诉他,一次做梦梦见了他,
他听后,感到自己进了一回月宫。
他的血管中流着一条大江,
那大江,梦中都朝着爱情的方向奔腾。
假如太阳陨落了,将他炽热的爱掏出来,
足以做一颗红太阳,温暖天地。

即使将爱情的甜减去一半,
也比蜜蜂酿的百花蜜甜。
爱情为依曼的眼睛涂上了蜜,
看云,云是甜的;
看水,水是甜的;

看黄连,黄连也是甜的;
看自己的影子,影子都是甜的;
看花朵,花朵对她甜甜地笑;
看羊,羊对她甜甜地叫。
夜空的那轮明月,
在她眼里,都是蜜做的,
洒在身上的清辉,都是甜丝丝的。
做的梦,都是甜的,
有时,会从梦中甜醒。
她脸上常挂着笑,
笑得蜜蜂能从上面采出蜜。

就是那个讨厌的几哥比过,
在她看来也比以前顺眼了。
见了他,不再扭头而过,
而是对他微笑着点点头。
对仇人的恨,也淡忘了,
爱情,多么美妙!

心里住进了爱情的依曼,
歌声不时从嘴里溜出。
织布时,她的歌比线长,
一匹布织完了,还没唱够一半;
绣花时,布上的十朵牡丹全部盛开,
心里装的歌才唱了一个零头;
背水时,她还没走出寨子,

歌声已传到山泉；
准备上地劳作时，她刚迈出门，
歌声已飞到田野上空；
到了田间，她的锄头还没锄几株草，
歌声已飞到树林，和着泉水叮咚。

沉醉于爱情中的人，随处都有歌声相伴。
一次，她坐在大门口，面对一丛竹子绣花，
忽然，那丛竹子唱起了歌：
"太阳又晒人又急，口里含的黄柏皮。
口含黄柏退火哩，时时都在想你哩。

"天上星星在云中，想妹好比想人参。
人人都说人参贵，妹比人参贵十分。

"羊毛腰带丈二三，我与贤妹换了拴。
今年和你换腰带，明年和你换心肝。

"一把镰刀弯又弯，小哥下山不上山。
铁打的心肝都想烂，铜铸的眼睛都望穿。"

难道竹子也学会了唱歌？
她回过神来，才发现歌声不是来于竹子，
而是来于自己的脑海：
阿尼嘎萨唱给她的歌，
被脑海重新放了一回。

二

阿尼嘎萨修炼成英俊的小伙子，
阿扎伊夫妇的高兴劲儿没法说，
走路都偷偷笑着。

而几哥比过妒火中烧，恨得牙根都疼。
他看到阿尼嘎萨和依曼眉来眼去，
心头被戳了一锥子似的，疼痛不已。
听到阿尼嘎萨和依曼借歌声传情，
耳朵里钻进了蚊子似的难受。
他对脸有疤痕的依曼虽然失去了兴趣，
但她和阿尼嘎萨的爱情让他照样不畅快，
犹如一位小肚鸡肠的富人，
受不得穷人喝面汤，何况你还打饱嗝。

一次，他做了一个梦，
操着一把刀，和操着剑的阿尼嘎萨格斗，
刀来剑去，打得难解难分。
忽然，他使了一技绝招，
一刀下去，将阿尼嘎萨砍倒在地，
变成了一只丑陋的青蛙，
高兴得他"哈哈"大笑。
没想到笑醒之后，才发现不过是一场梦，
反倒弄得他几天闷闷不乐。

这一天,他在白家的磨房里,
看到阿尼嘎萨背着一袋粮食走来,
便脸皮不展地说:
"我家的磨牙齿老了,
怕咬不动你口袋里的粮食。"
阿尼嘎萨说:
"我背的是小麦,又不是金豆,
不会打了你家石磨的牙齿。"
"这磨我说了算,
我说咬不动,就是咬不动。"
"几哥比过,不要难为我,
我得罪了你,粮食没得罪你吧?"
"磨房是给人开的,不是给你开的。"
阿尼嘎萨听出了对方的话外音,
宽容地一笑,说:
"在你眼里,难道我不是人?"
几哥比过硬着脖子说:
"你以为你是人?
别看你修成了人身,你就是修成神仙,
在我眼里,永远是一只青蛙!
我怕你走进磨房,带来晦气。"
阿尼嘎萨听了侮辱自己的话,
强忍住怒火,冷冷地说:
"十里之外的草河坝,也有磨房,
我不怕把脚走大。"

阿尼嘎萨说完话,转过身子,
一边向草河坝走,一边唱道:
"天上星星摆得端,让人一步天地宽。
一不和你争天地,二不和你争江山。
穿好鞋,要小针,交好仁义要好心。
甭像石榴红了脸,甭像花椒黑了心。"

三

碧空如洗,烈日高照,
路上的石头,热成了火炭。
麦茬地里,传来"喳喳"的蚂蚱声,
声音比地里的麦茬还稠密。
树上的蝉在大喊"热死了"。

阿尼嘎萨背着一袋麦,
行走在崎岖的山路上,
额头掉下一滴滴豆大的汗珠,
砸得山路上的石头"嘣嘣"响。
他汗流浃背,气喘吁吁,
却没有感觉到粮食的分量,
因为粮食的分量远远轻于心灵的重负。
尽管修成了人,但在人们的眼里,
自己身后还拖着长长的青蛙影子;
再怎么修行,也抹不去它,

因为它已深深扎在人们的记忆里。
要斩断它只有远离故乡，
隐姓埋名，浪迹天涯。
即使这样也不行，陌生人不知自己的根底，
可无法骗自己，自己能将过去的一切忆起。
他才清醒地意识到，修炼仅完成了一半，
更艰难的另一半，还在等待着自己。
甚至对苦苦修炼，还有几分怀疑，
怀疑修炼成人的意义。

从山路上下来，走到白马河边，
河滩上的蛙鸣把他从沉思中惊醒。
白马河，你多么富有激情，
日夜翻滚着朵朵雪浪。
你的激情从何而来？
是来自于两岸生机勃勃的青山，
还是热情豪爽的白马人的血液？
蛙鸣声，染上了白马河的激情似的，
海潮一样洪大，好像能将天空掀翻。
看着奔腾不息的白马河，听着蛙鸣，
他真想变成一只青蛙，跳进河水中……

他沿着河流走，走了八九里路，
走到一个开阔的地带，草河坝便到了。
草河坝，有数百座院落，
居住着一千多人，一半白马人，一半汉人。

东面，以汉民为主；

西面，以白马人为主。

白马人和汉人互相尊重，和谐相处。

这里还有十天一集的旬集，

方圆三十里路的人都来这里赶集。

每当逢集，有不少商人，

从外地运来丝绸、布料、香料等来此交易；

周围的白马人，

拿兽皮、药材等土特产来此买卖。

阿尼嘎萨将粮食背到白马人经营的磨房，

先排上队，出来，在摊点上吃了碗凉皮，

就到大街东瞅瞅西看看，到处游转。

他走到哪儿，都吸引着男男女女的眼球：

男人看着英武的他，自惭形秽；

姑娘看着他俊美的脸庞，双眼放光，

恨不得将眼睛沾在他身上。

面对羡慕自己的眼神，他一点也不自豪，

倒担心别人看见自己身后的青蛙影子。

众人目光似火，怕自己像冰块那样融化，

忙从熙熙攘攘的人群里走出。

他来到草河坝东头，

坐在一棵柳树下的大石头上纳凉。

树枝和绿叶，将灼热的阳光挡在外面，

缕缕凉风袭面，十分舒坦。

他低头看着脚上的麻鞋,想起了依曼。
这双麻鞋出自依曼的巧手,穿上它走路,
脚底生风,步履轻快,如驾祥云。
如果依曼在眼前多好,可以和她说说话,
解一解窝在心里的闷气。
不过,说不定在她眼里,
自己身后也拖着青蛙影子。
这样一想,他十分泄气,
低头看着脚下的小草,陷入痛苦地沉思。

"叭",额头挨了轻轻一击,
一朵芍药落在了他怀里。
谁这样肆无忌惮,欺负自己?
他抬起头,只见一个妙龄少女,
头戴锦羽绣花沙嘎帽,衣着华贵,
骑着一匹枣红马,瞧着他的窘样,
露齿微笑,牙齿月光样洁白,
给人带来阵阵清凉。
这是谁家的姑娘,脸蛋竟然酷似依曼,
前后还有几个骑马的人护卫?
如果是一位小伙子,他肯定要大发脾气,
可面对一位像凤凰一样漂亮的少女,
他脸红耳热,不知如何是好。
姑娘看到他愣在那里,朝他莞尔一笑,
便打马向远方飞奔而去,
身后洒下一串串银铃般的笑声。

她的笑声多么美妙，
钻进他的脑海，化成了朵朵白玉兰。

四

他抽出剑，向身后的青蛙影子砍去，
只听"噌"一声，将它斩断。
让他吃惊的是，它在地上只停留了片刻，
竟像蛇那样，朝他追来。
他前面跑，它在后面追，
追上他，粘在了他身上。
他又挥剑，将它斩断，
没料到，转眼之间，
它又追上他，和他粘在了一起。
不甘心的他，使出浑身的劲，
又挥剑，没想到弄醒了自己，
才明白刚才的一切都发生在梦中。

阳光已从窗户透进，阿尼嘎萨脸色苍白，
嘴唇干燥，疲软地躺在耳房的被窝里。
昨天，到草河坝磨完面，天色已暗，
背上面，走到半路，遇上了暴雨，
回到家里，浑身湿透。
半夜时分，他打起喷嚏，浑身发烫，
喝了一碗生姜汤，才稍稍缓解。

他穿好衣服,洗漱完毕,
阿妈已做好一碗荷包蛋,送到他手里。
他推说自己没有胃口,让阿妈吃,
阿妈说这是专门给他做的,让他补补身子,
他不吃她就不高兴了,
他被阿妈强逼着吃下了荷包蛋。
过了一会儿,阿爸陪着杨明远进了门。
杨明远给他把了把脉,说是受了风寒,
吃两副草药,病便可退去。

杨明远离开不久,
依曼拿着两副草药进了门。
依曼在厨房里的火塘上熬上药,
就回到耳房,陪着阿尼嘎萨说话。
依曼看着他失去血色的脸说:
"昨天发生的事,我听说了,
几哥比过蛮横无理,欺人太甚,
不该逼着你去草河坝磨面。
如果不是他,你也不会淋雨害病。"
阿尼嘎萨神情黯然地说:
"虽然他有失人之常情,
不该为难同一寨子的人,
但他说出的话不是没有一点道理。
他认为我哪怕修成神仙,
在他眼里永远是一只青蛙!
尽管我现在修成了人,

可我还是一只青蛙，在人们的记忆里。"

"阿尼嘎萨，忘掉过去吧，
不要再与过去没完没了地纠缠。
过去，哪怕你是一只狗、一条蛇，
这都不重要，重要的是现在，
现在你已修成了一个人，
你要将自己当真正的人看待。
过去的一切像水一样流走了，
不能再生活在过去的阴影中。
过去的一切已成为历史，
你要勇敢地面对未来。"

"未来与过去相比，有点虚幻。
对于任何人，过去才最真实，
过去才真正属于自己。
未来就是还没有经历过的明天，
我们的双脚，也许能踏上明天的路途，
也许就此罢休，长眠不醒。
昨晚，我走山路，
突然一道'轰隆隆'的黑影朝我冲来，
我向前一跃，那黑影抓走了我的一只鞋。
那鞋是你做的，现在想起来还心疼。
脱离危险后，才弄清向我冲来的，
是裹着无数石块的山洪。
要不是躲得及时，我的生命，

将会停留在山洪冲来的那一瞬。
于是,对过去有了新的思考:
我们除去历历在目的过去,还有什么?
向前行走,不是为了将昨天的脚印走丢。
把自己的脚印丢掉,
我们的生命无疑成了空皮囊。
面对历史,比面对未来还重要。
不面对历史的人,即使有明天,
明天也不会有多少分量。"

"阿尼嘎萨,我是一个普通姑娘,
对生命的思考远没你深刻。
你这样思考,会把自己弄得非常痛苦,
还不如像普通人一样,活过一天算一天。
阿尼嘎萨,看你痛苦的样子,
我不知怎么安慰你。"

"依曼,有你陪着,和你说说话,
对我就是最大的安慰。
把心里窝着的话,对你说了,我轻松多了。
依曼,你老实说,
在你的记忆中,过去的我是什么?"

"是一只翡翠般的青蛙,
是一只聪明可爱的青蛙,
是一只给我带来了不少快乐的青蛙。

阿尼嘎萨,没有你,
我过去的生活就失去了多半幸福。
——呀,不好,我嗅到草药烧焦的味儿,
只顾了说话,忘了厨房里煎的药。"

依曼说完话,忙跑出去,
过了一会儿,返回,惋惜地说:
"果真将草药烧焦了,实在可惜。"
阿尼嘎萨哈哈一笑,说:
"依曼,我的病已被你说好了,
你刚才的一席话才是灵丹妙药。"

五

鸡叫三遍,阿尼嘎萨准时起来,
来到门前的槐树下,练剑。
他从杨明远那儿得了一本《剑谱》,
按照上面的图,练着一招一式。
由于他的刻苦,没多久,
《剑谱》上的各式动作,都印入了大脑。

这一天,他练完剑,吃过早饭,
放弃前嫌,又背着粮食,
到几哥比过家的磨房里磨面。
都在一个寨子里生活,
他不想和几哥比过把关系搞得太僵,

再说到草河坝磨面实在太不方便。
而几哥比过黑着脸,再次将他挡在磨房外。
几哥比过的行为反倒激起了他的尊严,
他不顾阿爸、阿妈的反对,
到草河坝卖了家里养的一头大肥牛,
买了一台手推磨,雇人抬来,
安在门前的槐树下。
他向大家宣布,这是为乡亲们提供方便,
谁想磨面了自己推着磨,决不收一文钱。
他家欠了大家的不少情义,
不收钱,也算对所欠情义的偿还。

过了两天,阿尼嘎萨早晨出门,
看到许多人围在一棵槐树下指指点点。
他抬头一看,树杈上面架着一扇石磨,
再一看树下的石磨,上面刚好缺一扇。
他略加思索,就知道这是谁耍的花招。
山寨里,虽然不缺大力士,
但只有一个人才有将石磨架上树的力量,
这个人无疑就是牛一样健壮的几哥比过。
他扫了一眼,几哥比过就站在人群中,
眼睛斜视着看热闹,眼神中充满了挑衅。
众人将目光投向阿尼嘎萨,
看他面对此事怎么办?
他回到院子里,扛出梯子,
搭在槐树上,对大家说:

"谁来帮帮,给我按住梯子,
我上树将它取下来。"
大家站着不动,好像都是聋子,
只有班二牛抬起一条腿,
但看到几哥比过朝自己瞪了一眼,
怕一脚踏进深渊似的,忙将伸出的腿收回。
依曼站出来,按着梯子,担心地说:
"阿尼嘎萨,那石磨,两个人才能抬起,
你一个人怎么能将它取下来?"
"又不是上天摘月亮,这有何难?"
阿尼嘎萨说完话,踩着梯子上了树,
抱起沉重的石磨,腾不出手,
下树却成了难题。
他看到几哥比过眼睛里露出窃喜,
心里一横,便向树下的一堆麦草跳去,
在人们的尖叫中将麦草砸了一个深坑。
所幸没有受伤,
他从草堆中爬出来,安上那扇磨。

十天过去,除过依曼,
再没有第二个人来磨面。
阿尼嘎萨才认识到班大发父子的威力,
大家宁可到石门沟的水磨房里出钱磨面,
也不敢到他家门前占便宜。
人人身上为什么有那么多的奴性,
甘愿低着头,生活在强者的阴影中?

六

麦子熟了,就要收割;
爱情成熟了,就要结果。

阿尼嘎萨和依曼的爱情,
山上的树知道,坡上的草知道,
林中的溪知道,溪边的花知道,
天上的月知道,空中的鸟知道,
它们都听过两人表达爱的心曲。

阿尼嘎萨和依曼的交往,两家人都默许,
希望两人走到一起,过上幸福的生活。
阿尼嘎萨向阿爸、阿妈提议,
自己的婚事就请二牛叔当媒人。
阿爸、阿妈觉得有些不合适,
让班二牛当媒人恐怕女方家没面子。
阿尼嘎萨认为依曼一家人不势利,
重的是德行,二牛叔虽穷,但诚实守信,
老实得能叫尿憋死,这样的人应该尊重;
再说他一辈子从没在人前头站过,
自己的婚事,该让他风光风光。
阿爸、阿妈一听有道理,就没有再吭气。

阿尼嘎萨给班二牛置了一身新衣服,

找到他,说明了来意。
他怪怨阿尼嘎萨乱花钱,新衣服他不穿,
烂衣服穿惯了,穿上新的不自在;
媒人他也不当,因为他不是一个体面人,
只配掏大粪,不配当媒人。
阿尼嘎萨装作生气的样子,
说他不穿新衣服,不去当媒人,
自己就不再认他这个牛叔。
班二牛没法,只得答应。

提亲的那天,班二牛清洗一番,
穿上新衣服,精神了不少,
但他老觉得浑身不自在,
好像自己穿上了将军的铠甲。
他对阿扎伊夫妇说:
"阿尼嘎萨把我太当人,
把我抬到了天上。"

班二牛拿上提亲酒,
出了门又返回来,要酒喝。
阿尼嘎萨笑着说:
"你去提亲,依曼家难道不给酒?"
班二牛难为情地说:
"让我提亲,这还是大姑娘坐花轿头一遭,
心跳得受不了,喝些酒,壮一壮胆。"
他喝了几杯酒,借着酒劲,

便高高兴兴去依曼家提亲。

"鸭子嘴大爱喝水,媒人嘴大爱谝嘴。
先说婆家田地宽,又说儿子长得美。
走到婆家夸妈家,走到妈家夸婆家。
哄得鸭子上了架,说得石头咧开嘴。"
黄昏来临,班二牛从依曼家出来,
迈着醉步,唱着歌朝阿尼嘎萨家走去。

到了阿尼嘎萨家,
阿扎伊夫妇问事情可顺利?
班二牛喷着酒气说:
"阿尼嘎萨比骏马都英俊,
你们给我搭上长梯,
让我上月宫向嫦娥提亲,保准她也愿意,
依曼一家人哪有不愿意的理?
和他们商量好了,七月初六就定亲。"

七

七月初六这天,
阿扎伊领上阿尼嘎萨、班二牛等五人,
带上两坛酒、一只宰的羊,
还有十二个蒸馍,去依曼家定亲。
快到依曼家的门口,
早等在那儿接应的人将礼品接走,

几个女人则向定亲的一行人撒灰。
传说，男方定亲的人来的时候，
说不准身后有邪妖鬼怪跟随，
撒灰是为了将其驱走。

到了家里，按辈分坐定，
女方家的族长和阿扎伊，
商议好彩礼、接亲等婚嫁事宜，
便向大家说依曼经父母同意，
愿嫁给阿尼嘎萨，大家为这喜事而喝酒。
接着，班二牛让阿尼嘎萨一拜天地神灵，
二拜白马祖先，三拜父母大人。
拜完，阿尼嘎萨便端起酒杯，
唱着歌向女方户族的人一一敬酒：
"蜜蜂最亲的是花朵，
鱼儿最亲的是河水，
你们是我最亲的人。
香甜的美酒献给你们，
你们不喝谁来喝？
行啊行啊亲人行，
亲人不行哪个行？
与最亲的人在一起，
就该开怀畅饮醉一回。"

阿尼嘎萨的歌声胜过了酒力，
大家一听他的歌，没喝酒已三分醉。

他敬完,依曼便领着众姐妹,
唱着歌向男方一行敬酒:
"索也啰——
今天的天空多么蓝,
今天的太阳多么温暖。
客人来到了我们家,
内心的喜悦千言万语说不完。
我们曾是两家人,
今天相亲成了一家人。
敬一杯甘甜的美酒,
祝你们健康长寿!"

听着动人的歌声,饮着甘甜的美酒,
啃着香喷喷的骨头肉,人人都快乐成神仙。
歌声将阿尼嘎萨的两个姐姐也招来了,
劳美阿美、塞昼特林领来一群鸽子,
落在房上,"咕咕"叫着,
向一对恋人热情地祝福。
几头猪吃了倒在地上的酒糟,
迈着醉步,憨态可掬。
一只公鸡,飞上墙头,伸长脖子,
"喔喔"叫着,向远山报喜。

欢快的歌声,白马河一样流着,
送走了太阳,迎来了月亮。

阿尼嘎萨唱了一曲又一曲，
喝了一杯又一杯，越喝越兴奋，
觉得自己能将一海子的酒喝干。
依曼的一双眼睛，如雨后的黑葡萄，
脉脉含情地注视着他的一举一动。
在如此目光的笼罩中饮酒高歌，
阿尼嘎萨觉得自己成了葡萄仁，
被一层多汁的果肉包裹，
生活在了甜蜜的葡萄中。

深夜，曲终人散，
沉浸在幸福中的阿尼嘎萨，
仰望夜空时，他真切地感受到：
自己幸福的泪水溅到天空，
成了水灵灵的星星。

八

在山坡上的一片树林里，
阿尼嘎萨和依曼抱得紧紧的……
这一丑事，不到吃一顿饭的时间，
传遍了山寨大大小小的角落。

一个小伙子与一个姑娘，即使定了亲，
如果婚前发生了偷情的事情，
在白马人看来，比杀了人还可恶，

几辈人走路都抬不起头。
人们见了小伙子和姑娘，
认为碰上了邪气，都会"呸呸"地吐唾沫。
家里人及亲戚，也会蒙羞，
把头夹在裤裆里活人。
有的当事人，经不起巨大的压力，
为此上吊殉情，还得不到大家的谅解。

杨明远听到女儿有伤风化，眼前骤然一黑，
脊梁被抽走了似的，差点瘫在地上。
作为勒贝，自己的言行都是山寨的表率，
处处受到人们的尊重，
没想到女儿给自己脸上抹了黑。
不过，他冷静一想，
气度非凡的阿尼嘎萨和纯洁的爱女，
不可能干出如此龌龊的事情，
但愿自己听到的不过是流言蜚语。

杨明远找到第一个传话的几哥比过，
问依曼出的丑事是不是他亲眼所见。
几哥比过说看见的不光他一个人，
还有和他一起追兔子的其他人，
不信了再向他们问问。

杨明远回到家里，黑着脸，沉默不语。
狗，见主人一脸黑云，

吓得夹着尾巴走动,比平时乖巧了几分;
顽皮的黑猫,见主人一脸不快,
躲到炕角落里,悄悄装着睡觉。

依曼进门了,喊了一声"阿爸",
他火冒三丈,指着女儿大骂:
"你还有脸喊'阿爸'?
你有脸喊'阿爸',我还没脸应答!
你到外面听听,去听听你的好名声。
你和阿尼嘎萨在树林里干的'好事',
在寨子里已传开。
我们家代代都安分守己,
还没出个像你这样辱没祖先的'宝贝'!"

依曼听完阿爸的话,跪在他面前,
流着泪水哭诉道:
"阿爸,您消消气,不要气坏了身子。
我和他在树林里待了一个时辰是实情,
但并没有像人们说的那样龌龊。
您要相信,女儿将贞洁看得比眼睛还珍贵。
今天之所以能发生让大家误会的事,
一点都不怪阿尼嘎萨,都怪我爱美心切。
阿爸,您也清楚,几年前,
我被毒蛇咬得昏迷不醒,
是阿尼嘎萨冒着生命危险救了我,
但右脸庞留下了黑疤痕。

您也知道,自那之后,

女儿变得不怎么爱照镜子,

怕看见自己难看的右脸庞。

在阿尼嘎萨的鼓励下

我虽然有了面对生活的勇气,

但内心的阴影还没有完全除去。

今天,阿尼嘎萨将我约到树林里,

说要给我送一件最珍贵的礼物,让我猜。

我说是银手镯,他说比金银还珍贵。

我说该不是月亮吧,他说月亮也没法比。

他见我猜不出,就告诉我,

他要借助自己修炼的功力,

将我脸上的黑疤痕除掉,还原我的美貌。

鸟儿都珍惜自己的羽毛,女儿怎么不爱美?

于是,我就配合阿尼嘎萨,躺在他怀里,

任他用牙齿咬破我脸上的疤痕,

一点一点吸吮残留在那儿的蛇毒。

他没有一点邪念,也没有轻浮举动,

只是用嘴将蛇毒一点一点往外吸。

他吸一点,吐一点,

吸得十分艰难,吐得十分痛苦。

那毒也一点一点伤害着他,

我感受到了他嘴唇发疼时的颤动。

我忍受着的疼痛,

与他的疼痛没法相比。

时间一点点流过,

我承受的是圣洁的爱，
而阿尼嘎萨饱尝的是蛇毒对他的伤害。
一个时辰过去，我脸上的毒才被吮吸干净，
而他脸色苍白，浑身打战，站也站不稳。
想不到，他靠在我身上歇了一会儿，
惨叫一声，突然倒地，又变成了青蛙……"

九

变成青蛙的阿尼嘎萨回到家中的耳房里，
紧闭着门，独自在那儿，谁也不见。
依曼去了，只是守在门口，
隔着一扇门，两人借歌传情：
"阿尼嘎萨，我的心上人，
伤痛在你身上，疼痛在我心上。"
"你的问候好亲切，字字句句暖人心。
只要你心中还有我，天大的伤痛我能忍。"

"高高山上灵芝草，你的心肠实在好。
哪怕天上下刀子，贤妹把你陪到老。"
"河里鱼儿水知道，天上星星月知道。
林中鸟儿树知道，贤妹好心我知道。"

"生不离来死不离，哪怕全身脱层皮。
生要与郎同凳坐，死要和郎同堆泥。"
"我同贤妹一条心，死了同妹一个坑。

阎王殿上去投生，一路去了一路来。"

"一双鞋底寄情思，千针万线扎得密。
横竖扎成胡椒眼，永生永世不分离。"
"生不离来死不离，除非高山倒起立。
只要公鸡下了蛋，河水倒流才分离。"
……
两人唱的一首首歌，
门前的槐树听了，掉下几片叶子；
空中的鸟儿听了，发出几声悲鸣。

十

依曼右脸庞的疤痕经阿尼嘎萨治疗，
过了十天，一层痂一脱，
那张脸像乌云过后的月亮那样，洁白无比。
十八岁的她，高挑个头赛过了春日垂柳；
一张鹅蛋脸，光洁细腻，
蜜蜂落在上面都会打滑；
一对眼珠，简直是精美的黑葡萄，
朝人看一眼，能将人的心看甜；
红唇间吐出的声音，比百灵鸟的还动听。
她站在山上，那座山便成了仙山；
她站在河边，那条河便成了天河；
她站在林中，那林便成了仙境。
她无论走到哪儿，身上都沾满了爱慕的目光；

就是那些非常挑剔的姑娘，见了她，
她可爱的容貌让她们也不忍心嫉妒；
人人见了人人夸，
她成了大家公认的凤凰。
白马河流域，还为她流传着一首歌：
依曼长得白如云，想死周围年轻人。
多少活的想死了，多少死的想还魂。

几哥比过看到依曼出脱成倾城倾国的美人，
又涌起了占有她的强烈欲望。
好在阿尼嘎萨中毒后变成了青蛙，
这是天赐良机，万万不可失去。
如果不抓住时机，让阿尼嘎萨再修炼成人，
就很难赢得依曼的芳心，
只能看着一朵鲜花插在别人的花瓶中。

在几哥比过看来，自己有钱有势，
应吃最好的，喝最好的，穿最好的，
天经地义，娶媳妇也应娶最漂亮的。
依曼应该属于自己，没有理由让别人娶走。

几哥比过是一个不碰南墙不回头的人。
他一见依曼，就借歌挑逗：
"小妹长得像枝梅，让人看着魂都飞。
好花还要勤浇水，好风还要龙来配。"
依曼借歌回敬道：

"妹会戴花戴一朵,不会戴花戴满头。
贤妹早有心上人,若爱两个结冤仇。"

"我的贤妹我的人,把你能值几两银。
我左门里头一缸金,我右门里头一缸银。"
"贤妹生来不嫌穷,不重钱财重人品。
你的金子我不贪,你的银子我不恋。"

"小妹长得一支笔,桃红脸蛋柳叶眉。
犹如山间一骏马,又想看来又想骑。"
"天上起云云重云,世上有些厚脸人。
长成一副笋壳脸,剥了一层又一层。
爱上这个爱那个,不知害了多少人。
你想骑马别处骑,不要在这白费神。"

依曼唱完歌,不想再和几哥比过纠缠,
转过身子走了,气得他干瞪眼。

你可以移走一座大山,
但无法移走依曼对阿尼嘎萨的爱。
依曼坚信,日后阿尼嘎萨定会修成人;
即便修不成人,她也要和他相守一生。

第九章　九寨沟,因爱而美丽

一

像缸中鱼回到河流,
感受到了和浪花在一起的乐趣;
像笼中鸟回到天空,
感受到了与云在一起的无拘无束;
像栅栏中的鹿回到山林,
感受到了释放寂寞的畅快:
这便是昼什姆来到九寨沟的真切感受。

"唱起山歌乐死人,山歌出在老山林。
神仙出在仙人洞,蜜蜂飞在百花丛。

"山歌好,山歌好,山歌强如灵芝草。
小伙子唱了有精神,老汉家有病能唱好。"

春风吹到哪里就给哪里留下碧绿,
昼什姆走到哪里就给哪里留下歌声。
九寨沟神奇的美,激发起她唱歌的欲望,
觉得不唱就对不起这个地方,

犹如蝉不鸣叫就对不起照耀它的太阳。

造物主将最蓝的玉做了蓝天，
将最洁白的玉雕成雪峰，
将最翠的玉捏成绿山，
将最灵性的玉化为清水，
将最有激情的玉化为瀑布，
这一个地方，叫九寨沟。
造物主还将最憨厚的黑和最可爱的白，
搭配成一个憨态十足的灵物，
生活在这里，它的名字叫大熊猫。
还有像彩虹一样灿烂夺目的绿尾虹雉，
披着金光的金丝猴，都和谐相处在其中。
九寨沟，融进了绝世的奇思妙想，
展示造物主伟大才华的地方。
如果没有美丽而神奇的九寨沟，
造物主的才华就值得怀疑。

这里的九个山寨，主要生活着藏民，
也有为数不多的几十户白马人。
白马人和藏民都有各自的语言，
风俗也大不相同，但互相尊重，
和睦相处在青山的怀抱中。

故事发生的年代，九寨沟尚名不见经传，
它的名气还没有一只鸟的叫声传得远。

一年进来的人,屈指可数,
里面住的人,也很少出去,
属于与外界几乎隔绝的世外桃源。
这里生活的人,半农半猎,
农忙时在田地里干活,
农闲时就钻进山林打猎。
他们睁开眼睛看到的是青山绿水,
闭上眼睛梦见的是小兔小鹿。
白天听到的是鸟鸣,
晚上听到的是风声雨声。
他们没有受到外界的一丝浸染,
性格水一样纯真。
他们身上带的刀和弓箭,
主要是对付禽兽,不是为了对付人。
如果你告诉他们外界用刀和弓箭在伤人,
他们会摇摇头,表示一点也不理解。
他们饿了就吃饭,瞌睡了就睡觉,
生活得怡然自得,没有多少烦恼。

昼什姆的外祖母生活在九寨沟。
外祖母一家虽是白马人,
但和藏民的关系相处得亲如姐妹。
每年夏天,昼什姆都要走出白马城,
来到这个与世无争的地方,
过一段神仙般的生活。

她来到这里,就打发走护卫她的一队人马,
只留下两个侍女,
被外祖母家的黑狗护送着,到处游玩。
她走到哪儿,哪儿就有歌声:
"瓢子开花遍山坡,山歌一唱人快活。
豌豆开花瓣瓣蓝,山歌越唱心越甜。

"山歌不唱不开怀,磨子不推不转来。
美酒不喝人不醉,风儿不吹柳不摆。"

她的歌声响起,鸣叫的鸟哑了,
蝉也不鸣了,都在欣赏她动听的歌声。
听得最投入的要算那些树,
在用千万只绿色的耳朵,静静倾听。

二

十九岁的昼什姆,
她的身材如杨柳。
一对眉毛似柳叶,
一双眼睛赛珍珠。
头上戴着白帽子,
帽上插着白鸡毛。
帽子沿边十二角,
大小珠子三十颗。
珍珠玛瑙胸前佩,

蚌壳骨牌实在美。
腰系羊毛花腰带，
铜钱一圈闪光彩。
腿扎羊毛毡子带，
走起路来如风摆。
拼花蛙鞋脚上穿，
四朵绣花真鲜艳。

在美不胜收的九寨沟游走，
她快乐得如同春天解冻的小溪。
在她的眼里，水是九寨沟的魂，
因为水才让九寨沟成了人间仙境。
大大小小的海子，有的像蓝宝石，
有的像五花石，有的像五彩石，
镶嵌在彩带般的沟谷中。
一道道高低错落有致的瀑布，
远看，如随风摆动的白练，
近看，银花乱飞，雪珠四溅。
如果缺少神奇的水，
九寨沟便失去灵性，不再那么富有魅力。

这一天清晨，昼什姆带着两个侍女，
一只黑狗，来到了镜海。
刚才阳光还洒满山谷，
转眼飘来团团白雾，
将青山笼罩，明亮的镜海也暗淡了。

接着,牛毛细雨轻轻洒下来,
水面上有无数绣花针在绣着,
绣出了一朵朵小小的花。
树叶、草丛,落满了针尖大的水珠,
更绿了,将昼什姆一行的眼睛都染绿。

昨晚,昼什姆做了一个梦:
她在山坡上采花,一匹骏马朝她走来。
骏马走到她面前,她纵身一跃,
如骑在一团白云上,那马驮着她飞奔。
她将手里的鲜花向天空一撒,
朵朵花变成了飞舞的蝴蝶。

看到一朵形状似马的白云从头顶飘过,
她想起那梦,一阵激动,不由放声歌唱:
"我来唱个露水歌,唱起露水淡话多。
早早起来草中过,露水娃娃哭湿脚。
露水你家在何处? 为何来到这山坡?
谁是露水老公公? 谁是露水老婆婆?
一母所生几个子? 几个儿子叫啥名?
大哥分户叫啥子? 二哥分户叫啥名?
三哥分户叫啥子? 四哥分户叫啥名?
啥子时候下草坪? 啥子时候上天空?
啥子老爷神通大,把它一照永无踪?"

没有想到,自己刚唱完,

从云雾深处传来了歌声：

"贤妹唱得实在美，小哥对歌没嫌弃。

露水家在半空中，夜里梦中掉草坪。

露水公公是红河水，露水婆婆是雨家人。

一母所生四个子，四个儿子都有名。

大哥分户叫白露，二哥分户叫乌云。

三哥分户叫阴雨，四哥分户叫雷神。

半夜子时下草坪，饭罢时辰上天空。

只有太阳神通大，把它一照永无踪。"

那歌声热情似夏日骄阳，

甜美似多汁水蜜桃，

听甜了昼什姆的耳朵。

那歌声还有·种强大的诱惑力，

诱惑着她也随口唱道：

"我唱盘歌你来解，什么花儿打头开？

什么花儿开得俊？什么花儿似火红？"

她唱完，立马传来对歌：

"你唱盘歌我来解，看灯花儿打头开。

迎春花儿开得俊，石榴花儿似火红。"

"一根丝线两头白，我唱山歌你来解。

啥子出来红彤彤？啥子出来绿咚咚？"

"一根丝线两头白，你唱山歌我来解。

桃子出来红彤彤，叶子出来绿咚咚。"

"有颜有色啥子桃？无颜无色啥子桃？
天天挨打啥子桃？翻山越岭啥子桃？"
"有颜有色是鲜桃，无颜无色是毛桃。
天天挨打是核桃，翻山越岭是葡萄。"

"啥子穿青又穿白？啥子穿的一锭墨？
啥子树上插红旗？啥子树上挂锣槌？
啥子穿的十样锦？啥子穿的蓝绿色？"
"喜鹊穿青又穿白，老鸹穿的一锭墨。
花椒树上插红旗，柿子树上挂锣槌。
锦鸡穿的十样锦，鹦鹉穿的蓝绿色。"

"什么花开刺儿扎？什么花开吹喇叭？
什么花开绾疙瘩？什么花开墙上搭？
什么花开大张口？什么花开滚绣球？
什么花开一把伞？什么花开倒垂莲？
什么花开照天烧？什么花开黄又黄？"
"刺玫开花刺儿扎，牵牛开花吹喇叭。
糜子开花绾疙瘩，葫芦开花墙上搭。
北瓜开花大张口，牡丹开花滚绣球。
韭菜开花一把伞，麻子开花倒垂莲。
高粱开花照天烧，黄菊开花黄又黄。"

"什么时候草木青？什么时候汗满身？
什么时候山野黄？什么时候刮寒风？"
"阳春三月草木青，三伏炎热汗满身。

秋高气爽山野黄,隆冬腊月刮寒风。"
……

昼什姆唱了不少盘歌,
那男子对答如流。
他的歌声迷倒了昼什姆,
她对他有了几分好奇。
他是哪儿人？年龄几许？
他个头有多高？英俊还是丑陋？
她想通过唱歌打听对方,
但实在难为情,开不了口。

雾,渐渐散开,吐出了被它吞掉的太阳,
洒下的阳光更加明媚。
镜海水面光滑如镜,蓝天、白云、绿树,
还有像屏风的山壁,尽纳海底,纤毫毕现。
雾散尽,扯走了昼什姆脸上的遮羞布似的,
她不好意思再唱歌,上游的歌声也哑了。
她朝上游远望,不见人的一点踪影,
而留下的空寂像刚才的云雾那样填满山谷。

三

正如美景填满了九寨沟那样,
昼什姆的脑海里全是那男子的歌声。
深夜,躺在外祖母家的土炕上,

萦回脑际的歌声赶走了瞌睡虫，
她眼睛越睁越大，没一点睡意。
她觉得那歌声像一支月光做的箭，
温柔地射中了自己。

一连几天，她带着一种强烈的渴望，
在镜海那儿徘徊，想再听一听那歌声，
可听到的只是鸟叫，还有蛙鸣。
鸟叫蛙鸣再悦耳，都是多余，
它们的叫声倒搅得她心烦意乱。

两位侍女，看她魂不守舍的样子，
想着法子说一些笑话，或唱几句喜庆的歌，
她听后照样郁郁寡欢，闷闷不乐。
为了排遣郁闷，她一会儿到珍珠滩，
一会儿到孔雀河道，一会儿到五花海，
可再奇丽的景色，都无法将她的忧郁冲淡。
那忧郁如影随形，弄得她惆怅不已。

这一天，她和两个侍女来到五彩池。
五彩池中，不光生长着轮藻、水绵，
还有芦苇、节节草、水灯芯。
不同的位置有不同的色彩，
即使同一水域，颜色也不尽相同，
浅处呈碧蓝色，深处则呈橙红色，
而池底岩石的纹路，

在阳光的照耀下,闪耀着五彩光华。

美丽的色彩并没有将她的眼睛照亮,
眼睛里依然是一片灰色的迷茫。
突然,她眼皮一展,放射出惊喜的光芒,
萎靡之气一扫而光,两颊露出粉红的羞涩,
犹如一棵桃树,从寒冬跳到和煦的春天。
是什么给她注入了活力,让她精神焕发?
是传到她耳边的歌声:
"唱山歌,唱山歌,自古以来唱山歌。
爷爷的爷爷唱山歌,婆婆的婆婆唱山歌。
祖祖辈辈唱山歌,山歌伴着日子过。"

那歌声从五彩池旁边的一片松林中传来,
她一听,就知道是那男子的声音。
跟随她的黑狗,箭一般冲进松林,
从那里传来"汪汪"的狗吠。
她怕狗伤了他,忙向那儿跑去。
到了那儿,她看到黑狗狂吠不已,
对着一个英俊无比的小伙子。
小伙子,头戴沙嘎帽,
穿件黑边白布长衫,身佩宝剑,
身姿犹如劲松,气度胜过山岳,
而他一双俊秀的眼里,透着一些忧郁。
她对狗喊了一声,狗乖乖回到她身边,
摇摆着尾巴,停止了狂吠。

她一眼认出了他,说:

"没想到是你!"

小伙子也认出了她,说:

"没想到在这里碰见了你!"

她莞尔一笑,说:

"你可记得,你还欠我一朵花呢。"

小伙子报以微笑,说:

"怎么不记得?

那花有多少花瓣我都数过,

共有九十九瓣。"

"这样说来,你就欠我一朵九十九瓣的花,

那你怎么还?"

"那我就给你唱九十九首歌,

一首歌抵你的一瓣花。"

"行! 那你从现在开始,

每天唱三十三首,三天时间将账还完。"

两个侍女见昼什姆和小伙子认识,

就在五彩池边弄水,不再打扰他俩。

而黑狗带着不信任的神色,

在一旁,监视着小伙子的一举一动。

"我叫昼什姆,请问你的尊名?"

"比我长一辈的叫我小哥,

比我大几岁的也叫我小哥,

我的名字叫小哥。"

"你的名字真会占便宜,
你虽然不是我哥哥,
我还得叫你一声小哥。
小哥,你现在就开始唱歌,
不好听了不算数。"

小哥点了点头,唱起来:
"叫唱山歌我不怯,昨天就在天边歌。
玉皇面前睡瞌睡,伸手摸到半边月。

"白杨树上好筑窝,小河水里好养鹅。
柑子树上结甜果,小哥口里出山歌。

"蜜蜂飞过大草坡,唱支山歌好快乐。
活人不把山歌吼,好比一根朽木头。

"心事甭在心中窝,放开心事唱山歌。
一声山歌吼出口,心事忧愁全没有。"
……

一个唱醉了,一个听醉了。
醉了的还有五彩池中的水,
荡起一圈圈五彩涟漪。

四

小哥的歌,昼什姆越听越有瘾。
两个侍女,见一个爱唱一个爱听,
只要他俩走在一起,就知趣地躲远,
只留下黑狗在一旁守护。

第三天,在五花海旁边,
小哥唱,昼什姆听。
五花海呈现鹅黄、藏青、墨绿等颜色,
色彩艳丽,如梦似幻。
但对昼什姆来说,五花海的美,
和小哥的歌声比起来,还逊色几分。

"山歌亲,山歌亲,土里长来土里生。
小哥唱来贤妹听,祖祖辈辈唱不尽。"
小哥唱完第九十九首歌,说:
"昼什姆,欠你的一朵花还完了。"
昼什姆妩媚地一笑,淘气地说:
"小哥,我还想听,
直到你的歌声将我的耳朵灌满为止。
——我问你一句话,请你不要介意,
你的眼睛为什么有一种说不出的忧郁?"

小哥犹豫了一会儿,

向她道出了自己的一段恋情。
他说自己爱上了一个姑娘，
姑娘也爱上了他，没想到快要成亲时，
不见了姑娘的踪影。
有人见那姑娘被一个歹徒劫持，
她为了保持贞洁，从歹徒手里挣脱，
转身跳进了滚滚洪流。
他来九寨沟，是想散散心，
让内心痛苦的波澜获得平静。
他讲完自己的不幸，
脖子被抽去了筋骨一样，
头无力地垂下来，埋进了自己合拢的双手，
指缝里渗出一滴滴泪，
感到每根手指都在痛苦地哭泣……
昼什姆看着他痛不欲生的样子，
心生怜悯，眼睛里不由溢出泪花。

"昼什姆，对不起你，
惹得你也流泪了。"
"小哥，你的不幸实在悲伤，
就是云朵听了也会落泪。
有你这样的人深深爱着她，
她也不枉来世一趟。"
"我和她相爱得太深了，天都嫉妒啊！
失去她的日子里，
感到天地都与自己作对，到处一片凄凉。"

小哥说完话,发出一声长叹,
那长叹,好像不是来自喉咙,而是肝胆。
昼什姆不知怎么安慰他,
只是在他身旁的一块石头上,
静静地坐着,陪着他。
两人虽然不说一句话,
但都感觉到有一种气息在无声地交流。
那气息好像是从彼此心头刮起的春风,
你吹向我,我吹向你,互相温存;
又像彼此心头伸出的雾状的手,
相互轻抚着,十分温馨。
此刻,天地间似乎只有两个人,
一个是小哥,另一个是昼什姆。
静,胜过了美酒,
两个人沉醉其中,不愿醒来。

几只绿尾虹雉鸣叫着从空中飞过,
将他俩从沉醉中惊醒,
才发现西斜的太阳已落到山顶。
金黄的落日,在昼什姆看来,
好像是小哥吐向天空的一颗苦胆。

两人分手告别时,谁也没说一句话,
但互相关切地看了一眼,
眼神中又有了明天相见的约定。

五

难道自己爱上了他？
不，自己爱上的仅仅是他的歌声。
那为什么对他感兴趣？
不是对他感兴趣，而是对他同情，
想将他从痛苦的深渊拯救出来。
那为什么见他的这三天换了三套衣服，
并且一套比一套华丽？
不过这也正常，哪个姑娘不爱美。
自己出身高贵，天生孤傲，
不可能轻易爱上一个男子，哪怕他再英武。
昼什姆在内心为自己辩解着，
否定自己爱上了他，承认对他只是怜悯，
他不过是病人，自己只想治好他的病情。

次日，在五花海两人见了面，
小哥看着昼什姆的眼睛说：
"非常感谢，你打开了我的心扉，
让我将积在心里的泪流了出来。
也感谢老天，让我在这里遇到了你。
昨天，你陪我流了泪，不知怎样偿还。"
昼什姆羞涩地一笑，说：
"小哥，我不是为你而流泪，
是你对那姑娘深沉的爱感动了我。

没想到天地间竟有你这样痴情的男子，
把情看得这样真!"
"不是我将情看得真，
是因为那姑娘太善良太美丽，
我不由将她爱进了心肝。
也许我前世罪孽深重，
老天将她派到我身边，
等我爱上她，再将她收走，
对我来一次摧毁心灵的惩罚。
昼什姆，你说，天地间，
还有哪一种刑法如此残酷?"
"小哥，你对爱的执着让人敬重，
可人死了不能复活，你要尽量想开。
那姑娘虽然走了，可并没有带走太阳，
你看，阳光还不是照在你身上。
也没有带走这青山绿水，
难道你看不见眼前如画的景色?"
"心爱的姑娘走了，
阳光再温暖，也无法温暖我的内心，
升起的太阳还有什么意义?
无法与心爱的人分享，
景色越是美好，越是令人悲伤。"
"小哥，虽然你对那姑娘的爱让我感动，
但作为男人，长期沉溺在爱的沼泽中，
挣扎不出来，垂头丧气，打不起精神，
如此软弱，只能让人怜悯。

一个男人，心里不光要装着心爱的姑娘，

还应装着生他养他的父母，

还有亲戚朋友以及一草一木，

这样，才算一个有胸襟的男人。

你所爱的姑娘，她在另一个世界，

也不愿看到你失魂落魄的模样。

小哥，你要记住：

男人的另一个名字，

不叫脆弱，而叫刚强。

现在，你再不振作起来，

连我这个姑娘，都有点瞧不起你。"

"你的一番话，说得真好，

给我昏暗的内心，送来了一束光，

不知道怎么感激你。"

"只要你能从抑郁中走出来，

就是对我最好的感激。"

"昼什姆，你和她一样，

能给人一种无形的力量。

啊，生活有意想不到的美好，

正为失去的落日悲伤时，

没想到一转眼又看到了升起的月亮。"

……

昼什姆怀着将小哥带出苦海的想法，

每天要和他见一面。

从此，九寨沟的不少地方，

留下了两个人在一起的踪迹。

六

昼什姆和小哥凑在一起，
有说不完的话。
她喜欢听他说话，一会儿不听，
耳朵便像荒凉的山谷那样空寂。

尤其是他对生命的追求，让她刻骨铭心：
"爱情的另一个名字，叫月亮；
自由的另一个名字，叫太阳。

"双臂不拥抱爱情，还有什么值得拥抱？
双脚不追求自由，还有什么值得追求？

"失去爱情，再甘甜的蜂蜜都是苦涩；
失去自由，再广阔的天地都是地狱。

"爱情尽管珍贵，但失去它并不可怕，
最可怕的是失去追求爱情的激情。

"自由尽管珍贵，但失去它并不可怕，
最可怕的是失去追求自由的灵魂。

"爱情的另一个名字，叫生；
自由的另一个名字，叫命。

"追求爱情追求自由,才是真正的生命;
否则,生命不过是一具只有呼吸的僵尸!"

他说过的这些话,
她不时在心里默念。

这一天,两人来到熊猫海瀑布,
欣赏了一会儿气势如虹的激流,
小哥请昼什姆唱一首歌,
让他的耳朵享享福,她便唱起来:
"广阔的天空万古长存,
太阳和月亮在那里居住,
太阳和月亮是它的主人。

"高高的雪山万古长存,
白雪和碎石在那里居住,
白雪和碎石是它的主人。

"清澈的海子万古长存,
水獭和鱼儿在那里居住,
水獭和鱼儿是它的主人。

"茂密的森林万古长存,
金丝猴和虎豹在那里居住,
金丝猴和虎豹是它的主人。

"铁打的白马城万古长存，
白马人在那里幸福地居住，
白马人是它的主人。"

如果鸟儿的歌声似珍珠，
那么昼什姆的歌声就是星星。
她的歌声传进聋子的耳中，
一定能治好他的耳聋。

昼什姆突然看到，
从密林中窜出一个强壮的蒙脸大汉，
手提明晃晃的大刀，飞奔到她面前，
举起大刀，朝她劈来。
躲是来不及了，她头皮发凉，
只能眼巴巴地看着等死。
在她绝望的一瞬，只听"铛"一声，
大刀飞落，壮汉已摔倒在地。
小哥的剑抵着壮汉的喉头，问：
"你是什么人，竟如此狠毒，
要对一个弱女子下毒手？
快说出实情，不然一剑要了你的狗命！"
壮汉说：
"大河过了万万千，不料在阴沟里翻了船。
江湖多年，想不到碰见了你这样的高手！
我也算一个汉子，不会像狗一样躺着，

可怜巴巴地说出实情。
要知道实情,请将剑移开,
让我站起来,给你慢慢细说。"

小哥想了想,移开剑,
壮汉站了起来,说:
"好汉,我不能破坏江湖的规矩,
杀她的秘密只能带进坟墓。"
他说完话,纵身一跳,
头重重地撞向一块巨石,
巨石发出血红的惊叹!

第十章　他用歌声，打开了白马城

一

自阿尼嘎萨和依曼定了亲，
发生了不少离奇的事情。
为了治好依曼脸上的伤疤，
阿尼嘎萨中了毒，又变成青蛙。
没料到他独自待在屋里四十九天，
从青蛙修成人，快要和依曼成亲时，
一夜，依曼却神秘地失踪了。
几天后，班二牛在白马河畔看到，
依曼被人劫持，她从那人手里挣脱，
跳进了白马河……
阿尼嘎萨在出事的河段，寻了几天几夜，
连依曼的一丝踪迹都没有找到。

阿尼嘎萨哭了三天三夜，
哭得星星都在落泪；
哭了七天七夜，
哭得太阳钻进了云层……

"依曼,依曼……"
他内心苦涩的时候,
就叫着她的名字,止苦。

"依曼,依曼……"
他内心疼痛的时候,
就叫着她的名字,止疼。

"依曼,依曼……"
他心灵寒冷的时候,
就叫着她的名字,御寒。

他登上金贡岭山头,大喊:
"依曼……依曼……"
他的声音充满了比大海还深的情。
他深情的呼唤感动了群山,
群山也在高喊"依曼……依曼……"

他喊疼了太阳,
太阳疼成一团血;
他喊疼了树木,
树木纷纷落下枯黄的叹息;
他喊疼了白马河,
白马河发出痛苦的呜咽……

失去依曼的阿尼嘎萨,

痛苦得犹如在刀刃上度日。
熬到第二年夏天,他帮着家里收了麦子,
说是要到外面散散心,就告别了山寨。

没料到出去的时候还是一个俊小伙,
一月后回到家,又变成了一只小青蛙。
看着又变成青蛙的儿子,
阿扎伊夫妇感到自己从春天的向阳山坡,
一下掉到寒冬的阴沟,浑身一冷。
儿子变来变去,
让他俩心头起了一团迷雾。
不过,儿子的眼神有了变化,
少了几分忧郁,多了几分快乐,
并唱着自己的心事:
"再大的深山老林里,
找不到一棵独树,
一棵树不经风吹雨淋。

"河边树上的鸟儿再多,
看不见一只独鸟,
一只鸟就会孤苦伶仃。

"世上的人再多,
不能有一个独人,
一个人生活没有笑声。"

茨嫚娜姆听后，说：
"阿尼嘎萨，听了你唱的，
莫非又看上了谁家的姑娘？"
阿尼嘎萨唱道：
"千里马要配雕花鞍，
梧桐树要把凤凰引。
一般人家的女儿我不娶，
我要把白马王的女儿娶进门。

"白马王有三个女儿，
美丽得都像天上的彩云。
国王的三公主既漂亮又聪明，
我要和三公主配成亲。"

一听儿子想娶国王的三公主，
茨嫚娜姆惊讶万分，就说：
"我的阿尼嘎萨哟，
你是不是想侬曼想得发疯了，
头脑才有这样荒唐的念头？
你是一只小青蛙，
普通人家的女儿都难娶，
怎能娶来白马王的公主？"
阿尼嘎萨说：
"想侬曼确实想得有些疯，
但我的脑子绝对清醒。
国王的公主有啥了不起？

再是公主也要出嫁，

难道永远要留在家？

公主嫁谁都是嫁，

凭啥就不能嫁给我？"

阿扎伊说：

"儿子，你不觉得自己的想法太离谱，

凭啥公主要嫁给你这只小青蛙？

即便你修成人，可我们是一个普通家庭，

国王的女儿要出嫁，

也要嫁给门当户对的人家，

这一点你不会不知道吧？

向国王提亲的事，我实在办不到。

就是见了国王，提亲的事如何说出口？

即使说出口，国王还不把我当成疯子，

轻则轰出宫门，重则挨打，

说不定会把命也搭上。"

阿尼嘎萨说：

"国王是一国之君，目光不会短浅，

看重的不是钱财和地位，而是勇敢和智慧。

再说，你又没去向国王求亲，

怎么就知道他不会答应？

这如同你站在这儿还没迈步，

怎么就知道自己走不到山顶？"

阿扎伊说不过儿子，

就被迫答应到白马城去提亲。

二

清晨,阿扎伊带上酒,
沿着弯弯山道,向白马城走去。
他翻过一座山,越走心越沉重。
白马王管辖的数百里地盘,
坐落着数不清的白马山寨。
白马王的珍宝多得堆成山,
金银钱财多得数不清。
白马王的三个女儿一个比一个漂亮,
尤其三公主,漂亮得赛过了凤凰,
不少俊男向她求婚,都被一一拒绝。
一只小青蛙,想娶三公主,
这不是让天下人笑掉大牙!
自己不知天高地厚,死皮赖脸地去提亲,
碰一鼻子灰不说,还会遭到大家的耻笑。
这自讨苦吃的蠢事不能去做,
随便编个谎,搪塞一下阿尼嘎萨。
这样一想,他便坐在山坡上,晒太阳,
黄昏来临,才慢悠悠回家。

阿扎伊说:
"我走啊走,走到山那边,
碰见了一位多年不见的熟人,
拉起了家常,倒把正事忘了。

眼看天色已晚,白马王那儿没有去成。"

阿尼嘎萨说:

"阿爸,没关系,明天再去。

你走了一天,也乏了,

吃了饭早一点休息。"

次日清晨,阿扎伊又带着酒出发。

和昨天一样,来到那山坡上继续晒太阳,

直到天黑,又无精打采地回家。

他不等儿子开口,就说:

"今天,我走到了山那边,

看到河里有好些鱼儿,

就想抓几条,给国王当见面礼,

可那些鱼儿跟我捉迷藏,一条也没抓到。

眼看星星快要出来了,我就回来了。"

阿尼嘎萨不高兴了,就说:

"阿爸,请你不要再撒谎。

我的心里亮亮清清,

连你也认为我不配国王的三公主。

阿爸,再也不为难你,

明天,我自己去国王那儿提亲。"

三

从金贡岭到白马城,虽只有五六十里路,

但对小青蛙阿尼嘎萨来说,算得上遥远。
白天,他顶上太阳跳;
夜里,他顶着月亮跳。
跳了三天三夜,第四天早晨,
他才来到了白马城下。

白马城,高四丈,
长十二里,宽八里,
东南西北四座城门;
每隔四十丈修敌台一座,
上面都有驻兵的敌楼,
敌台之间距离的一半,
恰好在弓箭的射程之内,
便于射杀攻城的敌人。
整座城气势非凡,从墙脚下看,
站在城墙上的士兵小如鸡。

望着固若金汤的白马城,
阿尼嘎萨由衷地自豪,
同时内心还生出几分自卑,
觉得自己向国王的女儿求婚,
确实有些自不量力、荒唐可笑。
不过爱情给了他巨大的力量,
才有走向白马城的勇气。
他看到城门口站着两列守城兵,
而一身盔甲的几哥比过提着马鞭,

在两列守城兵中间威风凛凛地走来走去。
听说几哥比过深得薛丞相的赏识，
在他的提携下成了守城校尉。

阿尼嘎萨虽然十分讨厌几哥比过，
但在这里见了同寨人，还是感到有点亲切。
他跳过去，说：
"几哥比过，好久不见，你好。"
几哥比过蔑视道：
"你是何方妖孽，我不认识你！"
阿尼嘎萨嘲讽道：
"几哥比过，你才干了几天差事，
竟忘了自己姓什么。
将眼睛往亮里擦擦，我就是阿尼嘎萨。"
不少人听到一只小青蛙在说话，
都围过来指指点点看稀奇。
几哥比过仰着头说：
"白马城不是青蛙游泳的池塘，
这里不是你逗留的地方。"
阿尼嘎萨说：
"我想游泳了会去海子，不需要池塘。
我来这里，不是来游泳，而是来认亲。"
几哥比过冷冷一笑，说：
"你走错了地方，
要认亲到臭水沟里去认，
那里才有你的舅舅、姑姑，

白马城的乞丐都不会和你认亲。"

阿尼嘎萨说：

"白马城中的一般人我还看不上，

只想和最尊贵的白马王认亲，

还不赶快将我迎进！"

"你可能喝醉了，酒在说话，

竟异想天开，和白马王攀亲。

去跳进白马河醒醒酒，

不要在这里胡搅蛮缠，免得遭打。"

"你不迎接我，自有迎接我的人。"

阿尼嘎萨说完话，唱起了歌：

"凡是有蓝天的地方，

就有云彩聚散；

凡是有白马人的地方，

就有歌声日夜相伴。

姑娘在歌声中曼舞，

小伙子在歌声中劳作，

老人在歌声中绽开笑脸，

孩子在歌声中追逐嬉戏。

"凡是有高山的地方，

就有琵琶花开遍；

凡是有白马人的地方，

就有歌声飞出心坎。

禾苗在歌声中生长，

牛羊在歌声中撒欢，

山寨在歌声中沉醉，
生活在歌声中更加甜美……"

他的声音十分洪亮，
十里之外都能听清楚。
他唱了一首又一首，
最后一首刚唱了一半，
从城门里跑出一辆华丽的马车，
跑到听歌的一堆人面前停下，
下来一位穿着绸缎的官员，高声道：
"白马王传令，
请将唱歌的人迎进宫门，
白马王和三公主要听他的歌。
谁在这里唱歌？"

围成圆圈的人们让开一条道，
官员看见一只青蛙，便惊讶地说：
"没想到你唱得这么动听！
白马王传令，迎你进宫。"
在一旁的几哥比过说：
"他是一只丑陋的青蛙，
将他迎进去不怕玷污了王宫？"
官员说：
"我只是执行王令，
再说他唱得这么好，
将他接进去我也饱饱耳福。"

四

阿尼嘎萨跳上马车,进了白马城。
城中道路又宽又平坦,
道路两边的房子又大又整齐。
头戴沙嘎帽的人们,
衣着整洁,精神焕发。

马车行到王宫门口,停下来。
王宫的院墙三人多高,
门楼雕梁画栋,十分气派;
朱红色的门扇,一拃多厚,
盆大的门环,金光闪闪。
那官员下车,前面带路,
阿尼嘎萨一蹦一跳地在后跟随。
行了不少路,过了几道穿堂,
一座规模宏大的大殿呈现在眼前。
清一色的重檐屋顶,
装饰着贴金彩画的殿檐斗拱,
十二根红色大圆柱,
相互衬映,色彩鲜明,雄伟壮丽。

大殿里有个台子,
摆着金黄色的宝座。
坐在宝座上的白马王,

头戴沙嘎帽,身着绸缎,
气宇轩昂,有王者气象。
遗憾的是他的左眼炯炯有神,
而右眼黯淡无光。

那官员走进大殿,跪下来,说:
"白马王,将那位歌者请来了,
没想到是一只青蛙。
这只青蛙的歌声实在动听,
也算给您召来了一个宝贝。"
白马王听完,才注意到那官员身旁的青蛙,
脸上便露出几分惊奇的神色。

阿尼嘎萨说:
"天上最耀眼的是太阳,
大地上最尊贵的是白马王。
今天见到您,我内心狂喜不已。

"雨从天上下,鸟从林中来。
翻过九座大山,蹚过无数河流,
我从金贡岭山寨来到了白马城。
我父亲名叫阿扎伊,
母亲名叫茨嫚娜姆,
我的名字叫阿尼嘎萨。
虽然我从生下来就是一只青蛙,
但从小跟上金贡岭的勒贝杨明远,

识了不少汉字,也读了不少书,
懂得礼仪,有人的心智,
希望白马王还有各位大人,将我当人看,
不要当成只会唱歌的青蛙。

"尊敬的白马王,第一次见您,
什么也没带,为您唱一首歌,
作为见面礼,请您不要嫌弃!"
阿尼嘎萨说完话,就唱道:
"一唱白马王像太阳,
温暖着大大小小的白马寨。
二唱白马王像月亮,
黑夜里给我们带来光明。
二唱白马王像春风,
给我们送来万紫千红。
四唱白马王像祥云,
为我们降下甘霖。
五唱白马王像守护神,
守卫着我们美丽的家园。
白马王的功德万万千,
三天三夜唱不完!"

听完歌,白马王眉开脸笑,点头称赞:
"阿尼嘎萨,你的歌,胜过了仙酒,
听得我心都醉了,魂都飞了。
唱得这么好听,我自然会把你当人看。"

他看了一眼身边的昼什姆,接着说:

"阿尼嘎萨,这是我的三女儿昼什姆。

一月前,她在九寨沟受了惊吓,

回来后茶饭不思,愁云满面,

没了笑容,丢了魂一般。

吃了不少草药,也不见一点效。

又请了几位劳摆(神职人员),

念了经,招了魂,还是不见一点好转。

前一阵子,宫里传来你唱的歌,

她听见后,脸上才出现了笑容。

——把琵琶拿上来,让昼什姆弹,

阿尼嘎萨唱,大家好好乐一乐!"

阿尼嘎萨感觉到,

昼什姆只是喜欢自己的歌,

对自己的青蛙身一点也不感兴趣,

甚至还流露出失望的神情。

侍女奉上琵琶,昼什姆的纤指一弹,

琴弦上便出现了潺潺流水、凤凰和鸣。

阿尼嘎萨激情喷发,深情地唱起来:

"夜空里闪闪的星星多哟,

多不过白马人草坡上的牛羊;

蜜蜂辛勤酿成的百花蜜,

比不上白马人的青稞酒甘甜;

春天里开放的花儿香哟,

比不上白马人煮的骨头肉香。

"谁说白马人的苦难多哟，
山歌一唱花儿齐绽放；
谁说白马人的沓板房难避风雨，
屋子里有人就有明媚的春光；
谁说白马人有走不尽的弯弯路，
弯弯路也能通向幸福的天堂……"

五

人人都感到一股圣水，
通过耳朵，流向心头，
将心头的愁苦冲洗得干干净净。
人人忘记了自身的存在，
沉浸于醉人的歌声。

近十年，白马国和北周国接连打仗，
输多赢少，丢掉了不少寨子，
昼什姆又得了莫名其妙的怪病，
让白马王愁肠百结，焦虑不已。
而阿尼嘎萨的歌，
将他心中的不快唱走。
昼什姆感到歌声为她插上了翅膀，
将她带到了梦想的乐园，
暂时远离了挥之不去的惆怅。

白马王赞叹道：

"阿尼嘎萨，你的歌声似绽放的桃花，

我们都成了陶醉在桃花丛中的蜜蜂。

你的歌声，抵得上十万大军，

十万大军做不到的，你的歌声做到了，

你的歌声折服了我心。

现在，考考你对万物的知识，

看你心智如何。"

于是，白马王用歌声盘问，

阿尼嘎萨用歌声回答。

"最初世界形成时，天地合在一起，

是谁把天地分开？"

"最初世界形成时，天地合在一起，

分开天地的是大鹏。"

"大鹏头上是什么？"

"大鹏头上是太阳。"

"最初天地形成时，阴阳混合在一起，

是谁把阴阳分开？"

"最初天地形成时，阴阳混合在一起，

分开阴阳的是大龟。"

"大龟顶上是什么？"

"大龟顶上是月亮。"

"最初天地分开时,树在地下多少时?
树在地上多少时? 树被发现多少时?"
"最初天地分开时,树在地下是三年。
树在地上是三年,树被发现是三日。"
"一边树根向右伸,这是什么道理?"
"一边树根向右伸,象征男儿的宝鞍。"
"一边树根向左伸,这是什么道理?"
"一边树根向左伸,象征新娘的嫁妆。"
"中间树根向下伸,这是什么道理?"
"中间树根向下伸,象征男儿有主见。"
"一棵树十二枝,这是什么道理?"
"一棵树十二枝,象征一年有十二个月。"
……
白马王的问题一个接着一个,
但没有一个问题难倒阿尼嘎萨。

白马王盘问毕,薛丞相走上前,
对白马王耳语了一会儿,
白马王点了点头,说:
"这个点子妙,快去速办。"

薛丞相,名叫薛国安,
白马国的大女婿,
三十出头,风华正茂。
眉毛又浓又黑,如同小黑猫的尾巴;
一双眼睛,像潭一样幽深,

一会儿波光粼粼，一会儿升起白雾，
透着他性格的复杂深沉。

六

薛丞相出去了一会儿，领来十个姑娘，
个个头上插着鲜花，打扮得一模一样。
白马王说：
"阿尼嘎萨，这十个姑娘，
一个名叫莲芝，你可一眼能认出？"

阿尼嘎萨看着那群姑娘，突然喊道：
"大家快看，莲芝姑娘头上的花掉了！"
姑娘们不约而同地朝莲芝头上看，
而那莲芝不由摸了摸自己的头，说：
"我头上的花还在，没有掉呀！"

白马王见阿尼嘎萨认出了莲芝，
又生一计，让侍臣端来一个九龙宝盒，
从中取出一颗珠子、一根丝线，说：
"阿尼嘎萨，你可看好，
这颗宝珠上有两个针眼大的眼，
珠子里面有一弯道，九曲十八弯，
将两个眼连起来。
你能不能把这根丝线从这个眼里穿进，
从另一个眼里穿出？

这是先王留下的一道难题，

几十年过去了，还没有人想出办法。

先王还留下遗言：

能将丝线穿过珠眼的人，

一定是国家的栋梁之材。"

阿尼嘎萨说：

"我有办法，不过要请三公主配合一下，

三公主，你可愿意?"

昼什姆好奇地点了点头。

阿尼嘎萨说：

"三公主，请你到宫殿外捉只小蚂蚁。"

昼什姆到宫殿外捉来一只小蚂蚁。

阿尼嘎萨说：

"三公主，请你把丝线拴在小蚂蚁身上。"

昼什姆在侍女的协助下拴住了蚂蚁。

阿尼嘎萨说：

"三公主，请你把蚂蚁放进宝珠的眼里。"

昼什姆照他说的做了，没一会儿，

蚂蚁从另一边的宝珠眼里钻了出来，

一根丝线，便穿过了珠子。

薛丞相见白马王对阿尼嘎萨十分满意，

为了讨好白马王，便说：

"父王，阿尼嘎萨这样聪慧，

不如留在宫中，养在池塘，

闲了,听他唱歌,

可以给您和三公主解闷。"

白马王说:

"我也有这个想法,

阿尼嘎萨,你可愿意?"

阿尼嘎萨说:

"雄鹰渴望的是天空,而不是鸟笼;

骏马需要的是草原,而不是马圈;

我连海子也看不上,别说小小的池塘。

尊敬的白马王,我来白马城,

不是来展示歌喉,

也不是来卖弄不足挂齿的小聪明,

而是想完成自己的终身大事,

向您的爱女三公主求婚。"

白马王以为自己听错了,说:

"阿尼嘎萨,你再说一遍,

你要向谁求婚?"

阿尼嘎萨说:

"向您的三公主昼什姆求婚。"

他说完话,对着昼什姆唱道:

"别的姑娘再漂亮,只是漂亮在我眼中,

而三公主的漂亮,漂亮在我心中。

再美丽的花,只是在大地上开放,

而你这朵花,开放在我心上。"

白马王咧嘴一笑,说:

"好马要配雕花鞍,好女要嫁英俊男。

阿尼嘎萨,别开这样的玩笑,

我笑掉了大牙,怎么吃饭?"

昼什姆脸色一红,说:

"你这是羞辱我,认为我嫁不出去,

只能嫁给你这只小青蛙。"

阿尼嘎萨说:

"昼什姆,你不喜欢我,是你的自由,

我追求你,也是我的自由,

谁也不能剥夺我追求爱的权利。

爱,比天上的明月还要圣洁,

为你献上最圣洁的爱心,

怎么能说是对你的羞辱?

爱,比生命还珍贵,

为你献上珍贵的爱心,应该懂得珍惜!"

昼什姆冷笑一声,说:

"你这是癞蛤蟆想吃天鹅肉。

阿尼嘎萨,你仔细听明白,

我宁愿嫁给狗熊,也不愿嫁给你。"

薛丞相见白马王面有愠色,便说:

"阿尼嘎萨,不要见白马王开明,

你就这样胆大妄为,乱生邪念。

你也不撒泡尿照一照,自己是啥模样。"

阿尼嘎萨说:

"昼什姆月容花貌,石头见了也动心,

爱上她这很正常,怎么能说是邪念?
我也不用撒泡尿,从大家的眼里,
就看出自己是啥模样。
你们都认为我出身卑微,又是青蛙身,
怎能和出身王宫的三公主相配。
但我有人的心智,也不乏高贵的灵魂,
自信和三公主不差上下,
甚至某一方面比她还优秀。
看事看人,目光不能太短浅,
只看到今天,看不到明天。
今天,在大家眼里我虽是一只青蛙,
明天,说不定我就是白马国的英雄!"

白马王对阿尼嘎萨求婚的举动大为不满,
但见他说话得体,
心里想了一招,便说:
"世上最美丽的是凤凰,
世上最珍贵的是凤凰翎子。
凤凰有头对翎子、二对翎子、三对翎子,
你把这三对翎子全备齐,
一对不少地献来,我就将三公主嫁给你。"
阿尼嘎萨兴奋地说:
"感谢您金口一开,
给我一次难得的机会。
我一定要排除万难,
把凤凰翎子献到您面前!"

第十一章 诺言,主宰了爱

一

自阿尼嘎萨去白马王那儿求亲,
阿扎伊和茨嫚娜姆寝食不安,
担心倔强的儿子会惹出事端。
儿子执拗,想做的事九头牛也拉不回。
他俩不时去白马庙,祈祷白马爷保佑,
让儿子平安回到山寨。

这天黄昏,儿子终于回到家里,
两人心里悬着的一块石头落了地。
儿子讲了求亲的过程,
他俩才知儿子遭到了不少刁难。

茨嫚娜姆说:
"阿尼嘎萨,找白马王要的凤凰翎子,
比上天摘星星还难。
听话要听音,那不过是打发你的借口。
即使你找到凤凰翎子,
他也不会将公主嫁给你。"

阿扎伊说：

"儿子，你阿妈说得有道理，

要仔细掂量，做事不要太鲁莽。

将心比心，我就是有女儿，

也不愿嫁给一只青蛙。"

杨明远听到阿尼嘎萨求亲回来，

也来到阿扎伊家。

失去爱女的痛苦，远比岁月无情，

它无情的手指，将杨明远的不少头发揪白。

痛苦也是有分量的，

将他脸上的皱纹踩深了，好像老了十岁。

他对阿尼嘎萨语重心长地说：

"你有一颗向上的心，让我佩服，

但做事要实实在在，不要想入非非。

你不想想，白马国那么大，

只有一个白马王，白马王的爱女，

怎么能委身于你？

你向白马王的爱女求婚，

犹如你要将一棵树种到月亮上，

怎么有这种可能？

收了自己的妄想心，不要再胡乱折腾。"

阿尼嘎萨沉思了一会儿，说：

"叔，向白马王的三公主求婚，

我不是为了高攀,想得到什么官位,
而是想弥补失去依曼的痛苦。
您没见,白马王的三公主昼什姆,
身段、相貌,还有走路的姿势,
连同唱歌说话的声音,多么像依曼。
我向她求婚,不是她沾了白马王的光,
而是沾了依曼的光。
如果不像依曼,她就是漂亮的仙女,
也不可能让我动心。
再长的路我都能走到尽头,
可无法走出对依曼的苦苦思念。
叔,现在你该明白,
我为什么要向白马王求亲。"

二

"高山啊,一座连着一座,
一座座耸入云天。
再高的山我也要翻过去,
就像翻越土圪垯一般。

"山溪啊,一条接着一条,
一条条波浪翻卷。
再急的溪流也要蹚过去,
就像跨过一道门槛。

"凤凰啊,哪怕你住在云端,
我也要下定决心找到你。
把宝翎献到白马王面前,
将心爱的姑娘娶回……"

阿尼嘎萨唱着歌,为自己壮行。
大路走不尽,河水背不干。
他横下一条心,走断腿,
也要走到凤凰山。

走过野竹林,走过老龙湾,
走过虎跳峡,走过黑龙潭,
走过老鹰嘴,走过千尺岭,
走了九天九夜,他来到了凤凰山。

九天九夜,经历了风也经历了雨,
但爱情的力量激发着他,乐此不疲。
到凤凰山脚下,他看到几哥比过手执弓箭,
伺机准备放箭,而那八个亲堂兄弟,
卖力地往悬崖绝壁上的凤凰洞扔石头。
凤凰洞那么高,十块石头中最多扔进一块,
大多数纷纷落下,像下石头雨。
阿尼嘎萨一看就明白,
几哥比过不知从哪儿得到消息,
也想献上凤凰翎,娶回三公主。

阿尼嘎萨隐藏在茂密的草丛中，
观察着几哥比过一行的一举一动。
他担心洞中的凤凰被石头击伤，
或凤凰飞出时被几哥比过射中。
几哥比过，好像就是自己的天敌，
什么事情都要和自己作对。
几哥比过，别看你家富得流油，
虽然又当上了守城校尉，
可你的德行，哪能和昼什姆相配。

他们乱扔了一阵石头，
没有将凤凰赶出洞。
几哥比过说：
"我们明明看到凤凰飞进了洞，
用石头赶，它死活不出来。
听说凤凰喜欢听歌，
我们高歌一首，将它引出洞。"
几哥比过说完，他们一起唱道：
"凤凰、凤凰，请不要害怕，
你美丽的脖子谁不喜欢？
请把脖子伸出来，
让我们仔细看一看。

"凤凰、凤凰，请不要躲闪，
你华丽的翅膀谁不喜欢？
请将翅膀伸出来，

让我们仔细看一看。”

这时，一只凤凰飞出山洞，
那九个兄弟忙拿起弓箭，一阵狂射，
竟将凤凰射了下来。
他们犹如一群疯狗那样扑上去，
将凤凰毛拔个一干二净，
拾了一些干柴，笼了一堆火，
将凤凰肉烤熟，品尝完，才离开。

他们赶了三天三夜，
赶进白马城，通过守门人的通报，
像凯旋的英雄那样，走进王宫，
跪下来，将凤凰毛向白马王献上。
几哥比过他们分不清什么头对翎子，
献上去的是一堆乱毛。

白马王吩咐侍臣把宝盒拿来，
取出一面鉴宝的镜子。
如果是稀世奇宝，镜中就会红光闪闪；
如果是赝品，镜中则一片黑暗。

宫殿中鸦雀无声，大家屏气凝神，
看着白马王将那堆毛一一鉴别。
忙了一个时辰，
宝镜中不见一丝红光，

才发现那是一堆锦鸡毛。

白马王指着几哥比过的鼻子,大骂道:
"几哥比过,你领着这群混蛋,
拿来的都是野鸡毛,哪有凤凰翎子?
你们这样欺君,该当打入大牢!
薛国安,几哥比过是你发现的人才,
经你几次举荐,才成守城校尉,
你说该怎么办?"

薛丞相忙跪下来,说:
"尊敬的父王,请您息怒!
几哥比过他们的脑袋也值不了几个钱,
可气伤了您的身子,儿臣承受不起。
怨我有眼无珠,举荐了他这样的白痴。
不过,我举荐几哥比过,
是见他力大如牛、武艺高强,
算一个百里难挑的人才,
可以为保卫白马国尽力。
谁知他和阿尼嘎萨一样,
也有娶三公主的痴心妄想。
几哥比过惹您生气,实在可恶,
不过您对他就此惩罚,从今以后,
谁也不敢再来给您献宝了。
再说,几哥比过献上的那些毛,
也着实好看,除过您,谁还能鉴出真假?

如果我得到那样好看的毛，
也不敢私自享用，会向您恭敬地献上。
如果是真的，您得了宝翎，
您高兴，我也替您高兴；
如果是假的，即使受罚，我也心甘情愿，
因为孝敬您的心是真的。"

听了薛丞相的话，白马王收起怒容，
没有惩治几哥比过一行。

三

过了几天，从宫门外传来了歌声：
"白马王，您好，
天大的喜讯向您报告：
天上飘着吉祥的云霞，
地上开满五彩的鲜花。
凤凰宝翎给您找到了，
每一对宝翎灿若彩霞。
稀世珍宝谁不爱，
您见了定会乐开花。"

白马王一听是阿尼嘎萨的声音，
知道这个小精灵有说不来的神迹，
便传令让他进来。
阿尼嘎萨一进门，就说：

"白马王您好，凤凰宝翎我已找到，
无论花花绿绿的珍珠玛瑙，
还是山中奇花，都没法和它媲美。"
白马王说：
"阿尼嘎萨，别光顾说话，
先把宝翎献上来再说。
你身上什么都没有，
你说的宝翎在哪儿？"
阿尼嘎萨说：
"白马王，请铺上新地毯，
三对宝翎说到就到，
到时您会大饱眼福。"

宫殿里刚铺上新地毯，
从门口飞进两只鸽子、七只喜鹊。
飞在前面的两只鸽子和一只喜鹊，
只是鸣叫着报喜；飞在后面的六只喜鹊，
每只嘴里衔着一根宝翎。
六只喜鹊在地毯上空，嘴一张，
头对凤凰翎、二对凤凰翎、三对凤凰翎，
依次轻轻落了下来。
那翎子，三尺多长，灿若雨后彩虹，
将宫殿照得亮堂堂。
那两只鸽子和七只喜鹊，
朝大家友好地鸣叫了几声后，
唱着欢乐的歌飞离。

白马王吩咐三公主昼什姆把宝盒拿来，
从里面取出宝镜，开始鉴别。
那些翎子在镜前一放，镜中便红光闪闪。
白马王眉开眼笑地说：
"阿尼嘎萨，你功劳不小，
果真是凤凰的三对翎子，
我要好好重赏你。
宫中有珍珠，有金有银，
你要拿什么，由你挑选。"
阿尼嘎萨说：
"白马王，您的珍宝虽然堆积如山，
但这些我都看不上眼。"
白马王说：
"那我就封你官位，
白马国的官位，由你选。"
"对官位我也不感兴趣。"
"那，我就赐给你百亩良田，
让你和你父母享享清福。"
"这也不是我心里想要的。
白马王，您要的宝翎已献上，
您该兑现诺言，将三公主嫁给我。"

白马王看了一眼身边的昼什姆，
见她一脸阴云，便说：
"阿尼嘎萨，除过我女儿，

你要什么,我都舍得。

赐你金银财宝,赐你高官厚禄,

再赐你三个美女,该知足了吧?"

阿尼嘎萨说:

"白马王,对这些,

我一点也不稀罕;

您即使把月亮、星星都给我,

也无法满足我的心愿。

我内心渴求的不是财富,

也不是爵位,而是爱情。

您将昼什姆嫁给我,才叫我称心。"

薛丞相站出来说:

"阿尼嘎萨,你献来的宝翎,

除过好看,还有没有其他神奇之处?

比如说白马王的右眼有点小疾,

看啥都模糊,如果你的宝翎能治好,

再将昼什姆嫁给你也不迟。"

白马王说:

"阿尼嘎萨,我右眼不是说有点小疾,

纯粹什么也看不见。

国安的主意好,宝翎光好看还不行,

如能治好我的右眼,

会将昼什姆嫁给你。"

阿尼嘎萨说:

"白马王,请您将头对宝翎,

对着右眼轻拂九次,它一定会恢复光明。

不过,等您拂过后,

那对宝翎将失去光泽,

因为它的灵光已移到了您眼中。"

白马王说:

"牛皮不是吹的,大山不是推的。

我右眼已失明六年,给我带来诸多不便,

如果真能治好,就向你兑现诺言。

不过,还得征求一下女儿的意见,

女儿,你可愿意?"

昼什姆说:

"父王啊,您右眼是怎么失明的?

还不是为了保卫白马国。

六年前,北周李忠信带领大军来犯,

您亲自率领白马军与敌作战。

您身穿铠甲,骑上战马,手握长戟,

天神一样冲杀在最前面。

血战十天,您一连斩了北周的十员骁将。

那位骁勇无敌的李将军,也被您挑下了马,

要不是被裨将救得及时,必会命丧黄泉。

诡计多端的李忠信,见您英勇难敌,

专门找了个刮风的天气和您作战。

北周兵看到您冲在最前列,他们借着风,

撒起了带毒的草灰,一时草灰弥漫,

您的眼睛钻进了灰,突然什么也看不见,

幸亏您的坐骑有灵性,驮着您逃离了危险。

经过治疗,虽保住了您的左眼,

但您的右眼从此失去了光明。
您的右眼是为保卫白马国失明的，
只要能治好，我愿嫁给这只青蛙。"

四

听完她的话，大家都朝她投去敬重的目光，
阿尼嘎萨对她更是充满了敬意。
白马王拿起头对宝翎，
在右眼前轻拂九次，
宝翎变成了土灰色，
和灰雀的羽毛没有什么两样，
但他眼里涌出了泪花，
脸上露出既喜又悲的表情，
嘴巴张了张，不知说什么。

薛丞相眼珠一转，走到白马王面前，
有意眨了眨眼，说：
"父王，凤凰的翎子不过好看而已，
哪有阿尼嘎萨吹得那么神奇！"
接着又低声在白马王耳边说：
"眼睛长在您身上，
能不能看见只有您知道。
即使看见了，您说一声看不见，
阿尼嘎萨拿您也没办法。"
他的声音比蚊子的还要低，

只有白马王一个人才能听见。

白马王沉思了一会儿,看着女儿,
女儿已看出了父亲内心的矛盾。
昼什姆说:
"尊敬的父王,白马人从来不会说假话,
作为君王,更需这样。
从小,您给我讲,天生的舌头,
不说真话,还有何用?
您的右眼看见了,就说看见;
看不见,就说看不见。"
白马王一声长叹,说:
"女儿,你是希望我的右眼看见,
还是看不见?"
昼什姆说:
"父王,您看的是国家大事,
您的眼睛远比女儿的性命珍贵,
自然希望您的右眼重现光明。
父王,您不要想得太多,
您的右眼恢复光明的喜悦,
远远超过我嫁给青蛙的忧伤。
我虽然不能接受阿尼嘎萨的模样,
但喜欢听他唱的歌,
嫁给他,听一辈子歌也不后悔。"

白马王喃喃道:

"啊,我的右眼能看见了,
视力恢复到了六年前,
连空中小小的浮尘都能看得见。
此生,做梦都没有想到,
右眼还能看见大家的面孔。
我感到既幸福又痛苦,
幸福的是右眼恢复了视力,
痛苦的是女儿就要受到委屈。
不过怎么说,对阿尼嘎萨,
作为白马国的君王,
我不能不将诺言兑现。"

昼什姆走到阿尼嘎萨面前,一拜,说:
"感谢你,治好了父王的眼睛。"
接着狠狠瞪着他又说:
"我嫁给你,要给你这只青蛙,
生一大堆蛇,气死你!"
她说完这句狠毒的话,
双手捂住了眼睛,
手缝里流出苦涩的泪水。

白马王高声道:
"现在,我正式宣布,
从今以后,阿尼嘎萨就是我的女婿。
选择吉日,给他俩完婚!"

阿尼嘎萨说：

"尊敬的白马王，您是一位难得的明君，

说出的话像撒在地上的种子，落地能生根。

昼什姆，您的心灵比容貌还美，

天下再难找到你这样的美女，

能娶到你，是我十辈子的修行。

可你内心流着血嫁给我，我于心不忍；

如果失去你，我又一万个不愿意。

现在我想了一个两全齐美的办法，

请一个画师，将你画在纸上，

让我带回家，天天看着你。

今生娶不到你，可看着你的画像，

生活一辈子也不枉来世一趟！"

他的话，感动了昼什姆，她说：

"像你这样聪明又达理的，

天下没有第二个。

就凭你刚才的一番话，

我就应该嫁给你。"

第十二章　滴滴血,燃烧成快乐的火苗

一

昼什姆出嫁的日子到了。

那天清晨,太阳一露红彤彤的圆脸,
王宫前,乐鼓齐鸣,
歌声响起,为昼什姆送行。
十匹马驮着嫁妆,送亲的队伍多达数百人,
加上看热闹的,场面像起潮的海那样壮观。

"金丝鸟长大了要飞出窝,
牛犊儿长大了要把犁拉,
果树长大了要结果,
姑娘长大了要出嫁。

"嫁到婆家要听话,
娘家婆家都是家。
孝顺公婆理家务,
当个贤妻人人夸……"
人们热情地唱着《嫁女歌》。

阿尼嘎萨的两个姐姐飞来了，
茨嫚娜姆绣的那七只喜鹊也飞来了，
在送亲队伍的上空鸣叫着盘旋。
天空还飞来一朵七彩缤纷的祥云，
飞到送亲队伍上空，人们才惊奇地发现，
那是一只展翅飞翔的凤凰。
阿尼嘎萨一眼就认出了，
她就是凤凰岭上的凤凰姐姐。

那天，阿尼嘎萨隐藏在草丛中，
看到几哥比过一行吃掉凤凰肉，
他五内俱焚，痛苦不已。
等那群恶魔远远离开，他走出草丛，
望着凤凰洞悲痛地唱道：
"漂亮的凤凰姐姐，
你的命运多悲惨！
恶人不光射死了你，
把我的心也射穿！"

他唱完歌，凤凰洞里飞出一只凤凰，
飞到他面前，变成一个少女，说：
"阿尼嘎萨，我修炼千年，已修成了仙，
几哥比过射落的'凤凰'是只假凤凰，
是我使用法术让一只锦鸡变的。
我和劳美阿美、塞昼特林是好朋友，

她俩讲了你的爱情故事,深深感动了我。
你先往白马城走,
你需要的凤凰翎子让你的姐姐带来。
那头对翎子还有一种神奇,
对着失去光明的眼睛轻拂九次,
那眼睛立马能穿针引线。
不过轻拂之后,它将会失去光泽,
成为普通的羽毛。"

阿尼嘎萨万万没有想到,
凤凰不但给自己帮了大忙,
还飞来向自己贺喜!
看着头顶飞舞的凤凰,他激动地唱道:
"凤凰姐姐,你真漂亮,
五彩云霞比不上你,
绽放的花朵比不上你。
世上的人都喜欢你,
世上的人都赞美你,
而你的心灵比你的羽毛还美丽!"
他唱完,凤凰也"唧唧"地唱起来,
那"唧唧"声化成五彩鲜花,
轻轻落在了新娘昼什姆的身上,
感动得她热泪盈眶。

看着神奇祥和的一切,
昼什姆的心里得到了一些安慰。

二

"天上的云啊,你不要飘,
高高的山啊,你弯弯腰,
看看我的新娘昼什姆,
谁还能比上她的美貌?

"天空的鸟,你快快飞,
山中的风,你快快吹,
快快把喜讯传到山寨,
好让阿爸、阿妈喜开怀。"

花逢春雨齐开放,人逢喜事精神爽。
阿尼嘎萨娶来了心上人,笑在心头喜洋洋。
他一蹦三丈远,走在前面把路带,
一路欢歌唱不完。

深秋的山林,锦鸡的羽毛一样多彩,
显得成熟高贵而华美。
天蓝得高远而深邃,十双眼睛也看不到底。
吹来的秋风,像白马人的性格一样爽快。

送亲的队伍接近金贡岭时,
全寨人走出寨子迎接。
喜讯像风一样传遍了山寨,

阿尼嘎萨能娶到白马王的公主，
是整个山寨的荣耀，
人们热情地唱着《迎亲歌》：
"金色的阳光照耀着山峦，
满山的野菊花开得多鲜艳。
娶亲最好的日子就是今天，
今天不娶还要等到哪一天？
热热闹闹把新媳妇迎进家，
白马山寨欢声笑语连天。"

人们踏着歌声走进寨子，
走到阿尼嘎萨的门口。
主祭杨明远边洒酒边唱：
"敬天啊敬天，
敬地啊敬地。
最好的美酒，
敬天上的天神，
敬地上的地神……

"这门亲事做得好，
就像小鸟钻进巢。
客人到来不生非，
客人回去不嚼舌。

"地方的方神都来了，
地方的女神也来了，

等待青苗神的到来。
神灵一个接一个地到来,
众神灵,敬请品尝香甜的美酒……"

杨明远唱完祭词,众人的歌声又响起:
"尊敬的新客啊,请你们进门,
酒肉专门为你们而摆。
五路尊神引你们进来,
雄鸡鸣叫着请你们进来。
虽然人生地不熟,
走到这里就是亲戚。
梨木食案已摆好,
五味香菜已摆好。
喝一口酒长精神,
吃一口肉真高兴。
酒是香醇的酒,
人是最亲的人,
最好的酒献给你们,
你们是我们最尊敬的客人……"

将新娘引进洞房,揭掉红盖头,
出来给大家唱歌敬酒时,
阿扎伊惊呆了,茨嫚娜姆惊呆了,
杨明远惊呆了,大家都惊呆了:
昼什姆和依曼长得一模一样!

三

夜色降临,阿尼嘎萨家门前,
篝火熊熊燃起来,男女老少手拉手,
跳起火圈舞,边跳边唱:
"美酒香又甜,篝火烧得欢。
高高举起杯中酒,唱支酒歌歌不断。
酒歌唱得人人笑,酒歌唱出月儿圆。
酒醉歌飞翻过山,白马山寨人不眠。

"风轻轻,星闪闪。
举起酒杯抒情怀,唱支酒歌醉大山。
酒歌唱得幸福来,酒歌唱得家团圆。
酒美歌好天有情,青山常在水流欢。"

老实巴交的柴,内心也有花朵,
它开出的花朵,我们称为火焰。
普普通通的柴,虽然一生只开一次花,
但开得热烈奔放,"噼啪"有声响。
谁能开得如此艳丽?
谁能开得让黑夜吃惊?
谁能开得从里到外都是花朵?
谁能开得让人只能远观不能近玩?
唯有不起眼的老老实实的柴!

"星星闪,月亮像天灯,
我们跳得欢,我们唱得欢。
大人小人一条心,男男女女一条心,
一边跳一边唱,快快乐乐到天明……"

一根根柴,走在一起,拥抱在一起,
你也开花,我也开花,大家一起开花,
这些花朵又热情地拥抱在一起,
变成一朵大大的花。

映着火光的一张张笑脸,
像秋风中熟透了的红枣,满含蜜意。
他们手拉手,围着火跳啊唱啊,
舞姿矫健如雄鸡,
高亢的歌声震得群山发出雄壮的回声。

昼什姆打发走侍候她的两个侍女,
坐在新房里,独自伤心。
虽然自己遵守诺言,维护了父王的声誉,
但嫁给一只青蛙,心里真是不甘。
她饭也不想吃,酒也不想饮,
只是流着泪,用歌声抒发着悲伤:
"白马河多么宽阔,
而山间小溪多么狭窄。
不唱山歌心里发慌,
唱了三声眼泪淌。

世间享福的是人家的女儿，
世间受苦的是阿妈的女儿。
看着人家享福的女儿哟，
阿妈的女儿呀没活头……"

四

夜回到了宁静，歌舞停息。

坐在炕头的昼什姆，感到狭小的新房，
比万木萧条的山谷还空旷、凄凉。
窗台上那盏铜油灯燃烧的灯芯，
犹如不幸少女走向生命尽头时哭红的眼睛。
一种难耐，一种寂寞，一种孤独，
将她包裹了一层又一层，简直就要窒息。
一个人活生生地掉进坟墓，
可能也没有如此难受；
一个人走进无望的地狱，
也不一定有如此煎熬。
怨父王吗？不怨。
怨阿尼嘎萨吗？也不怨。
谁也不怨，只怨不幸的命运。
那位救过自己性命的小哥，
你在哪里啊？你是否还活在人世？
那一天，她逃离九寨沟之后，
才发现自己将那小哥深深爱上。

小哥，你救了昼什姆，也害了昼什姆，
你让我掉进了爱的茫茫苦海。
回到王宫，她向父王讲了自己的险遇，
父王派人到九寨沟打听小哥的下落，
也没有打听到任何音讯，
只是在熊猫海瀑布遇险的地方，
发现地面上残留的斑斑血迹。
从此，她感到自己被掏空，
成一具空皮囊，她的魂随小哥而去；
也变得多愁善感，几乎没有了笑脸。

上个月，在宫中陪父王游园，
忽然听到小哥的歌声，
她紧锁的眉头瞬间舒展，
心头住进了春天一般温暖，
眼睛里不由落下几滴热泪。
她忙请父王传令将那唱歌的人招来，
没料到招来的却是一只青蛙。
对阿尼嘎萨，她不讨厌，
但对他用聪明才智娶到了自己，
非常烦闷，也非常窝火。
难道自己，就要带着一肚子委屈，
和小青蛙相守一生？

她正在胡思乱想时，阿尼嘎萨进了洞房，
看到将自己推进了深渊的妖魔那样，

瞬间,她怒火中烧,恨不得变成毒蛇,

冲上去,将他狠狠咬一口。

而他极其温和地说:

"心爱的昼什姆,鸡叫头遍了,

咱俩也该睡觉了。"

她从上衣贴身处掏出一把剪刀,

紧紧握在手里,说:

"谁是你心爱的?

你要搞清楚,我嫁给你,

只是为了遵守诺言,

也就是说嫁的是一种名誉,而不是你。

再不要用你的小聪明将我逼迫,

否则,我会用这把剪刀刺向自己的胸口,

让鲜血染红你的洞房。"

"昼什姆,千万别这样,

今天是一个好日子,

你怎么能有这样糟糕的念头?"

"对你来说,可能是个好日子,

对我来说,今天好得令人心碎!"

"你不说,我也能理解,

换成我,也不愿嫁给一只青蛙。"

"理解了就好。

阿尼嘎萨,你听着,

虽然我名誉上成了你的妻子,

可我不与你同炕,我睡在炕上,

你只能睡在地上的圪崂,或老鼠洞里。"

"昼什姆，你别太任性，
我又不是老鼠，怎能让我睡鼠洞？
如果你有什么心事，不要窝在心里，
说出来，我也不会难为你。
虽然我出身卑微，但有一颗善良的心，
不会让不爱我的人成为妻子，
用别人的痛苦换取自己的幸福。
从你忧伤的眼神可以看出，
说不定你心上早已有人，
并为不能和他走在一起而愁断肠。
如果你真有心爱的男子，
我会想法将你和他成全。
我有寻来凤凰宝翎的能力，
就有将你和他成全的能耐。
请你相信，我虽然只有拳头那么大，
但有天空那么宽广的胸怀。"
"阿尼嘎萨，你说的可是真话？"
"我的舌根扎在心上，
说出的话句句真。
你和父王能遵守诺言，
为什么我不能将诺言遵守？"

五

昼什姆低下头，沉思了好一会儿，
才给阿尼嘎萨讲起自己在九寨沟的奇遇。

讲她怎么碰见了小哥，
小哥怎样冒着生命危险掩护她逃离。

记得那天，第一个刺客自杀后，
那小哥就对她说：
"昼什姆，你是一位善良的姑娘，
不可能有仇敌，说不定令尊得罪了人，
那人想除掉你，是为了报仇。
请将令尊的身份讲清楚，
我才能分析刺杀你的原因，
以便日后做出更好的防备。"
面对血淋淋的谋杀，她只好实话实说：
"小哥，实不相瞒，
我阿爸就是当今白马国的国王，
我就是他的三女儿。
父王是位明君，我不知道谁是他的仇人。"
小哥听后大惊，说：
"没想到我三生有幸，
遇到的竟是高贵的公主！
昼什姆，依我拙见，
说不定白马王身边暗藏着野心家，
你回去要提醒白马王好好提防。
也有可能是敌国派来的杀手，
想通过除掉你将白马王摧毁。
在这里，你不能再居住下去，
赶快骑上马回白马城！"

小哥刚说完,密林中又窜出两个蒙面人。

小哥一面对付,一面对她大喊:

"昼什姆,快和侍女骑上马逃走,

对付他俩我绰绰有余。

昼什姆,快走,

你不走,只能添乱。"

当时,她和两个侍女骑上马,

还在迟疑,小哥在马屁股上一飞脚,

马便飞跑起来……

她讲完故事,泣不成声。

阿尼嘎萨说:

"你是不是爱上了自己的救命恩人?"

她点了点头。

阿尼嘎萨说:

"昼什姆,你要弄明白,

感恩和爱情是两码事,

不要混淆在一起。"

她说:

"即使小哥不是我的救命恩人,

只要遇见,也会爱上他。

我心目中的爱人,就是他那样的人。

不知他是生还是死,我非常牵挂!"

"你要相信,爱的力量是无穷的,

只要你爱得真,就会找到他。"
"既然爱的力量无穷,
我让父王派人找了不知多少次,
为啥找不到那小哥的一丝踪影?
别说找到他了,就是想梦见他,
他也没走进我的梦中。"
"昼什姆,你梦不见露水,
露水照样也会降临。"
昼什姆听他说的话没头没脑,
再不理他,又低头抽泣。

她哭够了,抹去泪水,抬起头,
眼前出现了惊人的一幕:
一位帅气的白马小伙子,头戴沙嘎帽,
穿件黑边白布长衫,站在她面前。
小伙子面带笑容,一双俊秀的大眼睛,
含情脉脉地望着她。
他不是别人,正是她日思夜想的小哥,
他身旁,放着一张青蛙皮。

她犹如被漫漫寒夜囚禁的不幸者,
掉泪成冰的片刻,
突然,渴望的红日出现在眼前,
她反倒被惊得一脸愕然。

六

看着昼什姆诧异万分的表情，
阿尼嘎萨向她讲述了自己的身世。
讲他刚生下就是一只拳头大的青蛙，
受到了怎样不堪回首的歧视；
讲他不甘心做一只青蛙，
怎样苦苦向人一步步修炼；
讲他怎样向阿妈学习唱歌，
怎样向杨明远学习识汉字；
讲他和依曼两人销魂的爱情。

后来，他讲自己到九寨沟，
遇见了酷似依曼的她，让他精神为之一振。
他说遇险的那天，她骑上马逃走后，
他和那两个刺客纠缠了很久。
两个刺客刀法非凡，心狠手辣，
刀刀逼人，想将他置于死地。
他一面作战，一面劝告，
说自己和他俩无冤无仇，
叫他俩识趣点，不要丢了小命。
两个刺客却一点也不听劝告，
其中一人还使了暗器，
让他左臂中了毒针。
他本来只是想拖住刺客，

让昼什姆逃走就行，
不想要了他俩的性命，
因为血肉之躯都是父母所生。
而中了毒针后，激起了他的怒火，
一剑便挑走了一名刺客的三魂七魄，
另一个被吓得逃入密林。
之后，他虽然忍痛拔出毒针，
但留在体内的毒还是发作了，
他又变成小青蛙。

最后，他讲今天娶来她，
给他注入了莫大的神力，
让他真正修成了一个人，
永远丢掉了青蛙身。
他说完话，捡起身边的青蛙皮，
在油灯上点燃，化成一团青烟。

昼什姆明白了他的来龙去脉，说：
"在九寨沟碰见你，
为何不报真名，而用'小哥'哄我？"
阿尼嘎萨说：
"昼什姆，别怪我，这是善意的谎言，
只是想让你将我叫'哥'。
没想到突然出了刺杀你的事，
再没有机会向你说出实情。"

他说完话,看着她,心想:
她的身段、容貌太像依曼了,
不过她的眼尾与依曼相比有点微微上翘,
下巴也比依曼的稍尖一点;
两人一样聪慧,
但她比依曼多了一些任性,
多了一点尖刻,也多了一点高贵,
这可能和她出生在王宫有关。
依曼走了,昼什姆就是另一个依曼,
对依曼的爱我将要在她身上延续。

昼什姆看着阿尼嘎萨的眼睛,说:
"你说我长得酷似依曼,
是不是我沾了她的光?"
阿尼嘎萨一笑,露出雪白的牙,说:
"是沾了依曼的一些光,
但也不全是,因为你有自身的光芒,
见了你,不爱,倒不符合常理;
爱上你,并为之神魂颠倒,这才正常。
昼什姆,对那个不在人世的依曼,
你也不要心怀妒意,我对你的爱,
和对她的爱不相上下。
只是担心你知道了我的身世后,
对'小哥',是不是已开始嫌弃?"
"阿尼嘎萨,你的担心纯属多余,
知道了你的身世后,对'小哥',

我的爱里还多了几分敬重!"

阿尼嘎萨赢得了昼什姆的芳心,
倍感欣慰,但一想到香消玉殒的依曼,
几滴泪不由从眼睛里溢出,
怕引起昼什姆的不快,忙扭过头,
装作眼睛里钻进了虫子,抹去了泪水。

昼什姆拍着他的肩,温柔地说:
"阿尼嘎萨,有泪你就往出来流吧,
千万不要憋在心里!"
听了她的话,他更加脆弱,
不由捂住双眼,哭泣道:
"昼什姆,对不起!
新婚之夜,不该这样,
我的泪水,伤了你的心!"
她宽容地一笑,说:
"你应该哭,
你不哭,就不是阿尼嘎萨!"
她的话,又让他哭了,
因为理解,因为感动,因为幸福。
他动情地说:
"知我者,上有苍天,下有大地,
人世间还有你!"

新婚之夜,两人说了不少知心话,

虽没有圆房,但彼此都感到已拥有了对方。

七

第二天夜晚,
真正的新婚之夜才来临。

油灯下的昼什姆,妩媚动人,
长长的睫毛掩映下的一对葡萄似的眼珠,
散发着醉人的秋波;
脸颊,呈现出羞涩的红晕,
比雨后的彩虹还迷人;
两排整齐的牙齿,似两排竖立的月光;
花瓣似的红唇,微微锁着,
里面似乎锁着无尽蜜意……

那美有一种强大的吸引力,
吸引着阿尼嘎萨不由坐在她身边。
一缕缕似草非草似花非花的清香,
朝他袭来,嗅着她的体香,
他的骨头差点成了柔软的柳条。
他的眼睛起了潮,看着她,
看得她低下了头,
眼里出现了带雾的桃花色,
不胜娇羞,十分撩人。
他的心恨不得生出一双有力的胳膊,

将她揽成心头上的一朵花，
用自己的一滴滴血，滋养。
不知不觉，他靠近了她，
她感到了他急促而灼热的呼吸，
一颗心像春风中的树叶那样颤动着，
同时生出九分甜蜜一分紧张。

他将她揽进怀里，
如同海子揽着一轮红日，
心海荡起一波又一波红潮。
她觉得自己成了一只小鸟，
住进了七彩阳光编织的暖巢。
他朝她光洁的额头吻去，
舌尖一亮，觉得吻到了明月。
那一吻，让她感到自己的额头，
生出了一只眼睛，看见群星在飞舞。
他的红舌向她的红唇吻去，
蜜蜂飞进了花蕊一般，
兴奋地采集着花粉。
两只红舌碰在一起，
如两只小手纠缠在一起，
如两条藤蔓纠缠在一起，
如两条河流纠缠在一起，
纠缠出了甜蜜的汁液，
纠缠出了充满生机的绿意，
纠缠出了朵朵浪花……

人的肉体是沉睡的大地，
爱情的舌头，如浩荡的春风，
让成千上万的小草钻出地面，
伴随小草的还有万紫千红；
人的肉体是沉睡的天空，
爱情的舌头让天空苏醒，
星星睁开了眼睛，
月亮点起了灯笼。
爱情，天生有一只妙手，
它打开人的肉体，才惊奇地发现：
自己体内和天地一样富有，
珍藏着让人眩晕的五光十色。

爱是阳光，性是大地，
如果只有爱，没有性，
那阳光只不过是一道飘浮的幻影；
如果只有性，没有爱，
那土地虽然被耕耘了但还缺少温暖；
只有灵和肉结合——阳光落在大地上，
生机盎然的春天才会真正来临！

爱是贪婪的，
爱的舌头恨不能将对方舔化成蜜水，
痛痛快快地饮下去；
同时又是大方的，
恨不得自己化为蜜水，

被吸吮,融入对方的生命中。
这时,一双手,远远不够,
恨不能每个毛孔生出一只手,
抚摸对方的山山水水。

体内的一滴滴血,起火了,
成了快乐燃烧的火苗。
火苗助燃着火苗,
火苗纠缠着火苗,
火苗征服着火苗。
女人,成了燃烧的山水,
男人的山水,也燃烧起来。

火山爆发、河水决堤的那一刻——
星星、月亮、太阳的光芒,
也抵不上肉体中奔跑的电光;
春天鸟儿相诱的鸣叫,
远不及肉体的呻吟动情;
能盛下天下所有河流的大海,
都盛不下那一刻的快乐。
那一种极致的快乐,让肉体乐开了花:
蜜汁在它面前失去了甜蜜,
彩虹在它面前失去了色彩,
雷电在它面前失去了激情,
魂魄在它面前失去了自己,
伟大的诗歌在它面前失去了表现力……

第十三章　奔跑的月光,恢复成一匹白马

一

阿尼嘎萨门前槐树下的石磨,
以前,虽然不要钱,
还是很少有人光顾。
现在,磨面的人渐渐多了,
并说手推磨磨出的面香,
擀成面还能多吃半碗。

山朝水朝,不如人朝。
阿尼嘎萨家来的人比往日多了不少。
连不可一世的头人班大发,
三天两头都往他家跑,
来时手不空着,变着花样送一些礼物。

阿扎伊、茨嫚娜姆做梦都没想到,
儿子娶来了白马王的三公主,
他俩每天都乐呵呵的,
好像生活在蜜罐里。
唯一让他俩为难的是昼什姆出身高贵,

言语举止不同于山寨姑娘，
侍候不好感到有些愧疚。
而善解人意的昼什姆，放下公主的架子，
学着做一些家务，对来看她的妇女，
也以礼待之，赢得了大家的好感。

二

这天黄昏，阿尼嘎萨给牛添了一些草，
刚走出牛棚，天空下起了稀稀拉拉的小雪。
阿扎伊走进院子，说：
"阿尼嘎萨，你牛叔睡倒了，
可能不行了，去看看。"

阿尼嘎萨跟着阿爸走进班二牛的家。
窗台上点着一盏油灯，
班二牛躺在炕上，脸色枯黄，
气若游丝，伤残的左眼，像一眼枯泉，
而右眼大大睁着，好像不甘心闭上。
阿尼嘎萨握着他鸡爪一样干瘦的手说：
"牛叔，我已娶上了媳妇，
再不要牵挂我了。
还有您欠下的那些钱，
我和昼什姆替您一文不少地还了，
你也再不要记了。
如果把谁的忘了，漏下了，

他来要，我会替您还上。"
班二牛呼吸尽管衰竭了，
但右眼睛还是大大睁着，
好像还有一桩心事未了。
阿尼嘎萨想了想，说：
"牛叔，您是不是觉得我替您还了账，
又欠了我的？
牛叔，从我来到人世，
您给了我不知多少关爱，
这一切不能用金钱衡量。
我欠您的，远远超过了您欠我的。
牛叔，什么都不要牵挂，
您就无牵无挂地走吧！"
班二牛听完话，闭上了眼睛，
神色安详，睡着了一般。

阿尼嘎萨从屋里出来，雪柳絮般飘飞，
他深深吸了一口气，发现远山白了头。

敛棺时，杨明远念起了《入殓咒》：
"气化一股风，尸骨在家中。
良辰吉日到，亡人入棺中。
金乌玉兔任东西，这点灵光一样同。
父母生下金贵体，今日收在宝藏中。
大众雅静一时，与亡者收身定殓。

"棺木原本四角方,百年尸骨里面藏。
棺木原本四个角,不漏头来不漏脚。
吾今将棺来盖上,鹤仙引魂飞上天。
良辰吉日到,闭塞鬼门关。"

钉上棺材的那一刻,
阿尼嘎萨想起牛叔一生的艰辛,
不由拖着哭腔,唱道:
"这是多么悲伤的时辰,
痛苦的泪水洒满衣襟。
点起长明灯,
死人活人要分离。
活着的留人世,
死了的赴幽冥。

"你去了不要再思归,
要在那里安下心。
我们为你备下了足够的食物,
我们为你备下了足够的衣服,
再用长明灯,
把你送进阴间地府的大门。"

殡葬完班二牛的当天夜里,
阿尼嘎萨梦见班二牛走进家里的牛圈。
次日,母牛生下一头黑色小公牛,
额头有一撮铜钱大的红毛。

消息传出去,寨子里的人都来看稀奇。
大家议论纷纷,都觉得十分奇异:
刚埋了班二牛,牛犊却生下了,
牛犊额头上的那撮红毛,
咋看都像班二牛生前额头上的红记。

人们认为,牛犊就是班二牛变的,
生前,他欠的账,阿尼嘎萨替他还了,
现在变成一头牛,又来还账。
从此,不管老少,就用"牛叔"称呼那牛。
阿尼嘎萨一家人将"牛叔"当人看,
从不拴绳子,"牛叔"行动自由。

阿尼嘎萨抚摸着"牛叔"的头说:
"牛叔,我替您还账,理所当然,
咋又不领情,变成了一头牛?
再说我欠您的恩情,早超过了那些钱。"

"牛叔"伸出红舌头,
舔着阿尼嘎萨的手,
黑亮的眼睛看着他,似乎在说:
我不来还完你的账,心里不安啊!

阿尼嘎萨读懂了"牛叔"眼睛说的话,
几滴热泪"吧嗒"掉在了地上。

三

时光有一对隐形的翅膀，
弹指间，就飞入腊月。

阿尼嘎萨将准备好的腊肉、干果、花椒，
还有人参及上等兽皮，
用两匹骡子驮着，带着昼什姆去白马城，
见到了仁慈的白马王。
阿尼嘎萨，身着黑边白布长衫，
扎着绑腿，穿一双蛙鞋，显得十分英武。
白马王看着从青蛙变成俊男的阿尼嘎萨，
犹如看到一只蜜蜂变成了一只雄鹰，
一只蚂蚁变成了一匹宝马，
激动得胡子都在抖动。
白马王欣赏了一番阿尼嘎萨，说：
"你简直是位天神，
你走进来，我的眼前都为之一亮。
我还没有见到哪一位男子，
长得像你这样英俊威武！
我的宝贝女儿昼什姆，
这下你再也不哭鼻子了吧？
阿尼嘎萨，今天我送你一匹宝马，
不过那马桀骜不驯，想得到它，
自己要到马场驯服，不知你是否愿意？"

阿尼嘎萨清楚父王要借机试自己的本事，
便毫不犹豫地说：
"父王，难以攀登的是悬崖，
难以驯服的是好马。
我愿试一试，看能否驯服它。"

白马王骑着马，带着近臣及卫队，
还有阿尼嘎萨、昼什姆走出白马城，
来到距城十里开外的马场。
那是一片开阔的草场，
几百匹马聚集在那里，
匹匹膘肥体壮，毛色光亮。
其中一匹马，好像是吃雪长大的，
浑身雪白，没有一根杂毛，
纷披下来的长长鬃毛，
犹如一道雪白的瀑布；
颈项修长，脊背宽厚，蹄子硕大，
马头高扬，嘶鸣声近似虎啸龙吟。

如果其它马都是草，
那马便是草丛中唯一的鲜花。
白马王指着它，说：
"阿尼嘎萨，我送你的就是那匹宝马，
它狂奔起来如同飞龙，我封它为飞龙马。
它的脊背天生不要人压，
不知摔伤了多少好汉，

你要驯服它,可要小心。
不过,你驯服不了它,
也没人笑你,因为对它谁也没有办法。"
阿尼嘎萨望着那马,双目露出惊喜,说:
"父王,您需要的是良将,
而我需要的正是这样的宝马!"

阿尼嘎萨说完话,走向飞龙马,
它回过头来,铜铃大的眼睛看着他,
流露出轻视的目光,好像对他说:
驾驭我的人还没有出生,
还在他阿妈的肚子里!
他对飞龙马欣赏地点了点头,便跃上马背,
还没坐稳,马来了一个猛烈的尥蹶子,
他风中柳那样摆了几下,却没有掉下来。
马闪电般飞奔起来,
他双手紧紧攥着马鬃。
马突然一停,头向外一扬,将他摔下地。
他一招鲤鱼打挺,站起,
燕子似的又飞上马,马一惊,又旋即飞驰,
雪白的鬃毛飘飞,仿佛一匹神奇的天马。
忽然,马前蹄向上竖立,
嘶鸣一声,好像要攀上天空。
昼什姆为他捏着一把冷汗,
他却生根了一般,
不管马如何折腾,都牢牢钉在马背上。

"阿尼嘎萨,好样的!"人人喝彩。
渐渐地,马安静下来,文静得犹如姑娘,
阿尼嘎萨露出了自豪的微笑。
突然,马向前一跃,后蹄腾空,
将他高高抛向空中,
他"哎呀"一声,一技"鹞子翻身",
不偏不倚地落在了马背上。
马再次撒野飞奔,飞快得看不清腿,
像团奔跑的月光,同时马背上歌声飞扬:
"噢嗬嗬依哟——
噢嗬嗬依哟——
胆怯的只配骑绵羊,
勇敢的骑虎又骑龙。
骑上飞龙马,
天高地阔任驰骋……"

渐渐地,飞奔的一团月光,
恢复成了一匹白马。
当飞龙马温驯地行走时,
昼什姆的一颗心还高高悬着。

四

白马王对阿尼嘎萨观察了几天,
觉得他虽出身卑微,
但举止间流露着高贵,

于是心里对他更加喜欢。
他让阿尼嘎萨留下来，
辅助自己治理白马国。
昼什姆巴不得阿尼嘎萨留在白马城，
和自己安逸地生活在一起。
她对金贡岭并不反感，但那里山高路陡，
生活艰苦，和白马城没法比。
她一个劲儿朝阿尼嘎萨使眼色，
让他不要违了父王的好意，
但他说今年是自己结婚的第一年，
想陪父母亲在家里过新年。
白马王说那好办，将他的父母接过来，
赐几间房子，长期生活在白马城。
阿尼嘎萨说，这都不是主要的，
主要是自己武艺还欠精湛，
明年开春他想去武术盛行的秦州，
寻访一些高人，学好武艺，
再报白马王的恩泽。
白马王连连点头称赞，
说阿尼嘎萨很像年轻时的自己。

阿尼嘎萨和昼什姆在白马城住了几天，
就骑着飞龙马回到了金贡岭。

接近新年，节日的氛围一天比一天浓。
白马人把歌当五谷，一唱浑身就来劲；

白马人把舞当人参，一跳就精神；
白马人把酒当解愁药，一饮忧愁全化了。
晚上，他们手牵手，跳火圈舞，
歌声热情得似乎能将山上的雪化掉；
白天，他们围着火塘喝酒，
两腮醉成好看的红云。

昼什姆非常孝敬老人，
一家烤着火塘饮酒时，她双手捧着酒杯，
唱着歌向阿扎伊、茨嫚娜姆敬酒：
"最尊敬的人是长辈，
最能的人也是长辈，
长辈不能谁还能？
孩子双手给长辈敬酒
长辈不喝谁来喝？"

阿扎伊、茨嫚娜姆喝下儿媳敬的酒，
喝下了仙酒一样，笑得合不拢嘴。

昼什姆过得虽然没有王宫里滋润，
但和山寨上的姐妹一起跳舞唱歌，
倒也不失乐趣。
还有和心爱的人生活在一起，
感到山坡上的雪都是甜甜的。

五

山,脱掉白袄,
露出绿色的毛发,春天来临了。

阿尼嘎萨帮着父母种上庄稼,
就想骑着飞龙马,云游天下。
娇妻在家照顾父母呢,还是送回白马城?
他左右为难,一时拿不定主意。
留在家里照顾父母吧,
怕从小养尊处优的她受不了苦;
送回白马城吧,
又怕年事已高的父母没人照顾。

他和昼什姆商量,她说:
"鱼儿离不开河流,羊儿离不开青草。
阿尼嘎萨,你走到哪儿,
我就跟到哪儿,做你忠实的影子。"

他向父母说了自己的想法,茨嫚娜姆说:
"我看你哪儿也别去,
在家里和昼什姆好好过日子。
你看,我的头发已花白了,
只想早一点抱上胖乎乎的孙子。"

他跑去向杨明远征求意见，
杨明远没有正面回答，而是说：
"你不是有一匹飞龙马吗？
今年春耕，你用它耕了几亩地？"
阿尼嘎萨说：
"我架上犁让它耕地，它一蹄将犁踢飞。
它就不是一匹耕地的良马，
而是一匹驰骋疆场的战马。
叔，我懂了：
巴掌大的庭院里跑不出千里马，
拳头大的木碗里长不出万年松。"

一天晚上，他和妻子唱着酒歌互敬，
唱得尽兴，喝得也尽兴，
不知不觉中都醉了，
头一挨到枕头，就进入了梦乡。

他睡得正香，忽然听到"喳喳"声，
同时还嗅到了一股刺鼻的烟味，
但由于睡得太沉，就是睁不开眼睛。
"哐"一声，门被撞开，
接着，他的耳边传来"哞"的叫声，
惊得他本能地坐起来，
看到的场景让他大吃一惊。
堆在窗子下面的一摞木板起火了，
火焰将屋子照得通亮。

他才清楚，刚才"喳喳"的声音，
来自刺绣上的喜鹊，
撞开门将他惊醒的是"牛叔"。
那燃烧的火焰，烤烫了他的脸，
烤凉了他的背，烤寒了他的心。
他忙摇醒还在沉睡中的昼什姆，
取下墙上挂的刺绣，一起逃出。

逃到院子，阿尼嘎萨看到，
窗户也蹿起了火苗。
他喊醒山寨的人，纷纷跑来救火。
不到一个时辰，将火扑灭。

大家一致认为这火不是天火，
而是黑心肠的人想加害阿尼嘎萨。
山寨从来没出现这类狠毒的事情，
不知这个人究竟是谁？

六

过了几天，阿尼嘎萨将妻子送回白马城，
就踏上了游学的征程。
两人分别时，昼什姆将丈夫送出城门，
心里还割舍不下，送了又送，
并含着热泪，唱道：
"一送亲人一里墩，手提纸笼一盏灯；

手提纸笼一盏灯，灯影背后观亲人。
二送亲人二里墩，二里路上河水清；
河水去了岸还在，不知亲人几时来。
三送亲人三里墩，三里路上花儿红；
桃花杏花都红了，摘朵牡丹送亲人。
四送亲人四里墩，园子韭菜一片青；
刀割韭菜根还在，割把韭菜送亲人。
五送亲人五里墩，头顶脚下一称金；
头顶脚下一称金，宁舍金子不舍人。
六送亲人六里墩，六里路上太阳红；
送你一把竹子伞，上遮日头下遮阴……”

看着昼什姆脉脉含情的眼神，
阿尼嘎萨恨不得化为她眼睑上的睫毛，
永远守护她美丽的眼睛。

昼什姆送了好几里路，返回城时，
阿尼嘎萨又转回身子，唱着歌将她相送：
“一送贤妹过山冈，一对鸳鸯在路旁；
看着鸳鸯望着妹，看着青龙忘了江。
二送贤妹过大河，看见公鹅望母鹅；
一对白鹅浮水面，记起前情难分别。
三送贤妹沿路走，一股清水顺山流；
贤妹抬头望一眼，牵着魂儿实难走。
四送贤妹走下坡，你有啥话给我说；
我心没有别一个，将来凤凰配孔雀。

五送贤妹回了城,好像鲤鱼跳龙门;
你是河边杨柳树,我是松柏万年青。"

阿尼嘎萨将昼什姆送到城下,
心一横,骑上飞龙马,
扬鞭离开了白马城。
那远去的马蹄声,
敲得昼什姆的心疼。

第十四章　英雄的热泪,含着蜜

一

我眼珠黑中透着蓝,
比珍珠还要好看。
十里之内的一只兔子,
五里之内的一只小鸟,
一里之内的一只蜜蜂,
我都能清晰地看见。

我的一双耳朵,
像两柄竖立的尖刀。
十里之内的蛙鸣,
五里之内的雨声,
一里之内的蚊吟,
我都听得清清楚楚。

冰雪的白,和我的毛色相比,
还要逊色三分;
洒在雪地上的月光,
才和我的毛色相当。

再明的月亮还有一些黑影,
而我的浑身上下,除过眼睫毛,
都是雪白,没有一根杂毛。

我喜欢奔跑,奔跑起来,
感到自己是诗人,在释放闪电般的激情。
大地上最有生命力的是小草,
小草一钻出地皮,就将冬天掀翻。
而我体内拥有成千上万的小草,
我奔跑的精神,四季常青。

血性的男人一见我,不由热血沸腾,
都想骑上我,成为我的主人。
但我的马背,像少女的心灵一样,
只留给一个人,这个人必须是真正的英雄。
九百九十九位剽悍的男人,
骑上我没跑几步,统统被摔在地上。
他们都说驾驭我,比驾驭暴风还要难。
我虽征服了不少好汉,但并没为之自豪,
反而犹如荒漠中的一棵树那样孤独。
我多么渴望驮着真正的英雄驰骋。
算我三生有幸,终于等来了心仪的人,
这个人就是剑胆琴心的阿尼嘎萨。

对主人,我虽然忠心耿耿,
但并不言听计从。

该走的一条路,哪怕前方为万丈悬崖,
我总会义无反顾地奔去;
不该走的路,哪怕前面一路春风,
我也不愿挪动半步。
有一次,他让我犁地,
我毫不客气,一蹄子将犁踢飞。
我宁愿在刀光剑影中流一身血,
也不愿在田地里流一滴汗。
和他一样,我也有一颗雄心,
只想让心灵引领着,让生命绽放光彩。

从我的主人告别亲人,
踏上征途的那一天起,
虽然跟着他风餐露宿,历尽各种艰险,
但我俩相依为命,彰显了生命本色。

一天,我俩来到了高楼山。
春天就要过去,夏季就要来临,
高楼山野草青青,百花盛开。
来到半山腰的一个大草坪,
走乏了的阿尼嘎萨躺在草地上休息,
没一会儿就响起了鼾声。
蝴蝶飞舞,蜜蜂吟唱,
花朵搔首弄姿,小草摇摆着细腰。
我被清香诱惑着,啃着青草。
有一只调皮的小鸟还停在我身上,

"啾啾"鸣叫,叫得十分畅快。

这时,一只潜伏在灌木丛中的恶狼,

瞅准时机,朝酣睡的阿尼嘎萨扑去,

看那蛮狠的劲头,好像就要将他撕碎。

在它接近我主人的一瞬间,

我扬起后蹄,一蹄子将它踢出五尺外。

狼号叫一声,鼓足劲,箭一般朝我袭来,

而我又一蹄,将它的几颗牙齿踢飞,

它哀号着逃离,逃得鸟那样飞快。

警觉的阿尼嘎萨在恶狼扑向他的瞬间,

睁开了眼睛,看到我和恶狼搏斗的一幕。

他紧紧抱着我的脖子,说:

"没有你,说不定我会死在狼口里,

不知怎么感谢你!"

次日,经过一条山路时,

那只恶狼引着一群狼,朝我俩追来。

三十多只狼,只只皮毛发亮,

眼睛都闪着绿幽幽的光。

我扬起四蹄,驮着主人,

在前面跑,它们在身后穷追不舍。

它们慢了,我也慢了,

它们快了,我也快了,

知道它们赶不上我的速度,只想逗它们玩。

这一举动,逗起了它们的狼性,

它们不顾命地追,只只如离弦之箭。

它们是一群十足的恶狼，

被它们追上，那就有了危险。

不能掉以轻心，我奋力飞奔，

只听见耳边传来"呼啦啦"的风声。

狼到底是狼，十分狠毒，

像追魂鬼一样，追着我俩不放。

几只狼挣破了肺，蹬着腿毙命，

那群狼才停止了追击。

我的肺部如同抽动的风箱，

大汗淋漓，留在路上的蹄印都是湿的。

一天，我俩来到了漾水河畔的常羊山。

斗转星移，经过几朝几代的更替，

常羊山已叫仇池山，漾水已叫西汉水。

仇池山，三面环水，一面衔山，

绝壁峭峙，孤险云高，望之若覆壶；

上有平田百顷，还有数眼清澈的水泉。

站在仇池山上俯视，

西汉水像碧绿的飘带，由西北绕山南下。

进入汉民遍地的西汉水流域，

阿尼嘎萨脱下白马人的装束，

换上汉服，装扮成汉民。

在仇池山，他发现了一座简陋的白马庙，

面对神案上的白马爷，他叩了三个响头。

在那里，他逗留了一个多月，

这儿走走,那儿看看,
好像他童年就在那儿生活,
要将过去的脚印一一捡起。

一日黄昏,我在西汉水河沿啃着青草,
阿尼嘎萨在岸边徘徊,
晴朗的天空出现了一朵手掌状的彩云。
突然,大地晃动起来,
一声"轰隆",仇池山的一角塌陷,
向天空升起蘑菇状的土雾。
附近村庄的村民,从屋里逃出来,
大喊"地震了,地震了"。
地震过去,仇池山塌陷的一角,
有一道青黑的光,朝我射来。
我走到那儿,发现虚土中露出一片青黑色,
用蹄子刨开,原来是一柄铁斧,
斧身夜一样黑,而斧刃雪亮无比。
我嘶鸣了一声,阿尼嘎萨走过来,
捡起铁斧细细辨认了一会儿,
忽然跪下,将它恭敬地举过头顶,说:
"远祖刑天,感谢您将神斧传给了我,
我要继承您英勇不屈的精神,
誓死为您的后裔白马人捍卫尊严!"

二

我——刑天手中的铁斧。
当年,刑天轰然倒地后,
还紧紧握着我。
氏人埋葬他时,
无法将我从他紧握的手中取下,
就将我和他合埋在漾水河畔的常羊山下。

埋在地下的他,继续握着我,
好像随时要站起来投入战斗。
土里的潮气湿了他的身体,
但他无头的尸体拒绝腐朽。
五百个春秋过去,
他只朽掉了左脚上的小趾头;
一千个春秋过去,
他只朽掉了右脚上的大趾头。

直到有一天,他整个身体,
化为土,不再紧紧握我时,
才发现自己有了他的心跳。
原来,他将自己肝胆中不灭的火焰,
一点点转移到我体内,
让我内心有了一颗不熄的太阳;
他将沸腾的热血,

一滴滴输入我体内，
让我拥有了一腔豪情；
他将铮铮铁骨头，
一节一节植入到我体内，
让我拥有了不屈的灵魂。
经过漫长的岁月，刑天让我成了他：
我即刑天，刑天即我；
刑天，是想借我还魂！

于是，我就默默地躺在地下，
耐心等待，等待一位真正的英雄。
等待是多么寂寞，
如同一把琴在等待弹奏它的手指；
等待是多么痛苦，
如同怀春的姑娘在等待心上人。
我在寂寞地等，在痛苦地等，
等待和刑天气度相当的一个人。

一天，我听到了"哒哒"的马蹄声。
一听那沉重而有力的蹄音，
就知道它是一匹矫健的良马。
它亢奋的嘶鸣声，疾风一样刮过，
天地为之一阵颤栗。
而马背上的一声叹息，
天上掉下的陨石一样沉重，
在我心海击起巨浪。

一个国家灭亡时，
怀抱祖国的英雄才能发出那样的叹息！
我暗自庆幸，自己终于等来了英雄，
他的名字叫阿尼嘎萨。

那天黄昏，阿尼嘎萨在西汉水河畔，
望着血红的残阳，
想起英雄的祖先建立的前秦、仇池国，
先后湮没在历史的长河里，
而其后裔白马人却退守在白马河流域，
心里一疼，不由发出一声叹息。
那叹息也许过于沉重，
砸疼了大地，大地一动，
仇池山一角塌掉，我才有了出头之日。

飞龙马看到我露出土堆的一角，
走过来，将我从土堆里刨出，
嘶鸣一声，引来它的主人。
阿尼嘎萨捡起我，辨认了一会儿，
暗合了他昨晚做的梦——我的主人刑天，
将我交到了他手里——于是，他双膝跪地，
发誓要继承刑天威武不屈的精神！

得到我，阿尼嘎萨尽管欣喜若狂，
但遗憾的是擅长用剑的他，
对斧术一窍不通。

离开仇池山的前一晚，
他梦见铁斧变成了宝剑。
他醒悟，这是刑天托梦指点，
让他将铁斧打制成使用方便的利剑。

他骑着飞龙马，告别仇池山，
东行，来到了人杰地灵的秦州。
走向秦州城的沿途，他碰到几个孩子，
一手提着鞭牧羊，一手拿着书诵读。
看到那情景比看到奇山异水还让他震惊。
走进秦州城，那高大宽厚的城墙，
那鳞次栉比的瓦房，还有那宽宽的街道，
都没有让他心起微波，而匾额上刻的字，
还有学宫中传来的琅琅读书声，
让从小仰慕汉文化的他深深折服。

在二郎巷租了一间民房，他住了下来。
他找到名扬秦州大地的"铁匠王"，
出了比一般人贵几倍的银子，
将我打制成一把锋利无比的剑。
虽然我从铁斧变成了利剑，
但刑天附在上面的精魂没有变。

阿尼嘎萨剑术已非同一般，
但仍觉得还没有达到炉火纯青。
秦州尚武，到处都有舞剑弄枪的人。

他寻访了不少武艺高强的英雄，
请他们吃肉喝酒，和他们切磋技艺。
他还拜了一位名儒为师，
跟着他学习博大精深的汉文化。

好学的阿尼嘎萨，对文化和武术，
都有兴趣，但最感兴趣的还是剑术。
一眨眼两年时间过去了，
他还没有访到一位剑术超过自己的人。

一天早晨，他佩着我，骑上他的飞龙马，
来到了城南慧音山腰的南郭寺。
慧音山，其形似簸箕，凹间一块平台，
南郭寺就坐落在这块平台上。
寺院里，宝殿雄丽，古树参天，
香客络绎不绝，是佛教圣地。
参观完，他牵着马向寺院后面的山上走去，
想找一个宽敞安静的地方，练一会儿剑。
沿着大路走了二里多路，
又从朝东的一条小路行了数百步，
找到了一处习剑的理想之地。
那里，有一片平坦的草地，
周围都是茂密的柳树林，
有一位老者在那里舞剑。
老者鹤发童颜，一身素衣，
动作貌似舒缓，却暗藏着说不出的玄机，

犹如平缓的河湾深处涌动着激流。
阿尼嘎萨仔细看着，
越看越觉得老者剑术精妙，
不由冲上前，跪在他面前，说：
"师傅，没想到我三生有幸，
能碰到您这样的高人。
我名叫杨尚仁，成州人，
请您看在我热爱武术的分上，收我为徒。"
离开白马国的那天起，
为了不引起别人的怀疑，
他就隐藏了自己的身世。

老者收起剑，笑眯眯地说：
"年轻人，请快起来，
我哪能配受这样的大礼！
我耍剑，纯粹是为了活络筋骨，
延年益寿，哪懂得真正的剑术！
你要学剑，请另找高人，
不要在老朽这里浪费光阴。"

"杨尚仁"向老者恳求了几天，
又向老者许诺重金，
但老者死活不收他为徒。
他眉头一皱，想出了一招。
每天早晨，他提前走到老者练剑的地方，
隐藏在树林丛中，偷窥。

老者来之后舞剑的一招一式，
他都默默地记在心里。
等老者走了，他就从剑鞘里抽出我，
反复练习，一点也不偷懒。
历时一年，他终于悟到了，
老者剑术神鬼莫测的精妙。

一天清晨，他包好十两银子，
又去那个地方，想当面感谢恩师，
没想到去之后，不见老者的踪影，
只见老者舞剑的地方，写着几行字：
年轻人，你已领悟剑术之妙，
杨一剑即刻离秦州云游。
用你手中剑，能除暴安良，
就是对我最好的报答！

没想到老者竟是名扬天下的剑神杨一剑！
阿尼嘎萨跪下来，对那几行字，
如同面对恩师，叩了三个头。

三

再贪恋江山的帝王，只要能囚禁我，
他肯定会毫不犹豫地放下手中的玉玺；
再嗜财如命的守财奴，只要能抓住我，
他自然会舍弃价值连城的珍宝。

十万头牛的力量聚积在一起，
也不能推动太阳，但我能将它轻轻推动；
人类所有的手臂加起来，
也不能将升起的月亮拽下来，
而我的手指轻微一弹，它便落入西山。
如果将我看成一匹马，
那铁打的千年王朝，
不过是我走过时留下来的蹄印。
那个射下九颗太阳的后羿，
给他再增加十万倍的膂力，
他的神箭也永远射不到我身上。
眨眼间，我行走的路程，
给一只雄鹰插上万对翅膀，
足够它飞翔一生。

聪明的人类，你猜到我是谁了吧？
我的名字，叫时光。

一个再伟大的哲人，
他喉咙含着一句真理中的真理，
只要他的寿命到了，
我也不会恩赐他吐出半个字的机会。
人类都怨恨我太无情，
不给任何人多一次生命。
其实，人类误解我了，
我给了你们生命，怎么能说我无情？

你们想想，一次生命之外，
再给一次生命，谁还会将生命真正珍惜？
天空不能多一颗太阳，
人生不能再多一次生命。
多出来的太阳，必须射落，
那唯一的太阳才是真正的太阳；
多出来的生命，必须砍掉，
那唯一的生命才是真正的生命。

如果我真像人们所渴望的那样停下来：
太阳将被钉死在天空，
灿烂的阳光自然会生锈；
月亮将成为一块冰冷的白石头，
不再为大地吐露温柔的清辉；
夜空的星星将不再闪烁，
而成了死鱼的眼睛；
江河便失去浪花，停止奔流，
会成为长长的僵尸；
种子将不再发芽开花，
会成为坚硬的沙子；
春天只有虚假的绿色，
它怀抱中的花草树木了无生机；
人们便失去了过去，也失去了未来，
心脏虽然永远年轻，但已不再跳动……

只要停止步履，我就从一条不息的长河，

缩成一个死点,会毁掉万物,会毁掉人类。
万物对自己的爱,比不上我对万物的爱,
人类对自己的爱,也比不上我对人类的爱,
于是,我只有不停地飞啊飞。
虽然在我的飞行中,
会有某物被摧毁,但摧毁的不是整个物类;
虽说时时会有人失去生命,
但失去生命的不是整个人类。

人们误认为我没有生也没有死,
其实我时时刻刻都在经历生死。
你眨眼的瞬间,眨眼前的时光已逝去,
而眨眼后的时光,也逃不脱如此厄运。
你们感觉到每一瞬间都是新的,
因为旧的一瞬已经死亡。
新鲜生命的背后,我牺牲着自己,
不过牺牲的无数"我",化育了天地万物。
我将新的一天送到你们面前时,
你们可看到这天身后有数亿天的尸体?
你们都为逝去的青春而掉泪,
有谁为数亿万死去的"我"而忧伤。
天地间的万物,还有整个人类,
你们没有理由不爱我,
没有理由不将我珍惜。
昨天的"我"虽然走进了坟墓,
但今天的我给你们送来了崭新的太阳。

虽然任何神手都抓不住我，
但你只要带着爱心认真生活，
我——美好的时光——会融入你的生命，
将在你的血管里流淌。
这犹如你虽然无法将春天挽留，
但你用爱心陪着春天走了一程，
你的生命会留下花香。

阿尼嘎萨就是用爱心生活的人，
他走到哪儿，都会留下精彩的一笔。
他远离白马国，游学于秦州大地，
一步一个脚印，没有虚度一寸光阴。
伏羌县、成纪、上邽等地，
都留下了他的足迹。
在这几个地方，
他发现了几座残存的白马庙，
联想到祖先氐人的兴衰史，
伤感的同时，也激发起了他的雄心壮志。

离开秦州的前几天，
他做了一件为民除害的事情，
成了秦州人心目中的英雄，
英名久久在秦州大地上传颂。
不过传的是他的假名杨尚仁，
而不是真名阿尼嘎萨。

秦州城西的豹子沟,树林茂盛,
有三只恶豹,不时窜出来伤人,
让十几个父母失去了孩子,
十几个孩子失去了亲人。
秦州刺史兼镇西将军李忠信领着一队人马,
去捕杀过几次,丢掉了不少士兵的性命,
而那三只恶豹未损一毛。
于是,衙门贴出告示,
谁能除掉三只恶豹,赏银百两。

那一天,"杨尚仁"出城遛马,
走到豹子沟门口,看到一群人乱跑,
还有一队操练回来的士兵,也乱作一团,
而那位领头的将军,手执亮银枪,
大喊"别怕",制止了慌乱,
"杨尚仁"才发现三只恶豹从沟口冲出。
他跃上飞龙马,在马屁股上一拍,
朝三只恶豹奔去。
恶豹攻击的是一个过路的小伙子,
小伙子十六七岁,魂早已吓飞,
僵硬地站在那里,像一只木鸡。
接近小伙子的瞬间,
"杨尚仁"从马背上飞下,
护在小伙子面前,而豹王刚好冲过来,
他一挥剑,就削掉了豹王的一只耳朵。

三只恶豹被激怒了,将他看成攻击对象,

他向右侧一跳,将它们从小伙子身边引开,

而它们将他团团围住,

吼叫着,露出锋利的牙齿。

它们张牙舞爪了一会儿,

突然,身子一弓,同时向他扑去,

而他在它们接近的瞬间,纵身一跳,

让它们扑了空,他从空中飞下时,

一剑封喉,刺穿了豹王的喉头,

它便倒于地,一命呜呼。

剩下的两只恶豹,看到豹王丢了性命,

更疯狂地从两面攻击。

他一会儿"风扫落叶",

一会儿"青龙出水",

一会儿"鹰击长空",

和两只猛兽展开了生死搏斗。

一只豹子趁他对付另一只豹时,

奋力跃起,朝他扑来,

他一技"猛虎回头",将剑插进它胸部,

它惨叫一声,轰然倒下。

而让人惊心的是他被一块石头一绊,

一个趔趄,剑没有从豹身上抽出,

他只能赤手空拳,对付另一只恶豹。

那只恶豹见他手中失去了剑,

凶狠劲突增三分,朝他扑去,

他赶紧后退一步,

等它一个"狗吃屎"的瞬间,迅速跃上前,
身子一扭转,骑上它的脖子,
一双有力的大手狠狠按住它的头,
它无论怎么挣扎,始终没有松手,
它后腿蹬了几下,便气绝而亡。
这时,看得目瞪口呆的人们才醒过神来,
高呼"英雄",欢呼声响彻云霄。

那位带着一队兵马的将军,
四十出头,相貌堂堂,目光犀利,
看到他除三只恶豹的神勇,
不由走到他面前,恭敬地说:
"我是秦州刺史兼镇西将军李忠信,
今天目睹了英雄的风采,让我大为佩服。
敢问英雄大名?出身何方?"
他行礼道:
"李将军,我叫杨尚仁,成州人。"

李将军将他邀请到府上,
设宴招待,酒后劝他留下来,
答应将他向北周皇帝推荐,
委以重任,施展他的才能。
而他说自己出门太久,父母年近花甲,
回家看望一趟父母亲再说。
李将军也没忘对他除豹的赏赐,
赐他白银百两,他只取一小锭,剩余的,

托付李将军抚恤那些被豹伤害过的人家。

四

我是依曼送给阿尼嘎萨的一块手巾，
我身上的一对鸳鸯，
也是依曼一针一线绣的，
她绣进了自己的深情。
阿尼嘎萨在内衣上缝了一个小兜，
将我装进去，时刻都能听到他的心跳。
他将我当圣物一样带在身上，
只擦泪，从来不擦汗。

看见天空圣洁的月亮，
他就想起依曼迷人的脸蛋；
看见葡萄枝上结的葡萄，
他就想起她美丽的眼睛；
看见粉红色的花瓣，
他就想起她诱人的嘴唇；
看见静静的流水，
他就想起她无法言说的柔情。

虽然他娶到了酷似依曼的昼什姆，
虽然也深爱着昼什姆，
但对从大地上消失的依曼的爱，
像他蓬勃的生命一样，还在继续。

时光可以老去，
但真正的爱情无法老去；
时光老去的只是肌肤，
而心灵之爱则永远年轻。

阿尼嘎萨走到哪儿，就将我带到哪儿。
他的飞龙马，见证的是他驰骋的风采；
他的宝剑，见证的是他夺人的英姿；
而我，见证的是他的儿女情长。

静静的夜晚，孤身一人的他，
躺在异乡的炕上，被思念折磨时，
就从贴身的兜里掏出我，轻轻抚摸。
他的十万粒泪珠，落在了我身上。
如果那些泪珠不要干掉，
聚起来，足以养一百条游鱼。

痛苦的泪水，咸中含有酸杏味；
幸福的泪水，咸中含有蜜味；
愤怒的泪水，藏着火焰；
怨恨的泪水，含着黄连：
我饱尝了他各种滋味的泪水。
他表现出了最脆弱的一面，
也最真实的一面，面对我。

虽然我是小小的一块手巾，
但在他心里的分量不亚于一座金山。
在他眼里，那只雌鸳鸯是依曼，
那只雄鸳鸯是自己，她和他在一起戏水。
他将泪水看成从心里流出的语言，
泪水落在我身上，就是在向依曼吐露心曲。

对依曼不忘初心的旧情，
并没有冲淡对娇妻昼什姆的思念。
依曼是昨天消失的月亮，
而昼什姆是现在升起的月亮，
在他的眼中，同样皎洁美丽。
这犹如时光，过去的弥足珍贵，
眼下的，也珍贵异常。
对两个人的思念往往交织在一起，
他也弄不清楚到底思念谁；
但有一点是清楚的：
他在思念爱情。

一个阳光明媚的日子，他别了秦州城，
骑上飞龙马，踏上了回乡的路途。
人还在路上，心早飞到故乡，
骑在如飞的马背上，还觉得慢似蜗牛。

出城三十多里，来到名叫秦池的村庄，
在树下纳了一会儿凉，

又骑上马,继续向前奔跑。

突然,北面山沟里传来亲切异常的歌声:

"妹和小哥隔远山,有心相见路又远。
黄莺翎膀借一下,一下飞到哥身边。

"一把扇子两面黄,郎想妹来妹想郎。
郎想妹来面皮黄,妹想郎来痛断肠。

"冬青树儿顺墙长,两个好像一娘养。
倒也不是一娘养,一个走了一个想。

"郎想妹来妹想郎,二人想得咋下场?
眼泪点点都流尽,想死也是梦一场……"

那歌声亮丽、凄清、苍凉、苦涩、伤感,
仿佛苦水中浸泡过的月亮发出来的,
听得他的头发"唰"地竖起来。
他勒住马听了一会儿,
越听越像依曼的声音。
难道她死里逃生,辗转到这里生活?
他下了马,牵着马沿着小路朝沟里走去。
小路两边生长着茂密的槐树,
盛开的槐花,吐露着浓浓香甜。
蹚过一条清澈的河流,
他看到那个"死"了四年多的依曼,
穿着汉人的衣裙,正坐在一块石头上,

眼含泪花,用白马语唱歌:
"腊梅开花半坡黄,贤妹给郎做衣裳。
一针扎在指头上,十指连心心想郎。

"望天望月望星星,隔山隔水又隔音。
难栽不过樱桃树,难活不过人想人。

"青石崖上钟响哩,人不想人心想哩。
人想人了也难过,眼泪打转双轮磨。

"叫声小哥我的肝,双双相见在哪天?
隔道天河难见面,不如碰死情了断!"

四年多不见,她显得有点消瘦,
双眼里沉淀了不少忧郁,
不过倒也增添了几分女性成熟的美。
他丢开飞龙马的缰绳任随它去吃草,
向她一步一步走去。
他的一颗心,像想冲出栅栏的小鹿那样,
急切地撞击着胸部,恨不得冲出去,
长在她身上,成为她身体的一部分。
心啊,别太激动,说不定这是梦,
太激动了,会将美梦弄醒。

快到眼前时,她也认出了他,慌忙站起,
犹如茫茫黑夜里的孤独者,看到一盏灯,

她眼睛一亮,喷出惊喜的光芒。
两人的目光碰在一起的瞬间,
都感到天地被圣水清洗过似的,为之一新。
她做梦都没想到,正思念心上人时,
心上人却出现在了自己眼前。
她怀疑眼前出现的是幻觉,
不由眨了眨眼睛。
一千多个日日夜夜的相思,
也许积聚得太多,见了面,
彼此都感到对方欠了自己最珍贵的情,
两个冤家反而对对方生出千怨万恨。
他上前一把抱住她,咬着牙,恨恨地说:
"依曼,我的冤家,
你咋不死,你还活着?"
而她也是见到了仇人似的,
双手紧握成拳,在他胸部捶打着,
几拳之后,又不解气,张开嘴,
在他左胸部咬了一口。

依曼的一口,也咬在了我身上,
也就是在他贴身的手巾上留下了牙印,
我感受到了一种苦涩而甜蜜的幸福。

他看到依曼的那一刻,
感到时光停滞了下来。
即使时光为他倒流,让他再年轻十岁,

也抵不上他看见心上人的激动。
从两人互看的眼神，
才知道和真正的爱情比起来，
爱情是火焰，时光不过是萤火虫。
时光，因爱情，
才散发出迷人的光芒。

阿尼嘎萨和依曼，讲了各自的遭遇，
发泄完因相思之苦而引起的怨恨，
剩下的全部是炽热的爱。

"依曼，这几年，
不知你是怎么过来的啊！"
"阿尼嘎萨过得还好吗？
阿尼嘎萨还想依曼吗？
我就这样问着，
推过了一天又一天。"

"依曼，你远离亲人，
沉重和苦涩与你相伴。
一想到你遭遇的种种不幸，
我的心都成了碎片。"
"阿尼嘎萨，日子再沉重，
一想你，就容易翻动；
日子再苦涩，
一想你，就多了一些蜜味。

活着真好,活着可以想你!
一想你,感到自己和春天在一起。
即便是想死了,也好,
可以将承受不起的爱放下……"

两人坐在石头上,她埋在他的怀里,
他右臂搂着她,她的右手攥着他的左手,
好像攥不牢他随时会跑掉。
一会儿,她的手抓着他的手,
轻轻地抚摸着,将他的手当自己的婴儿;
一会儿,他的五指张开成一张口,
将她的手含在里面,
像品味奇珍异果似的,舍不得吐出来;
一会儿,两只手互相搓着,
像两只极冷的手靠摩擦取暖;
一会儿,两只手互相揉着,
好像要将两只手揉成一只手,
将两个人揉成一个人,
将两个灵魂揉成一个灵魂……
有时,她还抬起头来,看他一眼,
像一只遭弃的羔羊看自己的阿妈一样,
眼睛里流露出来的怯弱,
还有寻求庇护的目光,让他心里一痛……

"阿尼嘎萨,我成了别人的女人,
不干净了,不配你的拥抱。"

"依曼,在我心中,
你是悬挂在天空的月亮,
污水脏了的仅仅是你的影子,
而不是真正的你。
我清楚,不管你跟了谁,
你贞洁的心,始终为我留着。"
"阿尼嘎萨,别这样,
我要你做一尊神!"
"依曼,我不想当神,
只想做一个有血有肉的人!
我能割舍下自己,
却无法割舍下你。"
"阿尼嘎萨,有你这样的男人爱着,
今生,我没有白做一回女人!"
……

他拥抱着她,如同逃离阴暗地狱的人,
拥抱自由拥抱阳光一样,激动万分;
被拥抱的她,犹如鸟嘴里的一粒种子,
落入土地的怀抱,感到有了归宿。
彼此积攒下来的思念,
化成舌尖上的激情,交织在一起,
掀起一浪又一浪的春潮。
两人惊奇地发现:
舌尖不光含有阳光,还有一江春水;
不光含有鸟语花香,还有春雷闪电。

一种爆炸般的快乐降临的时刻，
如果有箭射在两人身上，
都感觉不到疼痛；
如果魔鬼来摘取他俩的灵魂，
他俩都感觉不到一点恐惧。
直冲霄汉的快乐，到达巅峰后，
突然，失去了太阳那样，
天地陷入了一片黑暗，
两人昏厥了过去。

等苏醒过来,阿尼嘎萨说：
"依曼,跟着我回白马国,
咱俩生生死死不分离。"
依曼深情地看着他,点了点头。

第十五章　一踏上故土,脚心都是热的

一

阿尼嘎萨在外游学三年,
一踏上故土,脚心都是热的。
道路两边的树,列着队,
鼓着绿色的手掌,朝他走来;
一座座青山,看见马背上的他,
兴奋地点着头,相迎;
热情的白马河,为他献上朵朵浪花。

阿爸还好吧?
阿妈还好吧?
"牛叔"还好吧?
昌什姆还好吧?
白马王还好吧?
山寨的人们都好吧?

踏上通向金贡岭的山路,
他的心急促地跳动起来,
恨不得一步跨进山寨,

可又担心亲人有什么变故。
他听到寨子里传来鸡叫声，
在热情地叫喊"阿尼嘎萨"。

快到石门沟时，看到阿妈站在寨子口，
向远方眺望，他知道她在等着自己。
他喊了一声"阿妈"，加鞭朝她飞去。
到了她面前，他从马身上跳下来。
三年不见，阿妈的头发白了不少，
脸上爬满粗粗细细的"蚯蚓"。
她揉了揉眼睛，看了他一会儿，
确定是自己的儿子时，便提起一根柳条，
在他身上抽了几下，说：
"阿尼嘎萨，你的心被狼吃了，
你还晓得回家来！"
她说完话，枯瘦的双手抚摸着他的脸，
好像她的眼睛长在指头上，
在将自己的儿子仔细辨认。

"哞——"他听到一声牛叫，
看到一头黑色壮实的牛朝自己跑来，
一眼就认出那是班二牛转世的"牛叔"。
"牛叔"跑到跟前，头蹭着他的身体，
舌头亲热地舔着他的手。
离开时，"牛叔"还是头狂蹦乱跳的小牛，
现在，身壮如山，

一对弯曲的犄角,坚硬似铁。
阿妈告诉他,"牛叔'非常勤劳,
谁家的地没有耕,就主动跑到谁家帮忙,
赢得了大家的欢喜。
阿妈还告诉他,上个月昼什姆来过一次家,
带来不少礼物,算一个难得的好儿媳。

他和阿妈回到家里,见了阿爸,
阿爸也添了不少白发。
阿爸说:
"阿尼嘎萨,今天早晨,
我听到屋里'喳喳'叫,看了半天,
才弄清是你阿妈绣的那七只喜鹊在鸣叫。
自你走后,那七只喜鹊从没叫过,
没想到,它们一叫,喜事就到!"

阿尼嘎萨发现,
山寨不少人的眼睛里,多了几分凄清。
就连昔日不可一世的头人班大发,
走路一颠一跛,人也丢掉了魂似的。

阿爸告诉他,去年白马国和北周打仗,
一股北周军窜到山寨,
让九个小伙子丢掉了性命,
一位七十多岁的老人当场被吓死,
五个漂亮的姑娘被抢走,至今下落不明。

他们还打折了头人班大发的腿，
并拷问出藏金银财宝的地方，
洗劫一空，气得他大病一场。

二

晚上，阿尼嘎萨去看杨明远，
杨明远正在油灯下专心写《白马史》，
他叫了一声叔，杨明远才抬起头来。
杨明远的头发全白了，
白如雪，不过气色还好。
阿尼嘎萨打开手提的布包，拿出几双鞋，
说这次他在秦州意外碰见了依曼，
鞋是她做的，让他捎给亲人。

阿尼嘎萨碰到依曼的那一天，
她向他讲述了自己的种种不幸，
听得他泪流满面，怒火冲天。
他也向她讲述了自己近几年的经历，
她听后感慨万千，怨不公的老天，
将她和他无情地拆散，
给她留下了一生的伤痛。

那天，依曼离开槐树林后，
回了一趟家，偷偷取来几双鞋，
就骑上阿尼嘎萨的马，

和他一路向白马国的方向飞奔。

跑了二十多里路,她反悔了,

不想走了,说听见了儿子的哭声。

他抓住她的手,说:

"依曼,将我除在外,

难道你就不想自己的故乡?"

她喃喃道:

"阿尼嘎萨,我现在是母亲,

在一个母亲的心目中,

她的儿子比故乡还有分量。

告诉你,我的儿子一生下来,

我就叫他'阿尼嘎萨',

也就是用你的名字,做了他的小名。

为啥叫他'阿尼嘎萨',我想,你懂!"

"依曼,那我们想法弄来孩子,

带上他一起回金贡岭。

依曼,我对天发誓,

我会将他当自己的儿子,一点也不会嫌弃,

如果我有二心,誓不为人!"

"你不知道我多么爱儿子,

儿子是我的命根子。

你对他再好,毕竟不是亲的,

我不忍心让他从小失去亲生父亲,

可我又多么不愿意与你分离。

还有,为了活命,我嫁给了汉民,

让白马人蒙羞,我无颜回白马国。

现在,有一双手,
在我体内撕扯,前扯肠子后扯心。
啊,老天,前世做了什么孽,
这样残酷无情地惩罚我?"
她说完话,哭得差点气绝。
他安慰了一会儿她,
将她送到秦池村附近。

分别时,依曼说:
"阿尼嘎萨,我已爱够,
再不爱你了,你就死了心吧!
爱,会让人卑贱,
我不想再卑贱下去!"
他动情地说:
"依曼,你若是海水,
我要一滴一滴忘掉你;
你若是花园,
我要一朵花一朵花忘掉你。
此生,若忘不了你,
变成鬼,接着再忘你……"

他打马上路时,
依曼的目光恨不得变成牙齿,
狠狠咬住他远去的背影……

为了让依曼的故事连成一条线,

还得从她失踪的那晚讲起。

那年秋日的一晚,依曼绣花到深夜,
和衣而睡,睡得格外沉,
等她醒过来,已睡在另一所陌生的屋里。
她从炕上坐起,正在发呆,
一个人走了进来,
那人不是自己最想见的阿尼嘎萨,
而是最不想见的几哥比过。
她本能地看了看自己,
衣服还整整齐齐地穿在身上,
没有发现被人猥亵了的一丝痕迹。
她看到几哥比过一脸狡黠,便生气地说:
"几哥比过,你使了什么法子,
将我弄到了这里?
这是哪儿?你给我说清楚!"
"实话告诉你,我使了迷魂香,
让你昏迷,费尽周折,
才将你弄到了白马城。
我也清楚,你心里放不下阿尼嘎萨,
可你嫁给那个丑青蛙,我也替你害臊。
依曼,你不要恨我,
我这样做,是为了你好。
我想通过当今的重臣薛丞相,
将你献给白马王,让你去当王妃。
你这么漂亮,白马王一定能看上。

你当上了王妃,就有享不尽的荣华富贵,
白马山寨的姑娘都会羡慕不已。
到了那一天,你可别忘了我,
是我给你带来了好运。"
"几哥比过,我宁愿去死,
也不会满足你的心愿。
多积点德,趁早放了我吧,
不要弄得鸡飞蛋打!"

两月前,几哥比过离开了山寨,
靠关系在白马城找了一个差事。
依曼没想到,他在白马城混的时间不长,
就变得更有心计,懂得放长线,钓大鱼。

几哥比过耐着性子,
给依曼说了一堆好话,
她就是听不进一句。
他就让人将她守好,
去向薛丞相讨主意。

薛丞相见了依曼,
被她的美貌夺走了魂。
酷似昼什姆的她,
身上透着山野的灵秀,
有一种小家碧玉的美。
他向几哥比过略加暗示,

几哥比过便见风使舵，
将依曼当礼品送给了他，
而几哥比过也得到了实惠，
日后从守城的小校晋升成了校尉。

白马王的大女婿薛丞相，
手握重权，足智多谋，行事果断，
深得白马王的信任，
三朝元老都对他怵三分，
一般大臣都不敢正视他的眼睛。
见了国王，他的腰板成了软面条；
见了下属，腰板却挺成一支逼人的箭。
他在白马国，说一不二，
对他的任何指令，谁也不敢说"不"。
你今天对他说一个"不"，
明天，你的脑袋说不准就搬了家。
他行事十分诡秘，
谁也没抓住他心狠手辣的把柄，
倒赢得了办事干练的好名声。

薛丞相认为自己位高权重，
将依曼纳成妾是对她的抬举，
没想到依曼死活不屈从。
薛丞相想了一招，将依曼带到白马河边，
威胁她只有两条路可走：
一条路就是依从他，做他的妾；

另一条,就是跳进河,永葆她的贞洁。
依曼二话没说,一闭眼就跳进了滔滔河流。
那一幕,刚好被对岸的班二牛看见,
而薛国安让树枝遮着,没有被看清。

依曼跳进河里,在激流中沉沉浮浮,
被水冲过一道河湾,恰遇一根木头漂过,
出于求生的本能,双手抱住了它,
在河中浮了十多里,
被路过的一位商人救起。
脱险后的她,思前想后,清醒地意识到,
只要被几哥比过他们探到自己的蛛丝马迹,
定会给全家人及阿尼嘎萨带来灭顶之灾,
为了免除亲人惨遭不幸,她心一狠,
就跟着那位商人远离了故乡。
那商人,名叫秦阳生,
秦州城附近秦池村人,二十出头,
精明能干,心地善良,十分疼爱她。
她跟着秦阳生,来到人生地不熟的秦州,
为了报答救命之恩,便嫁给了他,
一年后,生下了一个可爱的儿子……

杨明远听了阿尼嘎萨讲的依曼的遭遇,
悲喜交加,老泪纵横,不能自已。
喜的是爱女还活在人世,
悲的是天各一方,不知何时能相见。

不过,只要女儿活在世上,
虽然不能见面,可总算有了盼头。

三

次日清晨,阿尼嘎萨骑上飞龙马,
一路飞奔,远远看到白马城时,
吹来的风,给他送来歌声:
"白马河浪花朵朵开,
一对鸳鸯戏水好自在,
游过一湾又一湾,
风里浪里永远不分开。
心上人,你远走在何方?
昼什姆想你想得肝肠断。

"走路你一定要白天走,
蹚河你一定要试深浅。
冰冷的泉水你不要喝,
有毒的野果你不要采。
高飞的大雁,请你捎封信,
让心上人快快早回来。"

转过一道弯,他向歌声飘来的地方望去,
发现昼什姆正站在山坡上,
仰望着天空的一行大雁,
他便情不自禁地唱道:

"昼什姆，走过千山万水，
也没有走出对你的思念。
看见花朵我就想起你，
花朵恰似你迷人的容颜；
看见月牙我就想起你，
你的眼睛月牙一样好看。

"展翅的雄鹰飞入霄汉，
最终还要飞回高山。
阿尼嘎萨走得再远，
最终还要回到你身边。
昼什姆，我回来了，
我要永远和你相伴。"

昼什姆听到阿尼嘎萨的歌声，
从山坡上跑下来，迎接日夜牵挂的人。
阿尼嘎萨驱马跑到昼什姆面前，
从马上跳下，伸开双臂，紧紧抱住了她。
自阿尼嘎萨走后，
昼什姆不知度过了多少难眠之夜，
流下的相思泪，足以润泽一片竹林。
不知多少次梦见阿尼嘎萨惨遭不幸，
她被一颗狂奔乱跳的心撞醒，
像可怜无助的囚徒那样凄然。
心爱的人突然出现在眼前，
像黑暗中生活了多年的人，

看到了初升的朝阳那样，
她被温暖的光芒击得有些眩晕，
同时又生出几许怨恨，
对着迟迟而来的幸福。
阿尼嘎萨抱着昼什姆，
想起和依曼在槐树林发生的一切，
感到实在对不起昼什姆，
羞愧的同时对她生出无限爱怜。
女人可以欠男人的义，
男人千万不能欠女人的情。
自己一定要好好疼她，爱她，
不能再让她遭受一点委屈。
被他抱在怀里的她，流泪了，
他吸吮美酒似的吸吮着那泪水，
给她带来了温馨的安慰。
她和他紧紧相抱着，
她将他抱成了心上肺，
他将她抱成了肺上花。

"昼什姆，怎么不说话，
你在想什么？"
"阿尼嘎萨，我什么都没想，
只是想你，只是想你！
我恨不得一口吞下你，
让你成为我肚中的胎儿。"
"昼什姆，我也恨不得一口吞下你，

让你的生命在我体内跳动!"
……

头顶传来喜庆的"咕咕"声,
阿尼嘎萨和昼什姆抬起头,
看到劳美阿美、塞昼特林站在树枝上,
朝他俩鸣叫着,好像在说:
阿尼嘎萨好!昼什姆好!

他俩向劳美阿美、塞昼特林招了招手,
劳美阿美飞下来落在阿尼嘎萨的肩头,
塞昼特林飞下来落在昼什姆的肩头,
亲热地"咕咕"叫。

四

昼什姆带着阿尼嘎萨,
走进王宫,拜见了白马王。
白马王脸上肉皮松弛,
目光黯淡,身体大不如三年前。
他虽然失去了君王的威严,
却更接近了可亲的慈父。
白马王看到阿尼嘎萨像历经风霜的青松,
将顽强的生命力化入骨中,显得更加沉稳,
谈吐中流露出来的不再是昔日的聪明,
而是经过历练后沉积下来的智慧,

打心眼里为他的成熟而高兴。

阿尼嘎萨讲了一些异国他乡的见闻，
听得白马王两眼放光。
阿尼嘎萨还借机向白马王建议，
应重视汉族文化，广修学宫，
聘用满腹经纶的夫子执教，
让白马人的子孙入学读书，
日后，选那些品学兼优的学子，
到各级机构任职，
形成劝业竞学、养廉知耻的风气，
白马国才能真正强大起来。
阿尼嘎萨一番富有见识的宏论，
说得白马王点头称赞。
阿尼嘎萨还推荐了金贡岭山寨的杨明远，
说他一肚子学问，应将他招来，
任为太史令，专修《白马史》，
不要让白马国的历史失传。

白马王招来杨明远，
一考学识，果真非同一般，
便任他为太史令，又赐了一所房子，
让他安心修《白马史》。

五

白马王给阿尼嘎萨，
不光赐了一所宽敞的房子，
还封他为中郎将，掌管着五千禁卫军。
阿尼嘎萨礼贤下士，上任不久，
就赢得了大家内心的尊重。

回到白马城的阿尼嘎萨，
虽然有美貌的妻子日日陪伴，
但没有忘记流落在秦州的依曼。
他还发现了一个秘密，
依曼和昼什姆极有可能是一对双胞胎。
他在秦池村附近的那片槐树林中，
真切地看到依曼左腋窝里，
有一个红记，形状似蝴蝶，
而昼什姆的那儿正好也有同样的红记。
依曼的生日是八月十五，
昼什姆的生日也是八月十五。
两人相貌、身上的红记都酷似，
属相相同，生日又在同一天，
如果不是双胞胎，就没法解释。
可依曼从小生活在金贡岭山寨，
而昼什姆自小生活在王宫，
两家人从不来往，这又是怎么回事？

他思来想去,就是理不清。

一天晚上,他去看望太史令杨明远,
两人喝了一会儿酒,他借着酒性,
向杨明远说出了自己心中的疑虑。
杨明远听后,陷入沉思,默默无语。
阿尼嘎萨看着对方伤感的样子,忙说:
"叔,我的疑虑可能引起了您的心事,
请您原谅我的冒失。
让您不快的话题就此打住,
我发誓到死也不会提起此话题。"

杨明远向他摆了摆手,
他知趣地退了出来。
回到家里,阿尼嘎萨躺在炕上,
身子如受了伤的蚯蚓那样扭转,
睁着双眼,一夜无眠。

过了几天,杨明远将阿尼嘎萨叫去,
给他讲了依曼的惊天秘密。
杨明远讲完,好像自己的热血被抽走,
冷成了一尊石雕。

第十六章 马蹄声,惊醒了白马王

一

白马河流域处处飘着槐花香,
一串串槐花又一次挂上了槐树。
田地里的麦子,开始灌浆,
清风吹来,荡起一波又一波绿浪。

飞来的一个又一个探了的马蹄,
踩在白马人的心上,让他们昼夜不宁。
大地深处卧着的一头大牛一翻身,
大地动了:白马王不时被这个梦惊醒,
醒后心突突跳,汗珠湿了额头。

探子探到,秦州刺史兼镇西将军李忠信,
率领十万大军,朝高楼山逼来。
李忠信,北周名将,
身经百战,战功赫赫。
十年前,在高楼山,
白马王和李忠信交锋过多次,
他领教过李忠信的厉害。

最惨的一次,李忠信借带毒的草灰,
弄瞎了他的右眼。
好在后来,阿尼嘎萨献的凤凰宝翎,
让他的右眼重现了光明。
来者不善,善者不来,
李忠信肯定怀着灭掉白马国的野心而来。
白马国的兵力七万多,
显然在兵力上不占优势。
不过,可以借地利,
想法打败北周的十万大军。

白马王招来大女婿薛国安,
问谁可以作为主帅前去抵御外敌。
薛国安如今已是丞相兼车骑将军,
成了炙手可热、权倾朝野的人物。
薛国安说扬威将军几哥比过智勇双全,
可以带领三万兵马扫除外患。
近几年,勇猛的几哥比过立了不少军功,
在薛国安的力荐下升成了扬威将军。
白马王采纳了薛国安的建议,
让几哥比过统兵火速奔赴战场。
临行前,白马王告诫几哥比过,
借着地利死守,不要轻易出击,
因为那李忠信老谋深算,
弄不好,会中了他的诡计。

扬威将军几哥比过,将兵带到高楼山,
安营扎寨,休整了三天。
急功近利的他,想出了一招:
北周军劳师远征,等他们还没站稳脚跟,
应来个突然袭击,将他们打个措手不及。

第四天,北周军到了高楼山。
下午,几哥比过率领五千精兵,
向北周军大营发动突袭。
没想到身经百战的李忠信,
早就料到了对方会来这一招,
将计就计把几哥比过引进包围圈,
杀得白马军晕头转向。
几哥比过奋力拼杀,鲜血染红了盔甲,
只带着百余人,逃了出来。

而那几哥比过能够逃出,
也是老谋深算的李忠信网开一面,
有意让他们逃,叫他们在前面带路,
自己带着大军紧紧跟在后面。
这正是秃子跟着月亮走——沾个光。
几哥比过回到大营,看着逼近的北周军,
才意识到自己中了李忠信的连环计,
为了保存实力,他命三千精兵掩护,
自己带着剩下的二万余兵撤退。

二

前方战事不利的消息传到白马城，
白马王要穿上盔甲亲自征战。
阿尼嘎萨说，父王离开白马城，
整个白马国不稳，自己愿赴战场，
阻挡气势汹汹的北周军。
自己在秦州和李忠信有几面之缘，
那人英勇善战，足智多谋，
几哥比过输给他，也在情理之中；
并劝父王饶恕几哥比过，让他戴罪立功。

白马王深知阿尼嘎萨武功盖世、才智超群，
就封他为白马将军，率领一万精兵，
去前方，取代扬威将军几哥比过做主帅，
让几哥比过做副将，配合他作战。

阿尼嘎萨领着一万精兵，
和退守到青冈岭的几哥比过他们会合。
几哥比过虽然感激阿尼嘎萨，
在白马王那儿为自己的兵败所做的开脱，
但对他做了主帅有些不服气；
自己和他有多年积怨，
做他的副将，心里一点也不畅快。

阿尼嘎萨在青冈岭驻扎下来，
只一天时间，李忠信就带着大军逼来。
那十万大军，逶迤数十里，
远远望去，像一条雄浑的河流，
蕴藏着席卷一切的力量，
让怯弱者胆内刮起阵阵寒风，
却激起了阿尼嘎萨的英雄豪情，
他自信率领血性十足的白马人，
会将他们驱出家园。

阿尼嘎萨身穿盔甲，骑着飞龙马，
威武得像一位力拔山兮的天神。
他等到身着盔甲的李忠信，带着队伍，
走到距自己一箭之地，就抱拳道：
"大名鼎鼎的李将军，
白马将军阿尼嘎萨有失远迎。
酷爱打猎的李将军，
怎么打猎打到了别人的地盘？"
李忠信一眼认出了他，说：
"没想到昔日的杨尚仁，
成了今日的白马将军阿尼嘎萨。
阿尼嘎萨，你我在秦州见过几面，
也算故人，我远道而来，
你能不能给我让一头牛的地方？"
阿尼嘎萨慷慨地说：
"李将军，看在相识一场的分上，

就让你一头牛的地方。"
李忠信说：
"你说的话可算数?"
阿尼嘎萨说：
"舌头虽是软的，
可我们白马人舌头说出的话，
似根深叶茂的大树,能经得起风吹雨打。"

阿尼嘎萨给李忠信送了一头大肥牛。
李忠信让手下的士兵把那牛宰倒,
剥了皮,用刀割成无数根细绳,
接起来,圈走了二座青山,
让阿尼嘎萨率军退了四五里。

阿尼嘎萨和李忠信再次对阵时，
阿尼嘎萨说：
"往而不来,非礼也；
来而不往,亦非礼也。
白马人给李将军让了一头牛的地方，
李将军可否给白马人让一只羊的地方?"

李忠信给阿尼嘎萨送了一只羊。
阿尼嘎萨让士兵把那羊的毛剪下，
捻成一根长长的线，
圈走了李忠信身后的四座青山，
李忠信率着他的大军退了八九里。

退兵前,李忠信对阿尼嘎萨说:
"白马将军,智勇双全,
让我佩服不已。
我知道白马人心里想什么,
口里说什么,手里做什么。
我也相信白马将军言而有信,
可别忘了您和我在秦州的约定。"

三

尽管北周军人多势众,
但阿尼嘎萨凭借神奇的剑术,
一连折了北周的两员大将,
阻止了北周军的步伐。
阿尼嘎萨和李忠信在青冈岭一带,
展开了艰苦卓绝的拉锯战。

前方的消息传到白马王的耳朵里,
他一会儿喜上眉头一会儿愁上心头。
喜的是骁勇无比的阿尼嘎萨,
拦住了李忠信十万大军的进攻;
愁的是阿尼嘎萨像人说的真怀有二心,
这一切胜利不过是障眼法,
那料想不到的灾难还在后面。

前天,几哥比过派人向他密报:
阿尼嘎萨和李忠信在秦州早就认识,
肯定有见不得人的勾当。
因为几哥比过亲耳听到,
李忠信曾对阿尼嘎萨说过,
别忘了两人在秦州的约定。
这是狡诈的李忠信有意挑拨离间,
还是真有不可告人的秘密?
他想来想去,拿不准,
就将薛国安招来商议。
薛国安说阿尼嘎萨这个人表面率真,
但城府如同深潭,让人揣摩不透。
尤其是阿尼嘎萨在秦州游学三年,
是否被北周收买,谁也无法说清。
此事怎么处置,他也把握不准,
请父王自己定夺。

白马王正犹豫不定,有探子来报,
说白马将军浴血奋战,三天三夜没合眼。
今天早晨作战,白马将军奋勇杀敌,
又斩了北周的一员骁将,
北周兵虽然没有败退,
但他们的嚣张气焰已减了一半。
白马将军请求白马王再拨一万精兵,
火速赶赴前方,不要延误时机,
白马将军发现了李忠信布兵的失误,

他会出奇制胜，将北周军一举击败。

白马王让探子出去回避后，
便征求薛国安有何高见。
薛国安说防人之心不可无，
如果给阿尼嘎萨再派去一万精兵，
那他掌握了国家的多半兵力，
万一他成了叛徒，那白马国就岌岌可危。
为了以防万一，以战乱不安全为名，
先将阿尼嘎萨的父母接进白马城，
变相作为人质，再说抵御外敌的事情。

白马王和薛国安商量好对策，
将那探子招来，让他去向阿尼嘎萨传令，
说抽掉白马城的一万兵力，
怕引起白马城中民众的慌乱，
让阿尼嘎萨再坚守几天。

白马王听从了薛国安的计谋，
派人将阿尼嘎萨的父母接进白马城，
安顿了一所房子住下来。
阿扎伊和茨嫚娜姆将"牛叔"也带来了，
在院里给"牛叔"搭了座牛棚。
薛国安排了几个人，
以伺候为名，将他们监视起来。

过了三天,几哥比过派人带来消息,
说阿尼嘎萨在青冈岭只守不攻,
错过了击败北周军的良机。
此外,几哥比过还抓住了一个奸细,
搜到李忠信写给阿尼嘎萨的劝降信,
说阿尼嘎萨弃暗投明后,定保举他封侯。

白马王看了那信,心里一惊,
忙任薛国安为主帅,领一万精兵,
将阿尼嘎萨换回。
阿尼嘎萨离开青冈岭时,
向薛国安再三提醒,
借那儿的有利地形死守,
拖下去就是胜利,千万不要主动进军。

四

白马王换了抵御外敌的主帅,
并不是对阿尼嘎萨失去了信任,
而是担心万一他经不起诱惑,
白马国便毁于一旦。

白马王招来女儿昼什姆,
问阿尼嘎萨自从秦州回来,
身上有什么变化?
白马王一问,问到了昼什姆的疼处,

她眼一红，一行行泪水流出来。

她说，前天整理阿尼嘎萨的衣服时，
在内衣的小兜里发现了绣着鸳鸯的手巾，
一看，就出自一位心灵手巧的女人。
他将它藏起来，肯定心里有鬼，
外面一定好上了其他女人。
可她思前想后，在白马城中，
还没发现他做下什么见不得人的事情，
那女人一定在他生活了三年的秦州。
没想到口口声声对爱情专一的他，
是一位脚踩两只船的轻薄人。
都怪自己太爱他，
他心里有她，她感到自己还活着；
假若他心里没有了她，
她感到自己已经彻底死亡！

白马王想了想，说：
"我的女儿，你这样可爱，
如果阿尼嘎萨真背叛了你，让我心酸。
他原本是一只青蛙修炼成的人，
你嫁给他，如同仙女嫁给了乞丐，
他应该知足，一心一意爱你，
怎么对你能有二心？
不过，手巾的来源还没搞清楚，
不幸的一切仅是你我的猜测。

你把这事当面道出来,看他怎么说。
不过,我最担心的不是儿女情长,
而是关乎白马国命运的大事。
北周大将李忠信和阿尼嘎萨是旧相识。
前天,从奸细身上搜到一封密信,
是李忠信写给阿尼嘎萨的劝降信,
如果阿尼嘎萨投降北周,可保他封侯。
女儿,你说,他会不会经不起诱惑,
背叛了白马国?”

昼什姆听后激动地说:
“父王,阿尼嘎萨背叛我,还有几分可能;
说他要背叛白马国,这种可能绝对没有。
他从头到脚,身上没有一节软骨头,
怎么能背叛自己的国家?
他虽然出身贫贱,但活得十分有尊严。
在他眼里,尊严的分量远远超过了爵位,
他怎么能为了爵位而失去尊严?
父王,不要说北周的什么诱惑,
就是您将刀架在他的脖子上,
逼着他背叛白马国,也是徒然。
他是一位有血性的人,
他宁可做这片土地上的鬼,
也不愿做北周土地上的人上人。
父王,请您相信,
他对您和白马国的忠诚,

不亚于您的女儿昼什姆。"

五

阿尼嘎萨,在昼什姆的追问下,
承认那手巾出自依曼之手。
人非草木,岂能无情,
他将手巾藏起来,
是对往昔情意的存念。
但他隐去了在秦州巧遇依曼的事情,
一是羞于说出口,
二是怕昼什姆嫉妒,
三是担心扯出薛国安,
乔不好会惹出想不到的事端。
现在,大敌当前,
大家只有团结起来拧成一根鞭,
才能将豺狼赶走。

昼什姆听了阿尼嘎萨的解释,
一颗痛苦不安的心获得了平静。
她将这一切向父王做了陈述,
父王听后,不但不怪怨阿尼嘎萨,
反倒对他又添了几分好感。

阿尼嘎萨看到住进白马城的阿爸阿妈,
联想到父王把自己从前方召回来,

就明白父王听信了谗言,
对自己多少产生了怀疑。
心正不怕影子歪,对白马国的一片赤心,
不需要自己辩解,日后父王自然会明白。

前几天,他发现了李忠信布兵的失误,
北周的三万精兵驻守在葫芦沟。
葫芦沟只能进不能出,
如果自己再有一万精兵攻下葫芦口,
借天险守在那儿,那三万北周兵将被困死,
李忠信便失去一臂,战斗力会减一半。
本想请白马王增一万精兵,
来一次奇袭,没料到事与愿违,
自己的主帅之位也被剥夺。
让他惊讶的是,他离开前方的前一天,
李忠信发现了布兵的漏洞,做了调整,
可见,对方不愧为身经百战的名将。
不过,他最担心的是好大喜功的薛国安,
不听自己的提醒,一意孤行,主动进攻,
进入李忠信的圈套,那一定会吃败仗。
他吃着鸡儿食,担着骆驼的担子,
饭也吃不香,觉也睡不安。

一天,他拜见了白马王,
分析了前方的形势,
开诚布公地说出了自己的担忧。

没料刚说完话,前方传来了捷报:
车骑将军主动出击,打了胜仗,
斩获敌首一千,敌军败退二十里。

阿尼嘎萨从白马王那儿回来,
琢磨了一天一夜,
觉得那是李忠信的花招,
想诱敌深入,找到战机,
将薛国安领的白马军一举歼灭。
他又拜见了白马王,说出了自己的顾虑。
没想到刚说完话,前方捷报又传:
车骑将军出奇制胜,
斩获敌首二千,敌军溃退三十里。
探子还带来了车骑将军的话,
他会一鼓作气,让李忠信回不了家。

阿尼嘎萨脸色突变,对白马王说:
"尊敬的父王,恕我直言,
两战两胜,这绝对不是什么好兆头。
李忠信,文武兼备,足智多谋,
用兵如神,怎么会连吃败仗?
父王,事不宜迟,
现在请您传令给车骑将军,让他死守,
千万不要看到敌军败退就穷追不舍,
那样说不定会进入李忠信的圈套,
发生意想不到的危险。"

朝堂上好些大臣听了阿尼嘎萨的话，
认为这是长敌人的志气、灭自己的威风。
在车骑将军的主动出击下，
北周军两战两败，为什么不能乘胜追击？
并责备阿尼嘎萨说丧气话，扰乱了人心。

白马王没有采纳阿尼嘎萨的建议，
只是让探子转告车骑将军，
让他审时度势，谨慎用兵。

六

太阳像烧红的铁球，
阳光照在人脸上，
撒了一层辣椒面似的，
火辣辣地疼，当日就脱一层皮。
而在阿尼嘎萨的眼里，
那太阳却像一颗冰球，
洒下来的阳光，都是冰冷的。

昼什姆发现阿尼嘎萨愁云满面，
不时对着天空发出一声长叹，
就问他有什么愁肠事，说出来替他分担。
他说出内心的焦虑，
她宽慰说事情没有他想的那么糟糕，

英勇善战的白马人一定会取得胜利。
她还亲手炒了几道菜,烧好粮食酒,
和他边吃边喝,想借酒将他的忧愁化掉。
他喝了几杯酒,头脑一热,忽然站起,
不顾昼什姆的劝阻,朝王宫急匆匆走去。

他见了白马王,跪下来说:
"尊敬的父王,赐我一坛酒吧,
今天我要喝醉,醉死在这里。"
白马王嗅到阿尼嘎萨身上喷来的酒味,
皱了皱眉头,不高兴地说:
"阿尼嘎萨,你在说话,还是酒在说话?
为什么要醉死在这里,我不明白?"
阿尼嘎萨说:
"父王,不是酒在说话,
是清醒的阿尼嘎萨在说话。
今天我只想喝酒,只想醉死。
醉死了好,免得我眼睁睁地看着,
李忠信将北周的大旗插上白马城。"
白马王一听,勃然大怒道:
"车骑将军率领将士在前方浴血奋战,
而你在这儿竟说如此狠毒的话。
来人,拉出去,抽他一百鞭,
就像抽犟驴一样,狠狠抽,
看能不能把他抽醒!"

几个武士将阿尼嘎萨拖出去,

按倒在地上,抽起来。

刚抽了十几鞭,一位飞跑来的探子喊道:

"前方危急!"

持鞭的武士一听,忙放下手中鞭。

探子传来了大家都没有想到的噩耗:

清晨,车骑将军率兵突袭北周军,

李忠信佯装败退,将白马军引进伏击圈,

白马军吃了败仗,折了八千多兵。

车骑将军薛国安也被李忠信一枪挑下了马,

幸亏被扬武将军几哥比过及时救起,

奋力杀出重围,才保住了一条性命,

好在车骑将军只是受了点轻伤。

现在,急需一万精兵,前去援助。

白马王听完探子带来的消息,

忙从宝座上站起来,朝门外大喊:

"将白马将军请进来!"

白马王连喊了三声,

只喊来了一名武士,武士说:

"白马将军趴在地上死活不起,

说他没挨够,还在等剩下的八十多鞭。"

白马王摇了摇头,咧嘴一苦笑,

从王座上走下来,走到院子里,

走到还趴在地上的阿呢嘎萨面前，
将他扶起，说：
"阿尼嘎萨，我年老昏花，
没有看清目前的形势，错怪了你。
现在，我感到脚下的大地动了，
你要站起来，做一根大钉子，
将大地给我牢牢钉住。
现在，我任命你为主帅，
带一万精兵，火速驰援。"

七

北周的镇西将军李忠信，
用诱敌深入的计谋，
将薛国安带领的白马军一举击败，
迫使他们败退了百余里。
败退的白马军与援助的白马军汇合，
借助青峰山的地势安营扎寨。
守在青峰山的三万多白马军，
还不到北周大军的一半。
耸入云霄的青峰山，
是白马城的最后一道屏障，
只要攻下它，就可以直捣白马城。
在踌躇满志的李忠信眼里，
他一枪就能挑倒一座青山，
一剑就会将白马河斩断，

一脚就会将白马城踢翻。

灭掉白马国，自己不光升官加爵，

还会成为光宗耀祖的千古英雄。

趁白马军还未缓过气，

李忠信身着盔甲，手握亮银枪，

骑着枣红马，带着一大队精兵，

到白马军的阵前挑衅。

扬威将军几哥比过，手握大刀，

骑着一匹黑马冲上前迎战。

两人杀得天昏地暗，大战五十多回合，

不分胜负，继续酣战。

白马军和北周军也早厮杀在一起，

前者想保卫家园，后者想扫平白马国，

都不顾性命，杀红了眼。

一时，助阵的擂鼓声、呐喊声，

战马的嘶鸣声、兵器的撞击声，

交织在一起，震得天地颤动。

白马人虽然天生剽悍，视死如归，

但和北周军相比，人数悬殊，

于是，渐渐处于劣势。

突然，从北面绿树成荫的沟壑，

冲出一大队头盔上插着白鸡毛的白马军，

犹如一条势不可挡的河流，向战场冲来。

冲在最前的，是骑着飞龙马的阿尼嘎萨，

他双眼射出鹰一样犀利的目光，
握在手里的宝剑，雪光闪闪；
风，吹起了他披在铠甲外面的战袍，
威风得像一位携着大风的天神。
他冲过来，冲进正在厮杀的队伍，
挥舞着锋利无比的宝剑，
一剑一条人命，如同砍青笋，
眨眼间，数十条生命便失去了呼吸。
他的每一招，都没落空，
犹如阎王要人的命，红笔一勾，
就是铁打的人瞬间也一命呜呼。
他冲到哪儿，哪儿的北周军便成退潮的水，
哗啦啦，向后迅疾地退去。
他手中的剑挥了三百六十次，
三百五十九人丢了魂，
只有一人逃脱了性命。
不是那人逃得有多快，
而是阿尼嘎萨挥剑的瞬间，
认出了那人——阿尼嘎萨在秦州时，
和那人喝过几次酒——于是手下留情，
将剑收回，那人才有了一条生路。

白马人看到如入无人之境的阿尼嘎萨，
便如雨后的竹笋那样，纷纷精神抖擞，
个个成了猛虎，以一当十。
李忠信看着奇袭而来的阿尼嘎萨，

所向披靡,忙传令旗手挥旗撤退。
李忠信不愧治军有方,
撤退时,有后卫军掩护,
井然有序,没有乱了阵脚。

这一仗,虽然北周军吃了败仗,
但损兵不到两千,元气没有大伤。

第十七章　战火，烧疼了麦子

一

阿尼嘎萨，统领着白马军，稳住了阵脚，
和北周军相持在青峰山一带。
面对北周军的挑战，白马军奋力还击，
各有胜负，谁也没有占上便宜。

一天，阿尼嘎萨带着一队人马，
准备去青峰山北面的一座山查看地形。
他骑马走到那山脚下，
看到一个衣服褴褛、蓬头垢面的乞丐，
站在地边掐着七分熟的麦穗，
准备搓掉麦皮，来充饥。
乞丐一身青黑色的汉服，
阿尼嘎萨担心是化装成乞丐的奸细，
便驱马跑到乞丐面前。
乞丐看见阿尼嘎萨，眼睛先是一亮，
接着双手捂住脸，头深深低垂，
恨不能钻进地缝，
一副不敢见人的可怜模样。

阿尼嘎萨从马上下来,威严地说:

"你是谁? 抬起头来。"

乞丐没有说话,也没抬起头,

而是失声痛哭,手缝里流出了泪水,

好像每根手指在借着泪水说话:我苦啊!

那一根根手指,成了黑绿色,

一看,就清楚乞丐在靠吃野菜活命。

透过裤子上的烂洞,

看到乞丐腿上的皮肤都成了青草色。

乞丐乌黑的头发,沾着不少草屑,

一看就知夜夜都睡在草堆里。

烂得不能再烂的鞋子,在无言地诉说,

乞丐不是从人间,而是从地狱里走来的。

来世一趟,所经历的痛苦加起来,

都不及此刻的痛苦,对阿尼嘎萨来说。

他感到天地合拢成了痛苦的拳头,

将他紧紧攥在里面;

眼前的一座座青山,被大火烧过似的,

都成了触目惊心的灰暗;

周围树林中传来的蝉鸣,

好像是万箭穿心的幽灵的哭喊。

阿尼嘎萨丢掉马鞭,

扑上前,紧紧抓住乞丐的手。

跟随阿尼嘎萨的一队将士,

看到那样的情景,全远远躲在一边。

阿尼嘎萨痛苦地说:
"苍天,你有心肝吗,
怎么如此折磨我的依曼?
大地,你有心肺吗,
怎么让我的依曼遭受如此磨难?"

"阿尼嘎萨,我已是一个丑陋的乞丐,
是一只受尽人间屈辱的流浪狗,
不再是你心中的依曼。
那个依曼已经永远地死了!
多少不幸,我都能忍受,不能忍受的是,
这样狼狈地出现在你面前。
这种场合,你没有认出我多好,
可你为什么偏偏将我认出?
你不知道这对我是多么大的伤害!
聪明无比的阿尼嘎萨,你是多么愚蠢,
一点也不懂女人的心思。
你即使认出了我,也应装作不认识,
这是给我天大的面子。
老天,给我下刀子只是往身上下,
而你,给我下刀子单往心上下!
依曼宁可再受一些天大的屈辱,
甚至去死,也不愿在你面前失去尊严!"

"心爱的依曼，
尘世上的任何污垢，
都无法掩去你的美丽。
你就是真变成丑八怪，
依然是我心中的女神。
依曼，你不要这样作践自己，
谁说你活得没有尊严？
当初，你一横心，远走他乡，
还不是为了保护我？
让你遭受如此屈辱，
失去尊严的不是你，而是我，
谁让我没有能力庇护你！
甚至是主宰万物的神灵失去了尊严，
因为那神灵没有尽到自己的职责，
让纯洁如玉的你蒙羞，
我替那高高在上的神灵脸红！"

二

"阿尼嘎萨，我的肠子都悔青了，
为什么当初没有听你的话？
去年夏天，你我相见，
你让我带上自己的孩子，
和你一起回白马国。
我不愿让孩子从小失去亲父，
就谢绝了你的一番好意。

可万万没有想到的是，
老天活活拔了我的心，
让我失去了可怜的孩子。

"我给你说过，孩子叫'阿尼嘎萨'，
就是用你的名字，做了他的小名。
抱着'阿尼嘎萨'时，感到也是抱着你，
我心里有说不出的踏实。

"你没见过我的'阿尼嘎萨'，
要多漂亮就有多漂亮，
要多可爱就有多可爱。
他的眼睛，亮晶晶的，比鱼的还要亮；
他的头发黑黝黝的，和你的一样；
他的脸蛋，胖乎乎的，十分好看。

"'阿尼嘎萨'，从我的肚子里爬出来，
我就教他白马语，教他白马歌。
他两岁时，就会说所有的白马语，
说白马语比说汉语还流利；
他也学会了不少白马歌，
唱的白马歌比百灵鸟唱得还好听……

"一月前的一天，
我坐在院子里给你纳鞋垫，
'阿尼嘎萨'在大门口的马路边上，

一边用鞭子抽陀螺,一边唱童谣:
'吃人婆,真丑恶,
坏事做得实在多。
做了坏事没好报,
变成一个圆陀螺。

"'张家妹,李家哥,
小小鞭子手中握。
挥起鞭子使劲抽,
大家一起打陀螺……'

"突然,我听到一声马的嘶鸣,
紧接着听到'阿尼嘎萨'的一声惨叫,
我心里一惊,忙跑出门,
看到的惨状让我差点昏死过去!
我的'阿尼嘎萨'已躺在血泊之中,
他胸部有个血洞,冒着鲜血。
那鲜血像火焰一样,烤得我心疼……

"李忠信带着十万大军,想灭掉白马国。
可怜的'阿尼嘎萨',
就是被北周送信探子的飞马踩死的。
我前世作了啥孽,孩子死得这样惨!

"儿子走后,对秦州无一丝留恋,
我恨不得插上翅膀,回到白马国。

秦阳生是我的救命恩人，

离开时，他家的钱财也分文未取。

我女扮男装，装成哑巴，

是一路乞讨一路吃野菜走来的。

昨晚，我睡在草堆，

梦见了'阿尼嘎萨'，我将他搂在怀里，

调皮的他学着猫儿"喵喵"叫。

'喵喵'的叫声将我吵醒后，

才发现自己怀里卧着一只野猫……"

三

镇西将军李忠信，

带着兵马又来挑战。

骑在马上的他手执亮银枪，

指着阵前的白马军挑衅道：

"白马人，你们给我听着，

趁四肢还没残缺时，举起你们的双手，

投降吧，做我们北周的臣民。"

"镇西将军，你的耳朵听清楚，

我想跟着你当狗，可我的舌头不答应；

我想投降，可我手里的利箭不愿意。"

扬威将军几哥比过说完话，

拉满弓，"嗖"，弦上飞出一支箭，

射中了李忠信的左胸部。

李忠信惨叫一声,掉在了马下,
被左右随从救起,狼狈地逃回大营。

傍晚,北周大营里传来哭声,
白马探子带来令人振奋的消息:
那不可一世的李忠信,回到大营不久,
口吐鲜血,魂已到阎王那儿报了到。
北周军的大营,设了灵堂,
还挂起了招魂幡。

几哥比过向阿尼嘎萨建议,
北周军主帅李忠信已死,
今晚是偷袭北周军的绝好机会。
阿尼嘎萨则认为李忠信十分狡猾,
说不定他在借此使诈。
如果李忠信真正死了,他们会想法保密,
不会轻易泄露主帅牺牲的消息。
最好是按兵不动,密切注视对方的举动,
探明虚实,再做下一步打算。

几哥比过回到自己驻扎的营寨,
生出的气撑圆了肚皮,
认为这是阿尼嘎萨嫉妒自己,
害怕自己抢了头功。
自己射出的那一箭,
把老虎也能射死,不要说人。

明明看到射中了李忠信的左胸部，
那可是心脏寄居的地方，
他没有不死的道理。
阿尼嘎萨，什么白马将军，
在我眼里，你永远是一只青蛙。
你有你的千条计，我有我的老主意。
这一次，我不能错失良机，
要给北周军来一个致命的打击。

半夜三更，几哥比过带着自己的三千精兵，
偷偷接近北周军的大营。
正如自己所想，痛失主帅的北周军，
麻痹大意，一路没有设防，
轻而易举地接近了李忠信的灵堂。
他大喊一声"杀"，忽见灵堂火光冲天，
接着四周草堆也燃起火焰，
并响起了喧天的锣鼓声。
几哥比过才意识到上了李忠信的当，
自己的队伍闯进了北周军的包围圈。
起风了，火愈燃愈烈，燃成了火海。
一半白马军，被大火活活烧死，
剩下的，大多死于北周军的乱箭。
几哥比过挥着他的大刀，拼命冲杀，
只带着百余名白马军，冲出了重围。

原来，李忠信的贴胸处，

垫着十几层牛皮,有意制造了箭伤,
想引白马军进入圈套,
而自作聪明的几哥比过刚好中计。

四

几哥比过私自带兵,吃了大败仗,
损失惨重,影响了战争全局。

阿尼嘎萨思虑,白马城里只有一万多守军,
实在抽不出援军,自己独守在青峰山,
如果让北周大军斩了后路,
围上十天半月,三万多人就会被困死。
还不如退回白马城,
和城中守军拧成一根绳,
再与北周大军决一雌雄。
他派心腹,飞回白马城,
向白马王转述了自己的策略,
还有不得已的毒招,
征得了白马王的同意。

论几哥比过的罪,应当斩首,
但阿尼嘎萨让那位心腹,
代自己向白马王求了一番情,
留下了几哥比过的性命,
不过革了他扬武将军的官衔,

变成了千骑长,让他立功赎罪。

阿尼嘎萨再宽容,
还没宽容到消除对几哥比过的怨恨。
按理,这是除掉几哥比过的大好机会,
但他看到大敌当前,除掉薛丞相的心腹,
怕引起内乱,对保卫白马国极为不利,
才手下留情,让几哥比过躲过了一劫。

一连几天,天空没有一丝云彩,
只有火红的太阳,烤着大地。
川道里的麦子,山坡上的麦子,
黄了八成,轻风吹来,
荡起一波一波金黄的麦浪。

热,不光热蔫了树叶,
也热蔫了战争。
北周军和白马军,
近几天都躲在营寨,没有出来挑战。

这天正午,太阳内心有一团怒火似的,
愤怒地燃烧,好像要努力烤死河中游鱼。
树上的蝉,放声大叫"热——热——"。
山上的土块,河岸边的石头,
发着高烧,一摸烫手。
大地被烤熟了一般,

踩在上面,会烙疼脚心。
人们身上,流出的不再是汗,
而是被阳光烤出的油。
火辣辣的阳光,有重量似的,
压得田地里的麦穗全部低垂着头。

从白马军营里,突然冲出数百名轻骑,
人人手里操的不是武器,
而是一把燃烧的火把。
北周士兵看着手执火把的白马人,
心想:白天打火把,要照亮吗?
他们是不是疯了? 还是白马人的风俗?

白马军,冲向四周的麦地,
用火把点燃了收成在望的小麦。
青峰山脚下的麦地,
燃起的烈焰,野兔般乱窜。
一团一团的浓烟,裹在一起,
在麦地上空形成一层黑雾。
火焰有脚,它跑过的地方,
留下一层刺眼的黑色。
眨眼间,不光青峰山附近的麦地,
到处的麦地都出现了一团团奔跑的火光。
镇西将军李忠信,心里一惊,
读懂了火光说的话:
我们白马人,宁可吃草,

也不会将麦子给你们留下。
我们知道，你们想抢收我们的麦子，
长久驻守在这里，攻打我们，
我们要让你们的美梦破碎。
你们现在的粮食，最多吃一月，
你们回家，差不多得走二十天，
李忠信，带着北周军，
趁早滚蛋吧，不然滚得迟了，
你们会活活饿死在回家的路上！

李忠信，从麦地里的火光中，
读出了白马人的怒火，
也读出了白马人的齐心！
退兵吧，眼看攻下白马城胜利在望；
留下来吧，如果近期攻不下白马城，
自己的军队会被粮食打败。
是退还是进？他迟疑不定。

五

金黄的麦地，忽然起火了，
愈燃愈烈，烧得麦穗"叭叭"叫，
那是麦穗喊疼的哭声。
——率兵退守在白马城的阿尼嘎萨，
一闭上眼睛，就梦见麦子被烧的噩梦。

谁能狠下心来烧掉熟到嘴边的麦子？
野兽不会，恶魔也不会，但战争会，
证明战争是兽中兽、魔中魔。
为了保卫白马国，彻底打败疯狂的敌军，
阿尼嘎萨曾派人说服白马王，
暗暗传令各寨头人，组织大家藏好粮食，
将牛羊赶进山林，烧掉田地里的麦子。
战争真是魔鬼，让人失去了本真，
变得狡诈、阴险、狠毒、疯狂。
白马人以为烧了麦子，
为了近十万人的性命，
李忠信趁还有余粮，会乖乖退出白马国，
没想到贪婪的他，铤而走险，
竟带着大军逼近了白马城。

一连几天，李忠信在白马城下百般挑衅，
白马人只是守着城，就是按兵不动。
阿尼嘎萨想将北周军拖瘦拖疲拖死，
不想多费白马国的一兵一卒。
白马城里的粮食够一城人吃三十五天，
再坚守二十多天，北周大军会变成饿死鬼。

这天，李忠信骑着他的战马，
带着数千骑，冲到白马城下。
李忠信指着城墙上的阿尼嘎萨，说：
"在我眼里，你们白马人性格刚烈，

都是不怕死的英雄好汉，
没想到，现在却退守在城里，
个个都成了缩头乌龟。
看你们不敢出城作战的胆怯样子，
哪儿还配得上是刑天的后裔！
我看，猴子倒是你们的先祖，
猴子碰到猎人只会逃到树上，
你们碰到北周大军只会躲在城中。"
阿尼嘎萨哈哈一笑，说：
"镇西将军，兵法云：
'不战而屈人之兵，善之善战者也'，
我只想好好休息一些日子，
等待白马爷给我们恩赐胜利。
看在我曾喝过秦州三年水的分上，
我奉劝你趁还有一点余粮，
赶快回去吧，不然走得迟了，
等待你们的只是鬼门关。"
李忠信说：
"哼，你等着瞧，
看谁先走向鬼门关！"

六

近几天，北周大军没有任何动静，
也没有来白马城下挑衅。
双方的角鼓息了，风也息了，

旌旗下垂,也不再猎猎。

这天下午,阿尼嘎萨在城墙上巡视,
看到一片黑压压的人群向白马城涌来。
他一声令,角声吹起,
白马人做好了战斗准备。
那黑压压的人群走近,
才看清他们都是头戴沙嘎帽的白马人。
金贡岭山寨的头人班大发,
从人群中一瘸一拐地走出来,
向阿尼嘎萨行了礼,说:
"白马将军,那些恶狼一样的北周军,
放火烧了无数山寨,将我们驱赶到里。
好在我们听了白马王传来的话,
提前将地里的麦子烧了,
将一点糊口的粮食藏了,
把牛羊赶进了山林,他们没占多少便宜。
挨饿受饥的我们一是来投奔白马王,
二是想与白马王一起守卫白马城。"

看着灾民,阿尼嘎萨说:
"北周军为什么这样做,你们想过吗?
这是北周大将李忠信最狠毒的一招。
说明他搞清楚了白马城没有多少存粮,
想让你们来城中,帮着将粮尽快吃空,
让白马城成一座饥饿的城,

好实现他灭掉白马国的千秋功名。"

听完阿尼嘎萨的话,
逃难的灾民恍然大悟。
他们"嗡嗡"议论了一会儿,
班大发替他们发出了心声:
"尊敬的白马将军,
为了不让白马军饿着肚子打仗,
我们商量好了,打算逃到山林,
靠挖野菜、打猎活命。"

班大发说完话,准备带着灾民离开时,
阿尼嘎萨动情地说:
"为了保卫白马国,你们的义举,
不光感动了我,也会感动天地。
将你们拒之城外,
我不忍心,白马王更不忍心。
我们血管里流着同一祖先的血液,
不能不共患难。
我们有一碗饭,就有你们的半碗;
我们有一壶酒,就有你们的一半;
我们有茅草房一间,就有你们的半间。
我们仁爱的白马王说过,
白马城不是白马王一个人的城,
而是所有白马人的城。
现在,我替白马王打开城门,

欢迎你们进来，大家齐心协力，
将给我们带来灾难的豺狼消灭。
为了免得敌人装成白马人混入城中，
你们按寨子排成队形，
不要让陌生的面孔混入，
要有秩序地进入白马城。"

城下的灾民，听完阿尼嘎萨的话，
纷纷跪下来，大呼"白马王万岁"。

第十八章　夕阳,如一滴英雄滚烫的血泪

一

"白马城呀是什么城?
白马城呀是铁铸的城。
守城就是守家园,
杀退敌人要齐心。

"天上最亮的星是北斗星,
世上最勇敢的人是白马人。
麻子石头做成磨扇能磨面,
白马人的弩箭专门杀敌人……"

面对北周大军的紧紧围逼,
白马城中并没有死气沉沉,
人人的精神如暴雨后的白马河那样高涨,
高昂的歌声鹰一样飞入云霄。

阿尼嘎萨在三万多难民中精选了五千人,
编入军中,日夜训练。
那位跛腿的班大发,

找到阿尼嘎萨恳求，也想当一名士兵，
为保卫白马国，尽自己的绵薄之力。
阿尼嘎萨见他年龄偏大，腿又跛，
没有答应，而他说自己的眼睛好使，
能看清十里外的一只小鸡，
可以站在城墙上探视敌情。
班大发死缠硬磨，成了年龄最长的哨探，
守在城墙上，监视着北周军的一举一动。

阿扎伊、茨嫚娜姆夫妇，
将家里喂的几只大肥鸡宰了，
炖了，犒劳了守城的将士。
如果他们喂的那头牛不是班二牛变的，
也想宰了，改善将士的生活。

太史令杨明远感到书案不稳了，
无心再写《白马史》，于是从书斋走出来，
走到人群中，给他们讲祖先英雄的事迹。
他讲得最多的就是白马人的远祖刑天：
"……失去头的刑天，把两乳当眼，
把肚脐当作口，把上半身当不屈的头颅，
一手拿着盾牌，一手操着大斧，
不顾鲜血流淌，狂劈乱舞。

"黄帝为他的英雄气概所震慑，
担心有个闪失，不敢与他交锋，

就蹑手蹑脚,悄悄溜走……"

讲到这里,杨明远声调激昂,
听得白马人热血涌向头顶,
恨不得操起兵器,冲出白马城,
将北周大军斩尽杀绝。

老弱病残,也不愿闲在家里,
他们走出来,为守城的士兵送水送饭。
不能提刀打仗的老人,
甘愿吃成半饱,为士兵省下一些口粮。

白马王,也不再吃肉,
将肉节约下来,送给守城的将十。
昼什姆看到日益消瘦的父王,
想法将肉弄成肉末,放到菜里,
被他吃出来,指着她的鼻子大骂了一顿。

二

自涌进三万多难民,
白马城中的粮食迅速地减少。
如果和北周大军继续相持下去,
城中的粮要比北周军的粮早断七八天。
等到断粮的那一天,如树等来了寒风,
白马军的士气自然会秋叶般枯萎。

378 |

阿尼嘎萨选了几千名精兵，
涌出白马城，主动挑战了几次，
北周大军只是守在大营，
手执兵器，严阵以待，从不出营迎战。
李忠信给北周大军下了命令：
主动迎战者，不管输赢，斩！

白马城中最后一粒粮食吃完了，
阿尼嘎萨准备宰百余匹战马，
让将士饱餐一顿，破釜沉舟，
和北周大军决一死战。
宰战马的时候，"牛叔"也来了。
"牛叔"对阿尼嘎萨"哞哞"几声，
他听懂了"牛叔"说的话：
少杀一匹战马，把我杀了吧！
我情愿让将士吃我的肉喝我的血，
把它化成打败敌人的力量。
班二牛前一世做人时，欠了不少人情，
这一世变成牛，是为了来还债。
现在，你将我杀了，便算成全了我。

阿尼嘎萨抚摸着"牛叔"的头说：
"牛叔，您在山寨时，
不知耕了多少地，您欠的债早已还清。
您不欠我们的，反倒我们欠您的。

在我眼里,您永远是我的牛叔,
就是给我换上毒蛇的心,也舍不得杀您。
牛叔,请您相信精诚团结的白马人,
会将践踏我们土地的敌人赶出家园。
等到和平来临的那一天,
荒芜的土地还需要您耕耘。"
"牛叔"听完阿尼嘎萨的话,
眼睛里流下一行行泪水。

他们杀掉百余匹战马,炖熟,
让上战场的将士放开肚皮吃。
阿尼嘎萨给白马王送去一碗马肉,
白马王将马肉端起,闻了闻,说:
"阿尼嘎萨,我闻闻味道,
便算领了大家的一片心意。
这碗肉端回去,替我送给上战场的将士,
让他们吃了,多长一点打仗的力气。"
阿尼嘎萨将那碗肉端回,
向将士转达了白马王的心意,他们高呼:
"白马王万岁!"

那碗肉谁也没有吃,
只是从你手里转到他手里,
大家闻闻味道,便算享用了白马王的恩泽。
最后,那碗肉转到阿尼嘎萨的手里,
他用箸分给旁边的几个儿童。

白马城上，角声一响，

阿尼嘎萨骑着飞龙马，率领五千名精兵，

还用一辆马车拉着一副棺材，

浩浩荡荡出了城，直逼北周军大营。

李忠信身着盔甲，

手执亮银枪，站在营垒上。

白马军距北周大营百步开外停下来，

阿尼嘎萨指着那副棺材，说：

"镇西将军，这是最好的三位木匠，

花了三天三夜，专门给你做的棺材。

以英勇闻名天下的镇西将军，

死后没有一副棺材，软埋了，

实在有失将军的体面。

于是，为你着想，给你送副棺材，

免得成为我剑下死鬼时没有住房。"

李忠信气得脸色紫红，

半天吐不出一句话。

一位裨将，见主帅受到如此侮辱，

不等李忠信下令，便跃上马，举起大刀，

从大营中奔出来，直冲阿尼嘎萨。

那裨将驱马飞过来，刀劈来的瞬间，

阿尼嘎萨手中的剑一挥，

便掉下一颗人头一具马头。

失去头的马，继续跑了十几步，

看不见路了,才不情愿地轰然倒地。
多想嘶鸣出失去生命的大疼,
可惜没有了嘴巴,多可怜的战马!

那位牺牲的裨将,
天生英俊,父母健在,
家里有一个贤惠的娇妻,
给他生下了双胞胎,一儿一女。
那儿女一岁零五个月,他出征时,
那可爱的儿女刚学会了喊"爹"。
他出身贫寒,带着立功改变命运的想法,
跟随李忠信来白马国打仗,
没想到自己的生命永远停留在二十五岁。
昨晚,他见到了自己的娇妻,
也见到了那一对儿女,他爬在炕上,
给儿女当了一回马,
不过是在那短暂的梦里。
他死的瞬间,远在秦州的娇妻,
正跪在南郭寺里的菩萨面前,
祈求菩萨保佑丈夫,从战场上活着回来。
二十五岁的他死了,
尘世多了一对老年丧子的夫妻、
一个年轻的寡妇、两个失去父亲的孩子。

北周大军看到主帅受辱、年轻裨将掉头,
便高举武器大喊:

"镇西将军,快下命令,
我们要为死去的兄弟报仇!"

李忠信本想下令出战,
但阿尼嘎萨的绝杀倒让他清醒:
这是激将法,如果攻打白马军,
正中了对方的奸计。
哼,白马人,你们等着,再过几天,
等你们饿得半死,我再拾掇你们。
李忠信拿定主意,打了一个手势,
等北周将士的喊声平息后,说:
"将士们,君子报仇,十年不晚。
昨晚夜梦不祥,今天不宜出战,
谁再言战者,斩!"
他对北周军讲完,转头对阿尼嘎萨说:
"今天你给我送了一副棺材,
太小,只能装一个人,
过几天,我要将白马城变成一口大棺材,
把你们白马国装下,彻底送进坟墓!"

阿尼嘎萨无论怎么挑衅,
北周军就是守营不出,
只是躲在营垒后放一阵乱箭。
阿尼嘎萨思忖:
现在强攻,敌军准备充分,
不如暂时回到城中,再思良策。

三

夕阳,如一滴英雄滚烫的血泪。
映在青山脚下的白马河中的晚霞,
洒在白马城上的阳光,
都有一种血腥的悲壮。
站在城墙上的阿尼嘎萨,
望着夕阳,夕阳望着他,
如同两位孤独的英雄,相互对望。
他一声沉重的长叹,
压落了夕阳。

夕阳落山的地方,升起漫无边际的白云,
被风暴的鞭子抽打一般,朝白马城飞来。
接近白马城时,阿尼嘎萨才惊讶地发现,
那是一大群鸽子,飞在最前的是两个姐姐。

鸽群,罩在头顶,密不透风,
连一片树叶大的青天都看不见。
白马河被鸽群搬到上空似的,
头顶传来"哗啦啦"的流水声。

千骑长几哥比过说:
"天助白马人,这是老天送来的一嘴肉。
大家愣着干什么? 赶快操起弓,射!"

阿尼嘎萨抽出宝剑,厉声制止道:
"谁敢射鸽子,斩!"

将士都知道阿尼嘎萨说一不二,
说出的每一句话都是滚下山的石头,
没有一点回头路,大家都死了射鸽子的心。
虽然没有一个人站出来公开反对,
但心里都暗暗认为主帅太迂腐,
快饿死人了还不知道变通。

鸽群盘旋了一会儿,
天空"哗啦啦"下起了麦粒,
没一会儿,地上落了厚厚一层。
群鸽下完麦雨,刚飞离白马城,
又飞来一大群喜鹊,也下了一场麦雨。
将那一大群喜鹊领来的,
就是阿尼嘎萨的母亲绣的那七只喜鹊。

地上的麦粒足够白马人吃半个月。
看着那一层救命的麦粒,
人们纷纷跪在地上,哭泣,
不哭泣不足以表达感恩的心情。

阿尼嘎萨下令死守城门,
连一只蚊子都不能放出,
对外封锁得到麦子的消息。

还让守城的将士用煮的树叶水洗脸，
将脸涂成淡青色。

夜幕降临，一轮挂在幽深天空的明月，
洒下的清辉为大地涂上了一层银色。
鸟儿已入睡，风也睡了，
听不见一点树叶的"唰唰"声。
流淌的白马河中，
闪烁的星星，恰似萤火虫。
水中的星星，你可是白马河的眼睛？
因为你，夜里的白马河才没有迷失方向。

白马城上，出现了一个苗条的女人，
头罩黑色面纱，像神秘的幽灵。
女人唱起了歌：
"天上月亮出来了，贤妹想开亲人了。
出门的哥哥没回来，十年八年我等你。
你是斑鸠我是崖，飞出去了咋不来？
想哩想哩想坏了，青叶变成干菜了。
想哩想哩想完了，青菜芽儿变黄了。
想哩想哩想够了，想得面黄肌瘦了。
没黑没明把你想，三天喝了半碗汤。
四肢无力手把墙，出门吐在大门上。

"鸟死骨头丢在山，鱼死骨头丢河滩。
落叶归根跟哥走，骨头喂狗心也甘。"

那声音亮过了白银，
甜过了熟透的葡萄，
但声调如泣如诉，惆怅万分。
歌声传到北周军耳边，
他们竖起耳朵倾听。
离开家乡两个多月了，
家中的亲人不知怎样？
想起远在秦州的亲人，
他们不由掉下思乡泪。

"今晚不把旧的唱，单唱犀牛望月亮。
牛皮灯笼心里亮，犀牛望月画墙上。
犀牛望月望青天，望郎何日在身边？
犀牛望月水中卧，望郎何日一搭坐？
犀牛望月望路口，望郎何日手拖手？
犀牛望月望山头，望郎何日把妹搂……"

一首首秦州民歌传到李忠信耳朵，
他也想起了秦州城中的妻子儿女，
内心生出一阵阵远离亲人的忧愁。
白马城中，难道有秦州姑娘？
一首首纯正的秦州山歌，
拨动了他的情丝，也不由思念家乡。

神秘女人唱的秦州山歌，

让北周将士得了思乡病，
一夜几乎没有合眼。

四

黎明时分，李忠信刚进入梦中，
又被熟悉的秦州山歌惊醒。

"太阳出来一点红，照着秦州半面城。
半面下雨半面晴，半面晒得城墙红。

"半碗凉水半碗蜜，喝着凉水想起你。
你在远方我在家，千山阻隔难见你。

"阿妹门前一树槐，手把槐树望郎来。
郎问女儿望什么，女望槐花几时开？

"土黄骡子驮麻绳，啥时遗留的充军人？
吃粮充军去征战，真把妹妹的心操烂……"

李忠信抬起手像驱赶蚊子似的，
在耳旁扇了扇，想将歌声赶走。
在秦州，他也没有听过如此动听的山歌，
但此刻听着，倒搅乱了他的心绪。
他知道这是白马人的一计，
想借秦州山歌动摇北周军的军心。

他感到,那动听凄凉的歌声,
比白马人的箭射得深,射到将士心中。

他招来手下的将军,说军粮虽不多,
但还能饱食七八天,而白马城中已经断粮,
再坚守三四天,攻破白马城则易如反掌。
只要灭了白马国,大家都成了有功之臣,
人人都会得到北周皇帝的奖赏。
他还号召大家下去鼓鼓士气,
不要被那女人的歌声弄得丢了魂。
有将领提出,即使攻下白马城,
没有粮食吃了,怎么活命?
李忠信认为,白马人十分重情义,
只要攻克白马城,可以用俘虏的头颅,
和山寨上的白马人换粮食。
就是换不来粮食,只要灭了白马国,
吃树皮,吃野菜,
过一段半饱半饥的日子也值。

众鸟入眠、明月当空时,
凄美的歌声,又从白马城上飘起,
水雾那样漫过山川大地,
听得北周军的不少人心里湿淋淋的。

"割倒麦子人散架,腾点工夫转娘家。
男人充军不见信,想转娘家没人送。

"绣花手巾包凉粉,大路畔上把郎等。
等郎几天郎没来,凉粉倒叫泪泡坏。

"白杨叶儿两面光,一想娘来二想郎。
想娘只在一天里想,黑了上炕才想郎。
想娘只是心上急,想郎心打手里提。
想娘有急也有慢,想郎浑身常出汗……"

歌声传到李忠信耳里,
他心里荡起涟漪,接着那涟漪,
被寒流侵袭了似的,结成薄冰。
夜深人静,他还没有一点睡意,
从帅帐出来,领着几个随从,
披着雪白的月光,巡视。
路过一座军帐时,里面传来轻轻的歌声:
"想妹的日子太长了,想得人瘦脸黄了。
叫妹把人想得够,想得吃肉不长肉。
叫妹把人想瘦了,想得浑身没肉了。
浑身上下瘦干了,一天不如一天了。
麦草绳儿背笰系,瘦干只剩一口气……"

李忠信抬头仰望天空,月亮孤零零的,
星星仿佛是月亮流出的滴滴泪珠,
一种莫名的愁绪涌向心头。
但转而望着月光下的白马城,

一座他设想就要攻克的城池，
心头又生出日出东山的万丈豪情。

五

太阳，又一次从东方升起，
七彩霞光，铺满了半个天空。
座座青山，被阳光的指头一拂，
都成了崭新的碧玉。
可爱的鸟儿，好像饱食了一夜月光，
鸣叫出的，都似一串清亮的星星。
奔腾不息的白马河，吐着朵朵雪浪，
朵朵都唱着古老而新鲜的歌。

那些白马城上的旌旗，
北周军营中的旌旗，
都变成一棵棵树，
那些将士手中的兵器，
都变成锄头或镰刀，
这里便是人间最美的福地。
或者将准备打仗的双方将士，
都变成牛羊，这里便是自然和谐的乐园。

李忠信怀着一战定乾坤的雄心壮志，
带着北周大军，迫近了白马城。
昨天，他带领几百名轻骑去白马城下，

发现守在城墙上的白马人个个脸色菜绿，
射下的箭也没有力量，扎不进地面。
昨晚，那女妖精断断续续唱了一夜，
勾起将士的思乡情，弄得他们一夜无眠。
将士们虽然没有休息好，
但精力总比饥肠辘辘的白马人强十倍。
按他的计算，今天是白马人第五天断粮，
白马军已经从狼变成了无力的羊，
攻克白马城比从羊身上剪羊毛还容易。

李忠信对城墙上的阿尼嘎萨说：
"白马将军，看在你我旧相识的分上，
我奉劝你几句，请你三思而行。
识时务者为俊杰，通机变者为英豪。
如果五天前白马城是铁铸的城，
现在已经成了纸糊的城，
我伸出一根小拇指都会将它捅破。
你和白马王好好商量，
将城乖乖献了才是上策。
只要你们献了城，臣服于我大北周，
我在北周皇帝那儿力保白马王继续做王，
让你封侯，其他官员将士都会得到赏赐，
黎民百姓的一根头发都不会受到伤害。"

阿尼嘎萨哈哈一笑，说：
"镇西将军，你说得不无道理，

我想跪下来向北周称臣，
可我手中的宝剑不答应。
宝剑虽然握在我手里，
但我的灵魂握在它手里，
我是它忠实的仆人，一切听它的。
我要继承刑天英勇不屈的精神，
誓死捍卫白马人的尊严！
不光我，每一个白马人，
都是宁可掉头也不会屈服的刑天。
镇西将军，你听着：
面临外敌，白马城中的每只鸡，
都会变成斗鸡，啄出你们的眼珠；
白马城中的每只狗，都会变成猛虎，
将你们的血肉之躯撕碎；
白马城中的每只羊，都会变成狼，
将你们赶到阴曹地府的阎王面前；
别看白马城中的花那么温馨，
见了你们这群强盗，都会变成蛇，
咬得你们魂飞魄散。"

李忠信冷冷一笑，说：
"我相信白马城中的鸡，都会变成斗鸡，
可遗憾的是这五天中，
白马城里，从没传出一声鸡鸣；
也相信白马人养的狗，都会变成猛虎，
可遗憾的是这五天中，

白马城里，从没传出一声狗吠；
也相信白马城中的羊，都会变成狼，
可在白马城要找到一根羊尾巴，
比大海里捞针还困难；
也相信白马城中的花，都会变成蛇，
可我认为白马城中的花，
少得连一只蜜蜂都养活不起。
白马将军的忠心义胆，我十分敬服，
今天我要成全你，让你成为无头的刑天！"

六

李忠信一声令下，作战的鼓声响起，
北周大军，海潮那样向白马城涌去。
他们高举的槊、长枪、大刀等，
形成的密林，挡得阳光也落不到地上。
弓箭手射出的箭如一群又一群飞鸟，
飞向白马城头，白马人则躲到女墙后面。
到了城下，北周军用云梯去爬城，
白马将士不顾射来的乱箭，
用钩杆将云梯顶翻，随即投下火把，
云梯被烧着，也烧伤了不少北周士兵。

李忠信做了一番调整，
用钩车、冲车攻城时，
城墙上纷纷投下大石头，

将钩车、冲车砸得七零八落。
有人被砸断了胳膊,有人被砸断了腿,
有人被砸碎了头,脑浆涂地。
接着,千余名白马将士齐射利箭,
向城下下起一阵又一阵箭雨,
射得北周将士东倒西歪,
犹如密集的冰雹对金黄麦子的袭击。

李忠信看到城墙上射下的箭越来越猛,
北周将士倒下的越来越多,
战况和自己设想的大相径庭,
额头惊出一层冷汗。
这哪里像断了五天粮的白马人?
分明个个神勇,像吃了豹子胆。
可见设想白马人断粮的近五天,
白马人并没有饿着肚子。
守在城墙上的白马人菜绿的脸色,
看来是阿尼嘎萨的阴谋,诱惑自己上当。
半月前,探子探来准确消息,
说白马城中的粮食没有多少,
按理应该比北周军的早断七八天。
他们即使将千余匹战马宰了,
全城人也吃不了两天,
那他们的食物从何而来?

突然,他看到白马人收起弓箭,

搬起数百个箱子,投下来。
那些箱子在地上裂开,
从里面飞出密密麻麻的蜜蜂,
向自己的将士疯狂地袭来。
那万万只蜜蜂,飞成一团团黄云,
遮天蔽日,十分骇人。
万万只蜜蜂,带着万万支毒箭,
灵巧地蜇向北周大军。
他们手里的利器,挥得再巧妙,
哪能巧妙过小小的蜜蜂?
手中的武器越挥,越惹怒了蜜蜂,
更疯狂地向他们袭击。
他们的脸上、手上中了不少蜂刺,
火辣辣地疼,但没听到收兵的鸣金声,
仍旧与蜜蜂大战。
李忠信一看情况不妙,
忙传令鸣金收兵,再做图谋。

北周军听到收兵的鸣金声,
纷纷撤退,而只只蜜蜂,
将他们当仇人似的,不依不饶。
有几十个让蜜蜂蜇得睁不开眼睛的士兵,
闭着眼睛竟向白马城跑去,
成了白马人的箭靶子,一一丢了性命。
退逃的北周军,乱成一团,
被马踩死的、被人踏死的,成百上千。

一群蜜蜂向李忠信飞去,而他像木头人那样,
动也不动,任蜜蜂停在自己脸上。
被蜜蜂蜇了额头,他也强忍着,
眉头都没有皱一下,蜜蜂反而放过了他,
又去蜇与它们作战的那些将士。

七

可怜的蜜蜂,向人们射出箭的同时,
也将自己的生命射了出去。
受伤的人越来越多,蜜蜂渐渐减少,
地上落了一层生命枯竭的蜜蜂。
人蜂大战接近尾声时,
北周军人人脸上肿得能看见自己的两腮,
手背肿成了刚出笼的馒头,
感到手中的武器也沉重了几分。

这时,白马城上出现了一位漂亮的女人,
穿的红底绣花百褶衣,
似艳丽的彩霞缝成;
沙嘎帽上的两片羽毛,
犹如两片圣洁的月光。
她身后跟着一群女人,
个个打扮得十分漂亮。
轻风吹过,她们头顶上的白羽毛,

如一丛丛毛茸茸的月光在飘动。
那位带头的女人，
正是白马人心中的女神昼什姆，
她领着众姐妹唱道：
"山间最鲜艳的花莫过于刺莓花，
林中最甘甜的水莫过于山泉水；
山中最凶猛的兽莫过于下山虎，
世上最勇敢的人莫过于白马人。

"天上最美的莫过于七彩虹，
世间最美的莫过于白马城。
白马人男女老少一条心，
不怕流血誓死保卫白马城……"

她们的歌声清亮、高亢，
震得群山发出响亮的回声。
这给白马将士注入了神力，
他们兴起奋勇杀敌的豪情。

在她们嘹亮的歌声中，
城门倏然打开，驰出千余名轻骑，
龙卷风一般朝北周军袭去。
那有力的马蹄，敲击着大地，
大地像被槌敲击的鼓面似的颤动。
阿尼嘎萨手持利剑，
骑着飞龙马，冲在轻骑的最前面。

那飞龙马,闪电似的飞奔,
白鬃飘起,像一团飞扬的白光。
他手中的利剑,犹如冰做的,
射出的一道道寒光,冷了北周军的头皮;
眼睛里喷出的光芒,比剑光还寒冷,
冷得北周军浑身的毛都竖立起来。
就连高傲的李忠信也暗暗吃惊:
这哪里是人,简直比天神还威风!

白马军的轻骑后面,
压阵的是一头雄壮的公牛,毛发黑如漆,
两只弯曲的角,犹如弯曲的利器,
简直是一头天下无敌的斗牛。

此刻,滔滔白马河中,
涌起的朵朵浪花,
像只只愤怒的拳头,准备揍敌人……
几朵白云,
似几只威风凛凛的白虎,
巡视着白马国干净的天空……

阿尼嘎萨率领千余名轻骑,
犹如千余只狼冲进了羊群那样,
冲进北周大军,冲得他们一片混乱,
他们三分的力气用来仓促应战,
七分的力气用来慌忙逃命。

白马轻骑,附了刑天的魂似的,
个个神勇,挥舞的武器,带着风,
杀得北周军几乎没有招架之力。
不是北周军不勇敢,
而是与群蜂作战时,
已耗费了他们大半精力,
勇敢只能暂时休眠。
如果让他们歇缓足够的时间,
其神勇不亚于白马人,
只可惜没有蓄足精力的时机,
他们只能被动地流血。
惊慌的北周军边战边退,
有时一股热血从心头涌起,
回转身子,向白马军反戈一击,
但力不从心,只能失望地撤退。

骑着黑骏马的几哥比过,
挥舞着大刀,如一团龙卷风,
周围的北周军,成了弱不禁风的麦,
瞬间,有的断了头,有的折了腰。
飞溅的鲜血,湿了他的盔甲,
染红了他的脸,染红了他的手,
他愈战愈勇,越杀眼越红,
双眼喷出的杀气,比刀子还锋利
能将敌人的魂夺走。

那头健壮的牛,浑身的毛发竖起,

一双铜铃大的眼睛燃烧着怒火,

"哞哞"号叫着,号叫声中充满着愤怒,

用上天赐予的两把利器——一对牛角,

朝北周将士猛烈地撞去。

那气势,连一座山都能撞倒,

不要说百十来斤的血肉之躯。

牛结实而尖锐的角,撞到人头上,

头像鸡蛋那样烂了,溢出了脑浆;

撞到人胸部,胸膛便开了窗户,

心肺烂成了血泥;

撞到人腹部,腹部便如纸那样裂开,

流出一串血腥味的肠子;

撞向一匹战马,

那战马犹如被壮猫撞了的小鼠那样,

在地上翻滚三圈,

还连带着撞倒自己的同类。

八

一百只老虎的凶猛,

加一百头牛的剽悍,

加一百只鹰的雄姿,

才是纵横驰骋的阿尼嘎萨。

他胯下的飞龙马,四蹄生风,

八面威风,似水中蛟龙;

它扬起的后蹄,只要踢到北周军,
那人被巨石砸着那样,倒下;
只要踢到北周战马,
那马得了绞肠痧那样,倒在地上打滚。
他手里挥动的利剑迅似闪电,
利剑过后,鲜血飞溅,
鲜活的生命瞬间凋零。
剑和白龙马简直成了他身体的一部分,
彼此配合得十分和谐,威力无比。
一腔拯救白马国的热血,将他灌醉了,
杀敌像雷释放闪电那样充满激情。
在白马人的眼睛里,
他是捍卫祖国尊严、抵御外敌的英雄;
而在北周军眼中,
他是剑术超群、杀人不眨眼的魔王,
剑挥向谁,谁的生命便停止呼吸。
当然,他也会遇到顽强勇敢的将士,
那将士唯一的回报就是:
比那些怯弱者,死时多一道伤口。

一只雄鹰扑进鸡群,
鹰爪下的鸡来不及哀鸣已经毙命,
逃脱的,虽然活着,但吓得毛落了一地。
李忠信眼中的阿尼嘎萨,正是那样的雄鹰,
而自己麾下的将士,恰似一群可怜的小鸡。
自己带兵多年,虽然也打过败仗,

但手下的将士从没如此窝囊。
阿尼嘎萨的神勇，
反倒激起了李忠信的血性，
他驱马朝阿尼嘎萨奔去，
十几个护卫，紧随在他左右。
而阿尼嘎萨，像猎狗放弃小鸡那样，
放弃了北周士兵，将李忠信迎战。

李忠信与阿尼嘎萨，
犹如一只虎王与一只豹王，
为了捍卫尊严，从各自的山头上走下来，
碰在一起，开始交战。
李忠信操着亮银枪，
阿尼嘎萨握着宝剑，
犹如两股强劲的旋风纠缠在一起，
枪来剑去，打得天旋地转。
一头狮子领着一群羊，
与另一头狮子领着的一群羊作战，
两头狮子怒吼着团在一起时，
任何一只羊都帮不上狮子的忙，
因为交战的狮子的尾巴，
足以将羊扫到几丈远。
当时两位将军的护卫也是这样，
无法上前助战，只能呐喊助威。

草地上飞行的一条蟒蛇，

尽管勇猛而灵动，

但远不能和李忠信手中的亮银枪相比。

他手中的亮银枪飞快异常，

好像是十只手操着十条枪飞舞。

劈开厚重乌云的闪电，

尽管迅疾而有威力，

但比阿尼嘎萨手中的剑还有点逊色。

他挥舞的利剑，

将阳光割疼，

疼出一道道雪白。

两位敌对的英雄，狭路相逢，

各自都被逼上了鬼门关，

谁稍有一点松劲，谁就会在大地上消失，

给对手留下流芳百世的光荣，

而给亲人留下永远的伤痛。

于是，两人都使出浑身解数，

打得十分激烈，兵器撞出闪闪电光。

两个人大战了一百多回合，

未分胜负，暴雨般猛烈的争锋还在继续。

若要问李忠信还有多少力气，

他会说自己原本有九只虎的力气，

现在只是耗了一只虎的。

若要问阿尼嘎萨力量还有多少，

他会说自己原本的力量抵九头牛，

现在还有八头牛加一只狼的力量。

一只巨蟒,吞下九只羊,
蛰在洞里,蓄足了劲,
突然,从洞里飞出,朝它的目标,
李忠信瞅准机会,他手中的亮银枪,
犹如那巨蟒,朝阿尼嘎萨的喉咙刺去,
怀着饱饮鲜血的强烈欲望。
阿尼嘎萨的脖子向右一偏,
一道寒风从耳边刮过,
而他扬起的手里,挥出一道闪电,
向李忠信劈去,收了两人交战的尾。
那一瞬,李忠信看到,
阿尼嘎萨的利剑将天空劐了一道伤口,
太阳洒下来的,不再是阳光,而是鲜血……

一条结实有力的胳膊掉在了地上,
那沾满鲜血的手还紧紧握着亮银枪。
两位将军周围的士兵全被惊吓成了木头人,
瞪大眼睛看着那条躺在地上的胳膊。
一只高飞的雄鹰,翅膀怎么能掉下来?
看着失去了右臂仍坐在马上的李将军,
不少人一脸迷惑,
不由摸了摸自己的胳膊,
疑心掉在地上的胳膊是自己的。

躺在血泊中的胳膊,犹如受伤的战士,
在地上歇缓一会儿,竟有了活力,

将手中紧握的枪，调了调方向，
向阿尼嘎萨投去，
随后，犹如咽下了最后一口气的战士，
静静地躺在了那里。
眼疾手快的阿尼嘎萨用剑，
将向自己飞来的枪拨开，
那枪划过一道弧线，深深扎进了大地。

李忠信的左手抓着马鬃，
挺了挺歪斜的身子，看着阿尼嘎萨，说：
"给我再来一剑，让我走个痛快！
白马将军，请您满足我最后一个请求：
我死后，把我埋在白马城附近的山冈上，
我要看到，有一天北周军踏平白马城！"

九

"大风吹走了滚滚乌云，
万丈光芒照耀着白马城。
举起飘香的五色粮食酒，
献给打败敌人的大英雄。

"飞禽中最勇猛的是雄鹰，
天地间最勇敢的是白马人。
我们战胜了强大的敌人，
铁铸的白马城万古长存……"

白马将士看到,一阵大风吹过,
唱歌的昼什姆的百褶衣上,
飘出一朵又一朵花,向四处飘飞。
星星那样多的鲜花,飘满了天空,
看得人们眼花缭乱。
那落在地上的千万只死蜂,
竟被馥郁的花香唤醒,
扇动着翅膀纷纷向那些花朵飞去……

第十九章　他的气度,远远超过了王

一

我没想到,在青峰山附近,
碰见了心上人阿尼嘎萨。
当时,我十分落魄,
多么不想让他认出,可他偏偏认出了我,
也就是认出了刻在他心里的依曼。
他对我不但不嫌弃,
还紧紧抓住我的手,说了一些安慰的话。

他领我在附近的寨子,洗漱一番,
找了几件干净衣服,让我换上,
派心腹把我送进了白马城,
送到阿爸住的地方。
我和阿爸相见,抱在一起大哭了一场。

阿尼嘎萨曾叮嘱我,
千万别在公开场合抛头露面,
以防被几哥比过、薛国安发现,生出事端。
可当北周大军企图将白马人一举歼灭时,

我也想为保卫白马城尽力。
我恨自己身子单薄，
不能操起武器，同阿尼嘎萨一起杀敌。

一天黄昏，一个念头一闪，
我就在头上罩上黑纱，登上白马城，
对着城外的北周大军唱起了秦州山歌。
我在秦州几年，跟着当地的姑娘，
学会了不少山歌，她们都说我唱得很地道。
北周大军中，大多数都是秦州人，
我想用秦州山歌，动摇他们的军心。
我的做法得到了阿尼嘎萨的首肯，
就放开嗓门唱，相信自己的歌声，
会勾起北周将士的思乡情。

八月十五，白马王将我召去，
说我在保卫白马城中功劳不小，要赏赐我。
阿爸陪我一同拜见了白马王。
白马王让我将面纱取下来，
他想目睹一下我的真容。
我取下面纱，白马王大为吃惊。
他屏退左右，问我叫什么名字，
身上是否有胎记？
我说叫依曼，左腋窝有个红色胎记，
形状酷似蝴蝶。
白马王问阿爸，依曼可是亲生的，

请他实话实说,不要讲半句虚言。

阿爸告诉白马王,
二十四年前的八月十五晚上,
月亮照得树叶发着银光,
路上的块块石头都清晰可见。
那晚,他骑着马赶夜路,
在距白马城十多里路的地方,
听到一片草地里传来婴儿的哭声。
他走进草地,发现了襁褓中的婴儿。
他抱起婴儿,婴儿不哭了,
一双眼睛露珠那样亮晶晶,
一张小嘴巴露出吮奶的样子。
他随身带的葫芦里正好有羊奶,
婴儿喝了奶汁,就甜甜地睡了。
他抱着婴儿,匆匆赶到家里,已是深夜。
而腆着大肚子的妻子,给他开门后,
肚子一疼,生下了一个婴儿,
脸色乌青,是个死胎。
趁着夜色,他将死胎丢进了森林,
将捡到的婴儿,当亲生的女儿喂养下来。
那婴儿,就是依曼。

白马王听完阿爸的叙述,脸含悲伤,
也讲述了发生在宫中的离奇故事。
他说,二十四年前的八月十五那天,

夜色刚刚降临,王后生下了一对女婴,
先出生的一个,没有哭声,是个死胎,
接生婆救了半天,没有一点活的迹象,
怕传出去招来风言风语,就趁着夜色,
将那死胎偷偷撂到了远远的城外。
先生下的,和后生下的长得一模一样,
左腋窝都有一个红色的蝴蝶形胎记。
没想到二十四年后的今天,托老天的福,
在这里碰到了被自己遗弃的女儿。

听完阿爸、白马王的讲述,
我才明白自己的身世,可内心无法接受,
将我含辛茹苦抚养大的阿爸不是亲父。
当时,我扑进阿爸的怀里,
对他哭着,说他们讲的全是假话。

白马王招来一位酷似我的女子,
说她就是我的那位孪生妹妹,
名叫昼什姆,嫁给了阿尼嘎萨。
白马王向昼什姆讲述了我的身世,
让她把我叫姐姐。
在秦州,碰见阿尼嘎萨的那天,
他给我提过昼什姆,说她长得极像我,
简直是我照镜时镜中的影子。
昼什姆叫了我一声姐姐,
我冷冷站在那儿,没有答应。

看着娇贵的昼什姆，
我心里生出妒意，对阿爸说：
"阿爸，咱们回金贡岭山寨吧，
我站在这儿是多余！"

我的话，扎疼了白马王，
他老泪纵横，泪水湿了胡子，
走过来，攥住我的手，说：
"依曼，我的女儿，
我对不起你，恳请你不要怨恨。
当时，你生下来就没有一点呼吸，
大家都认为是死胎才将你丢弃。

"这二十四年，我不时梦见，
有一个女婴，在野外痛哭。
这一个梦，折磨了我多年。
昨晚，我梦见那个女婴，
长大成人了，走到我身边，
亲热地叫了我一声'阿爸'，
我高兴得笑醒了。
啊，依曼，我的孩子，
你看，我的头发已经灰白，
牙齿也松动了，已成了一位可怜的老人，
心也变得越来越软，容易伤感。
你来到我身边，这是老天对我的眷顾。
我宁可失去王位，也不愿意再失去你。

再大再富饶的一个国家，
也无法填补失去女儿的缺憾！
依曼，我的女儿，请你留下来，
留在我身边，让我弥补对你的亏欠！"

二

没想到自己竟然是白马王的公主，
可和昼什姆比较起来，
她是高贵的凤凰，而我是卑贱的麻雀。
虽然父王对我十分宠爱，
昼什姆也视我为亲姐姐，
但生活在王宫中感到很不自在。
我的出现给昼什姆带来了莫大的痛苦，
心里实在过意不去。
经过一番思虑，我以看阿爸为名，
说通了父王，女扮男装，
从王宫出来，溜出了白马城。

离开白马城十多里路，
身后传来马蹄声。
那马跑到我前面，
昼什姆从马背上跳下来，
挡住了我的去路。

"依曼姐姐，你要到哪儿去？"

"走到哪儿是哪儿,
哪儿都有落脚的地方。"

"你为什么要离开白马城?
是父王没有把你当女儿?
是我没有把你当姐姐?
还是阿尼嘎萨轻视了你?"
"妹妹,你想多了。
父王恨不能将心掏出来,给我,
怎么能说没把我当女儿?
妹妹,你对我的爱,
如同蜜蜂酝酿的蜜,没掺一点假,
怎么能冤枉你没把我当姐姐?
阿尼嘎萨宁可轻视金子,
也不会轻视我,这点我比谁都清楚。"

"那你为何要离开白马城?
白马城中的哪缕阳光冷了你?
白马城中的哪滴雨打疼了你?
白马城中的哪口饭噎了你?"
"白马城中的阳光最温暖,
哪一缕都不会冷了我;
白马城中的雨最温柔,
哪一滴都不会打疼我;
白马城中的饭最可口,
哪一口都不会噎了我。

至于我为什么要离开，
因为我为了活命，嫁过汉人，
让白马人蒙羞，不配在白马城居住。"

"姐姐，你说的话句句真，
但你将心里深藏的没有吐出来。
你认为自己的出现，给我带来了痛苦，
给阿尼嘎萨带来了烦恼，
你想离开白马城，将这一切消除，
让我将那幸福独享。
可你想过没有，你这'美德'，
对我们会造成怎样的伤害？
年老的父王，还想让你陪他安度晚年，
你这一走，不怕要了他的命？
姐姐，你走了，
人人都会认为我不容你，
阿尼嘎萨也会视我为薄情人，
那我将陷于不义的泥潭，
永远生活在悔恨之中。
姐姐，你走吧，
你走了，我会永远恨你，
到死都不会原谅你！
至于你曾嫁过汉人，
只能怪不幸的命运而不能怪你。
现在，我将话说透了，
要走要留，随你！"

妹妹昼什姆从心窝里挖出的一番话，
感动了头顶的一朵云，落下了几滴泪。
有一滴，落在我的嘴唇，
一舔，浑身尝到了淡淡的甜味！

三

我——几哥比过，
从小，就有一颗雄心，
不想一辈子生活在金贡岭山寨，
像小草那样默默无闻，
而是老想走出去，闯出一番天地，
成为人人仰慕的人上人。

白马谚语说，猫不捡柴，烤现成的火；
老鼠不做活，吃现成的粮。
要烤现成的火，吃现成的粮，
最好的途径，就是做官。

阿爸想法结交上了薛丞相，
我的命运发生了转机。
从守城小校到守城校尉，
再到扬武将军，全凭薛丞相的照顾。
虽然在抵御外敌时犯过两次冒险错误，
但在薛丞相的斡旋下，保住了性命，

只不过被降成了千骑长。
阿尼嘎萨在白马王那儿也替我说过情，
但我认为他不是出于真心，
而是为了赢得好名声。
和北周军的最后一战，
我率领百余名轻骑，
拼命杀敌，杀死敌人过千，
死在我刀下的，就有百余人。
因为破敌有功，在薛丞相的力荐下，
扬武将军的名号，又归我所有。

薛丞相是我的贵人，没有他的提携，
不可能有我的今天。
而我对他忠心耿耿，从没有二心。
他让我上刀山，我就上刀山；
他让我下火海，我就下火海；
他让我砍下谁的右手，
我就不敢砍下那人的左手。

几年前，他让我细看了一个姑娘的画像，
说过几天她要去九寨沟游玩，
让我领着两个武艺高强的人，
去九寨沟将她除掉，完成任务有重赏。
那姑娘很像依曼，她和他结下了啥仇，
非要结束她的性命，我有些于心不忍。
我问他，那姑娘是谁？不知犯了啥罪？

他什么也没说,只是瞪了我一眼,
眼中射出一股寒风,让人骨头发冷。
我猛然醒悟,他的每一句话都是圣旨,
违了他的心意,自己的性命也难保。
我忙向他叩头效忠,誓死完成任务。
那次行刺,不但没有成功,
反而丢了两名帮手的性命。
怕薛丞相小看我败给了同寨的阿尼嘎萨,
就向他撒谎说行刺中遇到了一位陌生人,
武功奇高,实在不是他的对手。
薛丞相并没有责怪我,只是再三叮嘱我:
行刺的事,只能烂在肚子里。

阿尼嘎萨与白马工的二公主完婚之后,
才发现,自己奉命刺杀的是昼什姆,
也就是白马王的三公主,
惊出了我一身冷汗。
但我和薛丞相成了拴在一根绳子上的蚂蚱,
只能闭着眼睛跟他走。

阿尼嘎萨和昼什姆在金贡岭山寨时,
我又奉薛丞相之命去暗害他俩。
夜深人静,我潜入阿尼嘎萨家的院里,
听到两人酣睡的鼾声,便向屋里投进了火,
没想到一头牛,将那沓板房的门撞开,
惊醒了他俩,躲过了一劫。

地久天长的,往往不是爱,
而是心里滋生出来的仇恨。
从小我和阿尼嘎萨水火不容,
和他发生了不少矛盾,结了不少仇。
我与他的仇,比山大,比海深,
属于天敌,这一辈子不可能和解。
没想到青蛙出身的他,
自娶了白马王的公主,混得风生水起。
尤其在他的指挥下,打败了北周大军后,
越来越受到白马王的器重。
这样下去,他定会将薛丞相取而代之。
到了那一天,我也难逃大难。

还让人可气的是太史令杨明远,
在《白马史》里将阿尼嘎萨写成了战神,
而把薛丞相和我吃败仗的事记得那么详细,
别人一看我俩就是十足的窝囊废。
老光棍班二牛死后转世的那头牛,
不过撞死了一些北周国的士兵,
在杨明远笔下却成了为国捐躯的神牛。
我和薛丞相连头牛都不及,
这是什么《白马史》,简直是狗屁!
我给薛丞相出主意:子夜时分,
到杨明远那儿制造一场火灾,
将他写了多年的《白马史》烧成灰烬。

薛丞相认为不妥,那样会引火烧身,
他想了一会儿,想出了一招妙计:
捉来三十只大老鼠,装在笼里,
饿它们三天三夜,深夜,提着它们,
潜到杨明远那儿,用迷魂香,
将那儿的人熏昏迷,
给《白马史》涂上油,
再放出那三十只大老鼠。
我依计而行,十分成功。
次日天大亮,杨明远醒来,
发现《白马史》,被老鼠吃掉的吃掉,
被嚼成纸屑的嚼成了纸屑。
他一看,自己多年的心血化为泡影,
气得口吐鲜血,差一点死去。

一天,宫中一个眼线,向薛丞相透露:
白马王认为自己年老,
想将王位传给阿尼嘎萨。
按常理,没有儿子继位的白马王,
传位也应传给大女婿薛丞相。
这说明薛丞相还是有先见之明,
谁娶上白马王的心肝宝贝昼什姆,
谁才有资格继承王位。
看来,他让我除掉昼什姆的两次行动,
不是心狠手辣,而是有十足的道理。

我虽然算薛丞相的心腹，
但他心似无底洞，我捉摸不透。
可有一点我能看清，他对权力的贪婪，
远超过一个色狼对美女的贪婪。
权力是他的心肝，失去权力他不知怎么活。
我也喜欢权力，可和他比起来，还差一截。

薛丞相和阿尼嘎萨表面上和和气气，
但内心谁也容不下谁，彼此都是仇敌。
如果将来阿尼嘎萨真继承了王位，
不要说薛国安的相位难保，
他的脑袋也随时会掉到地上。
我作为阿尼嘎萨的天敌，
亲人也一定会跟着我罹难。

薛丞相听到那不幸的消息，
犹如听到阎王向他宣布死期。
他将我召去，密谋了三天三夜，
密谋的结果是，提着脑袋，铤而走险。
对那不可告人的密谋，我虽然心惊肉跳，
但还是经不起事成后让我当丞相的诱惑。

拥有了权力，即使你是瞎子，
在别人看来你的眼睛比星星还要明亮，
会迷倒一大片仙女般的姑娘；
拥有了权力，你脚心流出的脓，

也将成为人们眼中的蜜汁，
他们会排队舔你的脚心；
拥有了权力，你呼出的一口气，
会打倒牛一样强壮的好汉，
你的一个喷嚏，会让万里江山打战；
拥有了权力，即使你是行将就木的人，
落山的太阳，又会为你重新升起！

四

我——昼什姆，从没想到那个依曼，
就是我的孪生姐姐。
依曼姐姐，向父王和我，
讲述了她的不幸；
和阿尼嘎萨昔日的恋情，她也没有隐瞒。
她凄惨的故事，听得父王和我泪流不断。
没想到表面温文尔雅的薛国安，
是将姐姐逼着跳了河的罪魁祸首。
薛国安见了姐姐那样的美人动心也正常，
可他将她往死路上逼，确实是丧尽天良。
父王让依曼住在王宫，
她回来的消息千万不能传出宫门。
薛国安逼她的事暂且放在一边，
日后找个机会再酌情处理。

姐姐回到我们身边，

我心里既高兴又不是滋味。
我不嫉妒父王对她过分的宠爱，
但嫉妒她和阿尼嘎萨斩不断的柔情蜜意。
我宁可失去公主的尊位，
宁愿遭受姐姐那样的三灾八难，
也不愿失去阿尼嘎萨对我的爱。
他昔日的恋人出现在了身边，
他的心难免会分成两半。
为什么他爱上的偏偏是我的孪生姐姐？
我对姐姐产生了嫉妒，但对她一点也不恨，
如果有恨的话，就恨捉弄人的命运。
依曼姐姐那么善良，经历了那么多苦难，
好不容易回到亲人身边，对她不应嫉妒，
但很难除掉心头的顽疾，我十分纠结。

经历过无数苦难的依曼，
没有我任性，处处让着我。
我就是说上几句讥讽她的话，
她只是宽容地微笑着，
把我当成不懂事的孩子。

我对阿尼嘎萨说：
"依曼回来，我多了一个孪生姐姐，
是我生命当中的意外收获，
自然十分惊喜，但感到自己成了多余。"
阿尼嘎萨说：

"在我心中,月亮也许是多余的,
但你永远不会成为多余。
昼什姆,你是我的心,依曼是我的肝,
哪一位我都无法舍弃。
我不能对你说'我只爱你',
同样,对依曼也不能这样说,
尽管清楚你和她都需要这句话,
但那讨好人的假话与我的性情相违。
有你和依曼,我得到双倍的幸福,
因你的痛苦,我也承受着双倍的煎熬。"

九月十八这一天,
父王带着随从到青峰山打猎,
我陪在父王左右。
秋风,像一位画师,
将座座山峰画得五彩斑斓。
行走在如画的山水间,
即使打不到一只兔子,心情也格外畅快。
经过一条小河,朝锦鸡沟走时,
薛国安的马一跃,将他摔下来,
擦伤了额头,父王让他在那儿歇缓。

锦鸡沟,锦鸡成群,
父王的九支箭射出去,射住了九只锦鸡,
他喜出望外,人人也好不欢喜。
来到一片宽阔的草地,大家准备休息,

突然,北面的密林中窜出几百名蒙面人,

手操兵器,豹子一样朝我们扑来。

父王带来的三百多名侍卫,

有几十名守候在薛国安那儿,

对付那群蒙面人显然人数上不占优势。

阿尼嘎萨命百余名侍卫保护好父王和我,

随后,拔出宝剑,率领其他侍卫迎战。

阿尼嘎萨手中的宝剑银蛇般飞舞,

不少蒙面人倒在了他剑下。

双方正在激战得难分难解时,

南面的密林中又窜出百余名蒙面人,

手执弓箭,朝父王射来无数乱箭,

侍卫们借盾牌抵挡飞箭,虽然有效,

但还不时有人中箭,倒在地上。

那群蒙面人的头领,头上蒙着红布,

身体健壮得像一头公牛。

他拉满弓,眼露凶光,

朝父王准备射箭。

我担心父王有危险,

忙护在了他前面。

那歹徒连射三箭,

前两支被侍卫的盾牌挡住,

而第三支箭射中了我的左胸。

我拔出箭,鲜血直流,忙捂住伤口。

尽管疼得我冒汗,但不敢喊疼,

怕分散正在作战的阿尼嘎萨的注意力。

危急关头,密林里窜出几十只大熊猫,

纷纷向那些蒙面人扑去,

一爪就挖得他们血肉横飞。

眨眼之间,蒙面人死伤无数。

蒙面人,见一群大熊猫为侍卫们助战,

以为有神相助,忙向密林逃窜。

那位射我一箭的歹徒,一看情况不妙,

准备逃走,被八个侍卫团团围住。

八个侍卫尽管武艺高强,

可哪儿是他的对手,他只挥了几下刀,

他们便纷纷倒在地上,多半丢了性命。

阿尼嘎萨如勇猛的豹子,冲上去,

一技飞腿把他扫翻在地,将他活捉。

揭开他蒙在头上的布,阿尼嘎萨大惊道:

"几哥比过,没想到你竟敢谋反!"

其中一只大熊猫,

走到阿尼嘎萨面前,作了个揖,

然后转过身走到几哥比过跟前,

用爪子抓他时,被阿尼嘎萨拦阻了。

阿尼嘎萨对那只熊猫说:

"没想到在这里碰见了你,

多亏你领着众熊猫相助!

这个当年射过你的几哥比过,

你放过他,日后我替你收拾。"

那只大熊猫听完话,率领众熊猫离开。

阿尼嘎萨见我中了箭,率领侍卫们,
马不停蹄地护卫着我回到白马城。
射我的箭头有剧毒,任何药物都没有用,
我的病情时刻都在加重。
父王、阿尼嘎萨、依曼,
把我当初生的婴儿一样守护。
仁慈的父王,不时背过脸去,
从他微微颤抖的肩头,
就知道他在偷偷哭泣。
善良的姐姐依曼,抚摸着我的手,
她的手指表达着无声的言语:
她的生命如果能化为治好我箭伤的药,
即使失去生命,她也一百个愿意!
阿尼嘎萨,看着我,从他眼神里看到:
他的眼睛里恨不得生出一双手,
将我抓进他心中,让我永生。

一粒尘土,在我眼里是一粒蜜,
让人难以舍弃,何况要舍弃山川大地!
人世间的辛酸,我都难以舍弃,
何况要舍弃拥有的幸福!
我感觉到,对阿爸,对阿尼嘎萨,
对依曼,对白马人,对生活,
才刚刚爱上,爱得正新鲜,
可自己的生命就要凋零,这是何等凄惨!

我还远远没有爱够,尤其对阿尼嘎萨!
随着气息的衰微,我越来越怕死亡。
多想活下去,哪怕永远躺在病床上,
皮肉再饱受疼痛,只要活着,
还可以晒晒阳光,嗅嗅花香,
听听鸟鸣,看看亲人的脸庞……
更可怕的是我死后,
那撕心的疼痛,会久久折磨亲人。
我渴望永远活在亲人心中,
却又担心对亲人造成伤痛。
死亡走近的那一刻,
一种美好的愿望冲淡了对它的恐惧,
我将依曼和阿尼嘎萨的手牵在一起,说:
"我走后,依曼姐姐就是我生命的延续,
她就是另一个我啊!
阿爸、阿尼嘎萨、依曼姐姐,
请你们不要过分悲伤!"
说完话,我用最后的一点力气,
微笑成一朵花,灵魂才脱离了肉体。
我要用喜悦的表情告诉至亲的人们:
死亡一点也不可怕,一点也不痛苦,
我已微笑着走了,你们也要平静地接受!

离开肉体,成了灵魂的我,
比一只蝴蝶还轻盈。
现在,看那具躺在床上的肉体,

就像看自己曾经住过的房子，十分亲切，
但那房门紧闭，我不可能再住进去。
我像一面镜子，只能看着亲人伤痛欲绝，
却不能对他们有一点点安慰。
阿爸、依曼姐、阿尼嘎萨，别流泪了，
我已无情地离开了你们，
你们应当诅咒我的无情！

将我的肉体掩埋时，
阿尼嘎萨泪水如雨，唱起了哀歌：
"能叫醒太阳的鸡鸣，
再也叫不醒心上人。

"能唤醒天地的太阳，
再也唤不醒心上人。

"心上人，为什么你不等等，
等我将你爱够，你再走？

"再也看不见心上人的面容，
我的一双眼睛还有何用？

"再也听不见心上人的歌声，
我的一双耳朵还有何用？

"再也不能抚摸心上人，

我的手心感到比墓地还要荒凉。

"我多么恨你,心上人,
走时,为什么不将我也带上?

"黄土太冷,多想将你揽进胸膛,
让我的血肉之躯做你温暖的坟茔!"

五

我——几哥比过,
以为自己一生的敌人是阿尼嘎萨,
竟没想到将我害死的,不是他,
而是我的"恩人"——薛国安。

那一天,向白马王射箭的时候,
有过迟疑,但很快被疯狂的利欲所代替,
在我眼里,他不再是白马王,
而是最为珍贵的猎物,射杀他,
一顶丞相的帽子就会落在我头顶。
可天不遂人愿,昼什姆替白马王挡了箭,
我也被阿尼嘎萨活活生擒。
生擒的那一刻,我做好了准备:
好汉做事好汉当,绝不出卖薛国安;
即使出卖了他,我还是死路一条。
当时,我对阿尼嘎萨狠狠地说:

"别人眼里,你是白马将军,
但在我眼里,你永远是一只青蛙!
现在,我沦为你的阶下囚,
任你杀,任你剐。
来世,我即使成为卑贱的小草,
也要爬上你的坟头!"

我被擒不久,薛国安率领一行人出现了,
他额头有一片紫红的伤痕,
他瞟了一眼被捆绑的我,大惊失色。
他弄明白发生的一切,
忙跪在白马王面前,
痛哭流涕,说父王受惊,
昼什姆中箭,都是自己失职,
没有尽到责任,罪该万死。
然后大骂我这个叛臣猪狗不如,
纵使五牛分尸也难抵消所犯的罪孽。
他出色的表演,让我大为吃惊。

白马王将我打进死牢,
受尽了软硬兼施的折磨,
也没有招出薛国安。
我不想成为阿尼嘎萨眼中的孬种,
让一生的仇人小瞧自己。
只要薛国安不出事,
他还是阿尼嘎萨的仇敌,

两人的明争暗斗还会继续下去。
薛国安为了私利，将来除掉阿尼嘎萨，
也算替我报了仇，我死了也能闭上眼睛。

实在忍受不了没完没了的折磨，
准备咬舌自尽的一天，狱卒给我送来饭。
吃完饭，没一会儿，
肠似刀割，疼得我眼冒金星。
在我口吐鲜血、生命将尽的那一刻，
突然省悟：这是薛国安为了灭口，
指使人给我的饭里下了毒。
都说乌鸦黑，他的心远比乌鸦黑啊！

等彻底看透阴暗狠毒的薛国安时，
我已离开肉体，成了鬼。
狗日的薛国安太阴暗了，
把太阳放进他胸内，也照不亮他的内心。
那样狠毒的人，世上找不到第二个，
他血管里流的不是血，而是蛇的毒液。

虽然我成了鬼，可对人世还有一些牵挂。
牵挂我一岁半的儿子，
可爱的他是我的心头肉；
牵挂我年轻貌美的妻子，
她为人本分，十分贤惠；
牵挂阿爸、阿妈，他们为我操碎了心，

头发灰白了,还要受到株连。

成了鬼的我,到处自由走动,
看清了不少人真实的嘴脸。
我暴死的当天,魂溜进白马宫,
看到那个狠毒的薛国安,
为了表明自己的忠义,竟向白马王建议,
将我的亲人全部活埋,免得留下祸根。
白马王将我们一家人的性命,
交给了阿尼嘎萨,任他杀任他剐。
我安在白马城的家,昼夜被人看守,
亲人们只是绝望地等待灾难来临。

可怕的一天终于来临,
阿尼嘎萨提着剑,带着一行随从,
一脸骇人的煞气,冲进了我家。
他眼睛中燃烧着一团复仇的火焰,
那熊熊火焰,白马河也浇不灭。
身戴枷锁的阿爸,看到阿尼嘎萨,
忙跪下求饶,请杀了他,留下他的孙子。
阿尼嘎萨踢狗一样,一脚将阿爸踢开。
阿尼嘎萨走进我妻子住的房子,
扫了一眼正在炕上酣睡的我儿子,
抽出利剑,对我妻子冷冷地说:
"听着,我是阿尼嘎萨,
我要让你和你的儿子死得明白。

你的丈夫几哥比过,那个叛贼,
用一支毒箭夺走了我妻子昼什姆的命,
她的脉搏停止后,
肚里的孩子还跳了一会儿。
她有六个多月的身孕,那可是我的骨血。
你的丈夫,不光欠昼什姆的命,
还欠我孩子的一条命。"
阿尼嘎萨说完话,抽出利剑,
而我的妻子祈求道:
"白马将军,知道自己和儿子死期已到,
但在死之前,请您发发善心,
答应我一个恳求:
求您让我再奶一次儿子,
让他死了也不是一个饿死鬼。
如果您满足了我的心愿,
我死后,不但不恨您,
还要将您当恩人。"

得到阿尼嘎萨的默许,
妻子摇醒儿子,将他抱在怀里,喂奶。
吮完奶的儿子,转过头,
清澈的眼睛看着阿尼嘎萨甜甜地笑。
儿子的眼睛,椒仁一样黑亮,
流露的目光,胜过了山泉的清澈;
他的笑,纯真可爱,
远比熟透的樱桃还甜美。

看着即将离开人世的妻子和儿子，
才感到自己罪孽深重，是我连累了他们。
成了鬼的我，比影子还轻，
无法阻止阿尼嘎萨报仇的行动，
只能眼睁睁地看着凄惨的事情即将发生。

我妻子对着阿尼嘎萨感激地一笑，
然后将儿子紧紧抱在怀里，说：
"白马将军，感谢您满足了我的心愿！
现在您就动手，从我儿子的身后刺过来，
一剑将儿子和我刺死，
免得儿子死之前，受到惊吓。
当然，最好是等我的儿子睡熟之后，
您杀了我，再趁着他睡熟杀了他。
我多么不希望只有一岁半的他，
在死之前，看到鲜血。
自然，您没有这种耐心，
这也不怪您，只怪自己是这命。
我和儿子死了，千万别分开，
要埋在一起，我还可以照看儿子。"
她说完话，闭上了美丽的眼睛，
流出几滴绝望的泪水。

阿尼嘎萨刺杀的瞬间，
手开始颤抖，便收回了利剑。
他身旁的一个随从说：

"白马将军,我看您动了怜悯之心,
您下不了手,我替您干掉他们。"
阿尼嘎萨声音低沉地说:
"我不忍心让这个可爱的孩子失去母亲,
也不忍心让这个善良的母亲失去儿子。"
他说完话,大发雷霆,
对我妻子怒吼道:
"你给我听着,趁我还没反悔,
抱上你的儿子,赶快滚出白马城!
滚得越远越好,免得被我碰见,
如果碰见,定杀不饶!"

那一刻,我才第一次清楚地认识到,
自己所做的事情十分卑鄙,
来世一趟只披了一张人皮,
不配在洒满阳光的大地上站立。
而我憎恨了多年的阿尼嘎萨,
成了让我仰望的一尊神。
如果罪孽深重的我还有来生,
一定要为他塑一尊像,
每天跪在他的像前,赎罪。

六

我——白马王,我的内心,
被爱女昼什姆的离去挖了一个血坑,

除过一死,什么都无法止痛。
万里江山,在我心里,没有女儿有分量。
如果王位能换回女儿的生命,
我会将王位抛弃,一点也不留恋惋惜。
女儿是我的心肝,失去她,
感到自己的生命成了空皮囊。
灰白的头发,一夜雪白,
觉得自己双肩扛着的不是头颅,
而是一座寒气笼罩的雪山。

那个犯上作乱的畜生几哥比过虽然死了,
但我还是弄清楚了谁是他的幕后主人。
查案时,狱吏使尽了手段,
就是撬不开几哥比过的嘴。
我招来阿尼嘎萨,问他有什么高招。
他说那幕后指使自己迟早会跳出来,
只要我们更隐秘地注视几哥比过的周围。
因为我们多了一个心眼,
几哥比过暴死的当天,就抓住了投毒的人,
顺藤摸瓜,不到三天,
就弄清楚了谁是真正的罪魁祸首。
真没料到,我的大女婿薛国安,
表面对我恭恭敬敬,
而胸藏不可告人的野心。
白马人有句俗语,
人在甜言上栽跟头,马在软地上打前失。

薛国安用甜言蜜语，
骗走了我对他的莫大信任。
我恨不得刺瞎自己的眼睛，
怎么到现在才看清他可耻的嘴脸？
多么可怕，将君王眼睛擦亮的，
为什么不是雨露，而是鲜血！
几哥比过不过是一把刀子，
而真正的凶手是欲壑难填的薛国安。
我恨不得挖出他的内脏，
看他长着怎样的心肝。
他的心肝，肯定又黑又臭，
把它扔给饿疯的狗，狗也会被熏走。
看来最危险的敌人不在敌国，
而恰恰隐藏在自己身边。
如果那畜生的阴谋得逞，坐上王位，
定会对他看不惯的贤良来一次清洗，
白马城自然会血流成河，成为人间地狱。
那个口蜜腹剑、祸国殃民的恶魔，
如果还活在人间，天空就没有了太阳。

除掉薛国安的心已定，
我招来阿尼嘎萨商议。
阿尼嘎萨对我真诚地说：
"人间一旦失去爱心，太阳也会变冷；
人间一旦失去正义，月亮也将变黑。
父王，我对薛国安的恨，不亚于您，

我恨不能活活挖出他的心肝,用它下酒。
可他是您的大女婿,看在大姐的面子上,
革了他的职,留他一条性命,
将他赶出白马城,是解决此事的上策。
这样既平息了事情,
您又留下了仁慈宽容的美名;
您既弘扬了正义,又呈现了爱心。
要求人人完美,是我们的刻薄。
作为君王,就要有春天的品质,
既能容纳香草和蜜蜂,
又能容纳臭椿和蚊子。
在这场宫廷内讧中,
我们虽然流了血,但胜利了。
胜利者就要有胜利者的气度,
不能再以仇人对付我们的手段对付仇人。
将他人踩进地狱时,
我们的一只脚也踩进了地狱!
您这样仁慈的父王,如果缺少宽容,
那天下就没有真正的宽容!
宽容他们,也就是宽容我们自己!
用流血的手段解决王室的斗争,
我不愿看到,相信您也不愿看到。"

我听了阿尼嘎萨的话,
革了薛国安的职,
给他额头上刻了"叛臣",

将他赶出了白马城。

几哥比过和薛国安都是阿尼嘎萨的仇人，
而他没有杀掉几哥比过的亲人，
也没将薛国安置于死地，
可见他心胸博大，气度非同一般。

在与北周军的作战中，
我见识了阿尼嘎萨的勇敢和智慧。
北周兵败的时候，他并没有一鼓作气，
将他们一举歼灭，而是收兵回城，
有意给他们留了一条生路。
事后，我怪罪他说：
"阿尼嘎萨，你本来可以杀掉李忠信，
为什么仅仅取下他的一只胳膊，
而留了他一条性命？
又为何不乘胜追击，放他们逃走？"
阿尼嘎萨说：
"父王，困兽犹斗，
如果追击他们，他们会拼命作战，
我们的人定会牺牲不少。
他们的粮食差不多耗尽，放他们逃走，
逃到秦地，十有七八的人会饿死在路途。
李忠信那一族，世代都出名将，
都是精忠报国的忠臣。
我了解李忠信，他性格刚烈，

把尊严看得比生命还重要。
他只要踏上秦地，定会结束自己的生命。
其实，领着北周兵逃走的那一刻，
他已萌生了死的念头，
不过他想在死之前，将剩下的兵带回，
也算尽最后一份责任。"
我听了一笑，说：
"你怎么知道李忠信会这样做？"
阿尼嘎萨说：
"如果我是李忠信，也会这么做。
您等着，日后定会传来他自杀的消息。
如果我说的出了差错，愿受惩罚。"

四十多天后，果然传来了李忠信的消息——
李忠信一踏上秦州的土地，
就对那些疲惫不堪的将士说：
"我身经百战，虽算不上常胜将军，
但十有八赢，从来没有输得这样惨。
这次征伐白马国，我带去了十万子弟，
带回来的，不到一万，愧对皇帝的信任，
也难见秦州父老乡亲的面啊！"
他说完话，用左手拔剑自刎。
——李忠信是一个大英雄，
阿尼嘎萨也是一个大英雄，
可见英雄能搞懂英雄的心思。

经过一系列让人伤心的事情，
我的心碎了，心也老了，
对那至尊的王位也不怎么留恋，
只想将王位让给阿尼嘎萨，
趁还有一口气，过几天清闲的日子。
白马国的众多大臣中，
没有人赶上他的勇敢、智慧和仁慈，
只有他才是王位的最佳继承人。

将阿尼嘎萨招来，向他表明了心迹。
他听完，跪在我面前，流泪道：
"父王，不是您所说的王位打动了我，
而是您的极度信任，让我不禁要流泪。
我本是一只人人看不起的青蛙，
经历了不少磨难，才好不容易修成人。
当时，我向昼什姆求婚，
不是为了攀高枝，而是为了追求爱情。
好在您看重我的聪慧，并没有食言，
将女儿嫁给我，让我获得了莫大的幸福。
至于，我怀有英雄的梦想，
与我的出身有关，因为我出身卑微，
想用英雄的行动证明自己。
但您传位给我，让我做王，
实在和我的性格有些相违，
因为我是一个追求自由的人。
您将女儿嫁给我，

我已得到了天大的福气,
如果再得到王位,我实在承受不起!
再说,我是青蛙出身,
怎么能做白马国的王?"

听完他的话,我说:
"阿尼嘎萨,你是老天对我的恩赐,
你的气度远远超过了王,
你不做王谁做王?"

七

仁慈的父王给我让了位,
我——阿尼嘎萨,成了新的白马王。
坐上白马国至尊的王位,
不能不欣喜,不能不激动,
但那劲头一过,更多的是沉重。

我说,太阳从西方升起,
大家都说,西方升起了太阳;
我说,乌鸦多么洁白,
大家都说,天下乌鸦一般白;
我说,猪长着翅膀,
大家都说,猪扇着翅膀在飞;
我说,蜂蜜多么苦,
大家都说,蜂蜜能苦死人。

我成了王,拥有了生杀予夺的权力,
大家的舌头都围绕着我的舌头转动;
大家都绞尽脑汁揣摩我的心思,
他们的一切言行都围绕着我的心思转动。
个头再高的人,也不会高过我的头颅,
因为人人见了我都要恭恭敬敬地下跪。
我说一句错话,他们会跟着说错万句;
我走错一步,他们会跟着错万步。

不过这一切,维护了我的权威,
满足了我对人的控制欲望。
但时间一久,又感到腻烦,
再一反思,觉得自己生活在虚假中。
我周围的面孔,都像一面镜了,
迎合着我的面孔,失去了他们的本来面目。
我在金贡岭山寨生活时,
面对的面孔,笑是笑,怒是怒,十分真实;
而现在面对的都是讨好人的媚脸,
虽然让人开心,但像纸糊的一样虚假。

我喜欢过一种自由自在的生活,
失去了自由,再富足,也是可怜的囚徒。
坐在王座上的我,如养在莲池中的鱼,
表面自由,可真正被圈在巴掌大的水域。
表面上,我左右着周围的大臣,
而实质上,我的一切行动,被大臣左右,

生活在一种铁打的秩序中。
生活是公平的,你拥有至高无上的权力,
冰冷的权力,又会囚禁你可贵的自由。
虽然你拥有了整个白马国,
但你没有拥有你自己。
你在活着,而不在生活,
因为你的日子缺少鲜活。

我成了白马人仰视的太阳,
而天空最孤独的正是太阳,
不是星星,星星还有星星做朋友,
太阳只有一个,你不孤独谁孤独。

王位虽然剥夺了我的本真生活,
但我同样清醒地认识到一旦拥有了它,
再想回到过去,就成了一句空话。
从王位上走下来,
走成一位自由的平民,
这犹如将丝绸吃进去,
要吐出一座桑林,谁也没有这样的智慧。
如果为了表明自己不贪,
将王位腾出,为了王位,
白马国定会发生一场流血战争,
大地上又会添不少新坟。

依曼,成了王后,

日日伴随在我身边。
我对她的爱,不如昔日那么热烈。
是不是随着地位的变化,
感情又移向了其他女人?
是不是与她相处的时间一长,
对她开始厌倦?
想了想,都不是。
一天,突然省悟:
我与她的爱,犹如蜂蜜融入了水,
虽然甜得不像昔日那样浓,
但爱的蜜意没有缺少一滴。
我俩的爱,化进了每一个日子,
爱得更加深沉了。
爱到淡而有味时,
可能才爱进了骨头,可能才是真爱。
昼什姆的离去,给我和依曼一个提醒,
我俩将相守的每一天,
当最后一天过,彼此十分珍惜。

昼什姆,到另一个世界后,
为她,修了一座坟,在我心里。
我无日不对她苦苦思念,
如同一位即将离开人世的老人,
在深切思念他逝去的少年时光。
思念,成了我的心跳成了我的呼吸,
我生命的脉搏靠着思念在律动。

我爱身边的依曼，
又不减对昼什姆的思念。
看来一个人的情感史，
不是由一个异性能完成，
可见人对情是多么贪婪！

记得昼什姆离开人世的片刻，
脸上出现了迷人的笑容，
好像她面对的不是绝望的死，
而是让她十分惬意的生。
她光洁的脸上，没有一丝阴影，
也没有一丝悲伤；眼睛虽然合上了，
但长长的睫毛透着脉脉温情，
好像躺在我的怀里安然入睡；
嘴角，挂着微笑，
笑里飘着淡淡的花香，
月宫中桂树初开的花朵，
都无法与她的微笑媲美。
她最后的笑，映在我的骨头，
我的骨头上，永远开着一朵花，
那花美得让人心疼！

看见太阳，我就想起昼什姆；
看见月亮，我就想起昼什姆；
看见花草，我就想起昼什姆；
看见流水，我就想起昼什姆：

好像她的生命,融进了天地万物。
太阳、月亮、星星,曾是她仰望过的,
它们上面,沾着她的目光;
大地上的花草树木,曾是她爱过的,
它们上面,注入了她的深情;
白马人,都是她的亲人,
他们身上,倾注过她的真情。
我因爱她而爱天地万物,
还有每一个白马人。
重新创造男人的女人,才是女神!
昼什姆,你重新创造了我,
你让我因爱一片树叶而爱上了森林,
因爱一滴水而爱上了大海,
因爱你而爱上了苍生……

昼什姆,你留下来的那面铜镜,
我当圣物一样珍惜。
我相信那铜镜里,
珍藏着你昔日映下的面容。
我双手捧着它,对着它深情凝视,
渴望从里面看见你。
看着看着,镜子都流泪了
还不见你的一丝踪影,
才发现自己的泪水湿了镜子。
是不是我爱得太浅,
而镜子将你藏得太深,

无法将你从镜子的深处打捞出来？
晚上睡觉,有时将镜子抱在怀里,
渴望你从深深的镜中走出来,
进入我的怀中,让我再抱一次你。

我能游出茫茫大海,
就是游不出一滴小小的相思泪!
昼什姆,我为你流出的泪,
足以做一个美丽的你……

还有牛叔,永远活在我的记忆里。
虽然他是一位土疙瘩那样普通的人,
但他身上的闪光点,
指引着我发现了人生的真谛。

牛叔,活着时,欠下了一屁股债,
死了,变成一头牛,来还。
在保卫白马城的战争中,
牛叔犹如热血沸腾的英雄,
冲进北周军中,横冲直撞,
抵死了不少敌人。
北周军败退,牛叔带着一身伤口,
跌跌撞撞回到白马城,死在了我眼前。
牛叔死之前,舔了舔我的手心,
咽下了最后一口气,可那双眼睛还睁着,
好像还有什么事搁在心里,不情愿闭上。

我对牛叔说：

"您为保卫白马城，立了大功，

您欠的账早已还完，放心上路吧！

假如还有来世，我还要找到您，

让您继续做我的牛叔。"

牛叔走了的那晚，我梦见了牛叔。

牛叔对我说：

"阿尼嘎萨，我的孩子，

来看你一眼，我准备走了。"

我说：

"牛叔，您要到哪儿去？"

牛叔说：

"我要到秦州去。"

我说：

"秦州又不是您的家，

您为何要到那儿去？"

牛叔说：

"白马人的债，我虽然还完了，

可我又欠了不少新债。

在这次保卫白马城的战斗中，

我抵死了九十九名秦州人，

欠了九十九条人命。

现在，我要将他们的魂，送回家，

然后，再投进牛胎，生成牛，

在他们的田地里任劳任怨地耕耘，

将欠下的债一一还清。"

我说：

"牛叔，您的举动虽然感人，

但您这样做还是有点糊涂。

他们是攻打我们的敌人，

您抵死他们，是他们罪有应得。"

牛叔说：

"你说的虽然有道理，但也不完全对。

他们来攻打白马国，也是身不由己。

在我眼里，他们都是父母的儿子，

实不应该死在他乡。

他们死了，他们的亲人不知要流多少泪，

这债不还，我心里不安。"

牛叔说完话，头也不回地走了。

过了几天，我做了一个奇怪的梦：

在白马河边散步，昼什姆朝我走来，

我激动地迎上前，想紧紧抓住她的手。

手伸向她的瞬间，

她惊恐万状地躲开，如同梅花鹿躲利箭。

我责怪她，我不是狼，躲什么？

她说我手上沾满了血，她怕。

我一看，自己的手上果真有血。

我将手伸进河中，不停地洗啊洗，

洗红了白马河，血还没有洗干净。

白马河，被我手上的血，

染成了一条血浪翻滚的河流，
不少游鱼也被血呛死。
此后，那梦不时找来，搅得我十分不宁。
醒来，明明看到双手什么也没沾，
但总感到手上有血，要认真清洗一番。

一次，又梦见自己在白马河边洗血手，
牛叔出现在了我身边。
牛叔说手上的血是水洗不掉的，
要洗，就要用忏悔的泪水。
他一番意味深长的话，
让我想起了死在自己手中的无数生命。
他们的死去，让无数父母失去了爱子，
让无数女人成了寡妇，
让无数孩子失去了呵护他们的父亲。
我不禁泪流不断，滴滴落在手上，
手上的血才一点一点被洗掉。

梦醒之后，我对英雄的伟业开始怀疑，
对生命的价值有了新的思考：
柳树是永恒的，幼芽是三天的过客；
森林是永恒的，猛兽是三天的过客；
海子是永恒的，鱼儿是三天的过客；
大地是永恒的，人是三天的过客；
善良是永恒的，名利是三天的过客。

如果生命的价值用荣耀来衡量，
那打了一生光棍欠了一屁股债的牛叔，
还不如一根枯草。
但真正感动我，让心灵受到洗礼的，
不是那些名垂青史的千古英雄，
而是怀着一颗感恩之心的牛叔。
他始终没有失去人的本真——善良，
才真正活出了生命的光芒！

我指挥的保卫白马城的那场战争，
周围的大臣不管吹捧得多么伟大，
但现在看来，和蚂蚁打仗没有什么区别，
唯一的区别就是比蚂蚁打得更加残酷。

把铁打成镰的，成了农人；
把铁打成剑的，成了英雄。
持镰的人，收割成熟的麦子；
握剑的人，收割鲜活的生命。

麦子收割多了，叫丰收，
人头收割多了，叫丰功。

操不起剑，操不起镰，只能握笔，
不知收割什么的，是处境尴尬的诗人，
一会儿歌颂剑，一会儿歌颂镰，
当然，更多的是歌颂剑。

我,为什么不从父母手里接过镰刀,
而从刑天那儿接过大斧,将它打成了利剑?

2016 年 8 月 6 日—2017 年 12 月 20 日　第一稿

2018 年 1 月 1 日—2018 年 12 月 25 日　第二稿

2019 年 1 月 1 日—2020 年 4 月 20 日　第三稿

后记：天地的恩赐
——《白马史诗》创作记

汪　渺

做梦都没想到，天地恩赐给我如此一份厚礼，竟创作出了《白马史诗》。

2014年2月12日，也就是农历正月十三，正值白马人喜庆的节日，带着探访白马人的好奇，我来到了文县铁楼乡白马山寨强曲。接待我的是白马文化传承人余林机先生。白马人有自己的语言而没有自己的文字，他们的历史、歌曲、民俗，主要靠勒贝口传心授。余林机先生，忠厚老实，是很有威望的勒贝，一肚子白马文化。和他交流中才发现，其民俗文化博大精深，让人惊叹。

次日，认识了余林机先生的外甥女薛花。薛花——白马人歌手中的佼佼者，她和姐姐薛刚花的"刚花组合"曾两次荣获白马民歌大赛一等奖。晚上，在薛花家做客，边饮五色粮食酒边聊，她对我唱了不少敬酒歌，喝得我晕乎乎的。闲聊中了解到，漂亮的薛花虽然是优秀的歌手，但命运坎坷，是一位内心有伤疤的人。那晚，她借着酒劲，唱了一首表达内心痛苦的歌，那歌声仿佛苦水中浸泡过的月亮发出来的，亮丽、凄清、苍凉、苦涩、伤感，听得我头发"唰"地竖起来，不由流下了几滴清泪。她的歌声有明月的清亮、野草莓的甘甜、流水的绵长、笛声的悠扬，属于天才型歌唱家。随着外来文化的浸染，她可能是白马人中最后一位纯正的抒情歌手。她的歌声，为我打开了她自己都想不到的白马人的情感世界，让我找到了抒写《白马史诗》的艺术感觉。

那几天，是白马人的狂欢节。白天看他们表演"池哥昼"，夜晚听他们唱酒歌，日夜我都在歌声中度过。白马人是天生的艺术家，性格豪爽，酷爱自由，善于用歌声表达自己的情感。他们活得真，心里想什么，口里说什么，手里就做什么。

余林机先生家有条老狗，按人的年龄计算，已经八九十岁了。那狗通人性，一次邻居家的两只鸡斗架，它挡在中间，将它们分开。性格温驯的它，也非常好客。一年之后，我再去强曲时，见了面，它还是认出了我，对我亲热地摇尾巴。余林机先生说，狗的眼睛已不好使了，它是嗅出了我身上的气味，通过气味才认出了我。在白马山寨住儿天，每次离开时，那只狗，总要跟在它的主人身边，依依不舍地送我一程。

自第一次去强曲，我的情感就融入了那片山地，想为白马人写一部史诗，将他们的精神风貌呈现出来。在毛树林先生的帮助下，我搜集到了不少有关白马人的书籍。读了刘启舒先生采录的《阿尼嘎萨》，我眼前一亮，心想：史诗中的主人公找到了，他就是白马人神话传说中的英雄阿尼嘎萨。但我敏感地认识到，仅凭单薄的神话传说，要写出一部真正意义上的史诗，几乎没有可能性。于是，我就做了前期准备工作：认真阅读有关白马人文化方面的文字，思索这个民族的精神内核；和白马人真心做朋友，深入了解他们的内心；研读《荷马史诗》《神曲》《唐璜》《浮士德》《格萨尔王传》等中外史诗，借鉴其艺术手法，但不能迷失自己。

两年多过去，2016年8月6日，我的指头激动起来，开始在键盘上敲起了《白马史诗》。在开笔前，我就发誓：性格偏激的汪渺，你要与主人公阿尼嘎萨同呼吸、共患难，追随着他，和他一道成长。真正的写作，是一种修炼，艰涩和流畅并存，痛苦与惊喜相伴。思维枯竭时，一天写不了几行；灵感来临时，似有神助，奇思妙想迭出，不时蹦出让自己都惊奇的句子。写到动情时，我边流泪边写，激情过后，浑身发冷，才发现，眼睛不光流泪，也流着体内的热量。经过近一年半疯狂写作，2017年12月20日，完成了一万行的初稿。不得不提的是，张栋梁、杨清汀等诸君在我修改作品的过程中，提了不少有益的意见，在此表示真诚的感谢。

《白马史诗》，保留了《阿尼嘎萨》不到十分之一的细节，大量的都是重新创作。我也没拘泥于历史，自信这样创作出的作品更具有人性光芒和史诗意味。让人惊奇的是，关键的好几个地方，作品都没有听我的话，活出了自己的个性，走出了自己的路。诗的结尾，阿尼嘎萨对自己的英雄壮举来了一次彻底逆转，和我设想的大相径庭，感到是主人公自己结了尾。深切感受到，奔腾的文字远比我强大，我只能顺应着它行走。这首万行长诗的创作，比我想象的容易，容易得让人有点不相信，已经结尾了，激情还久久不肯退潮。

自2005年至2015年，我倾心创作了三部长篇小说：《雪梦》《沉羊》《郁爱》。2007年《雪梦》被《十月》推出，另外两部还躺在怀里，被我暖着。写长篇小说，也算是对创作《白马史诗》的前期积淀吧。

诗中唱词，大都引自《中国白马人文化书系·杂歌卷》，对个别地方做了适当修改。此外，还根据故事情景创作了一些。那些优美的唱词，想象丰富而奇特，感情真挚，表达透彻，即使放到璀璨的世界诗库，也不失自己的光芒。

诗人是用诗歌说话的，《白马史诗》也表达了我对白马人深深的爱。

感谢天地，让我与白马人相遇，借他们的血性和智慧，我也完成了自己。

2020 年 4 月 20 日